# 四書

# 四書

閻連科

CityU
香港城市大學出版社
City University of Hong Kong Press

剪紙：尚愛蘭


2022年第二次印刷
2024年第三次印刷



國際統一書號：978-962-937-455-6

出版

香港城市大學出版社
香港九龍達之路
香港城市大學
網址：www.cityu.edu.hk/upress
電郵：upress@cityu.edu.hk



**The Four Books**
(in traditional Chinese characters)

First published 2020
Second printing 2022
Third printing 2024

ISBN: 978-962-937-455-6

Published by

City University of Hong Kong Press
Tat Chee Avenue
Kowloon, Hong Kong
Website: www.cityu.edu.hk/upress
E-mail: upress@cityu.edu.hk

Printed in Hong Kong

—— 謹以此書獻給那被忘卻的歷史和
成千上萬死去與活着的讀書人。

# 目錄

## 第十一章
## 《天的孩子》、《故道》



## 第十二章
## 《故道》



## 第十三章
## 《天的孩子》、《故道》



## 第十四章
## 《故道》



## 第十五章
## 《天的孩子》



## 第十六章
## 書稿

# 選集總序

## 憤恨於自己的寫作與人生

經常懷疑自己的寫作，就是一場尷尬的文學存在。

因為這尷尬是文學與人生中的「一場」，想既是一場，就必有結束或消失的時候。不怕消失，如同任何人都要面對死亡樣。然而結束卻遲遲不來，是這種尷尬無休無止——這才是最大的尷尬、驚恐和死亡。

香港城市大學出版社，願意出版這套包括我剛剛完成、也從未打算「給予他人審讀」的最新長篇小說《心經》在內的九冊「閻連科海外作品選集」(小說卷 6 冊、演說散文卷 3 冊)，讓我感到他們朝殘行者伸去的一雙攙扶的手。可也讓我在恍惚中猛然驚醒到：「你已經有九本在你母語最多的人群被禁止或直接不予出版的書了嗎？！」這個數字使我驚愕與悵然。使我重新堅定地去說那句話：「被禁的並不等於是好書，一切都要回歸到文學的審美和思考上。」然而我也常呢呢喃喃想，在大陸數十年的當代文學中，一個作家一生的寫作，每本書都毫無爭議、出版順利，是不是也是一個問題呢？我總以為，中國的開放，永遠是關着一扇窗，開着另外一扇窗；一切歷史的變動，都是在嘗試把哪扇窗子開的再大些，哪扇關的再小些。永遠的出版有問題，但如我這麼多地「被禁止」、「被爭論」，自然也是要駐足反省的寫作吧。

文學能不能超越歷史、現實和那兩扇誰關誰開，關多少、開多少，乃或都關、都開的窗子呢？

當然能。

也必須！

只是自己還沒有。或者你如何努力都沒達到。我並不願意人們用良知和道德去看待我的寫作和言說，一如魯迅倘使還活着，聽到我們說他是「戰士」、是「匕首」，會不會有一種無言之哀傷？「閻連科海外選集」自然是集合了我較為豐富寫作中的「某一類」。這一類，對「外」則是親近、單調的，對「內」則是尖銳卻無法閱讀體味的。但無論如何說，它也是一個作家的側影吧。面對這一側影的呈現和構塑，我異常感謝城大出版社每一位為這套叢書付出心血的人——他們是真正懷有良知的人。而至於我，面對這套書，則更多是尷尬、憂傷和憤恨。

尷尬於自己寫作的尷尬之存在。

憂傷於這種尷尬何時才是一個結束期。

而憤恨，則是憤恨自己深知超越的可能與必然，卻是無論如何都沒有達到那處境界地；而且還如一個溺水的人，愈是掙扎想要超越水面游出來，卻愈要深深地沉溺墜下去。

憤恨於自己的寫作和人生，又無力超越或逃離，又不甘就這樣沉沉溺下去。這就是我今天的人生狀況和寫作狀況吧。除了哀，別無可言說了。

閻連科

2019 年 11 月 29 日於香港科技大學

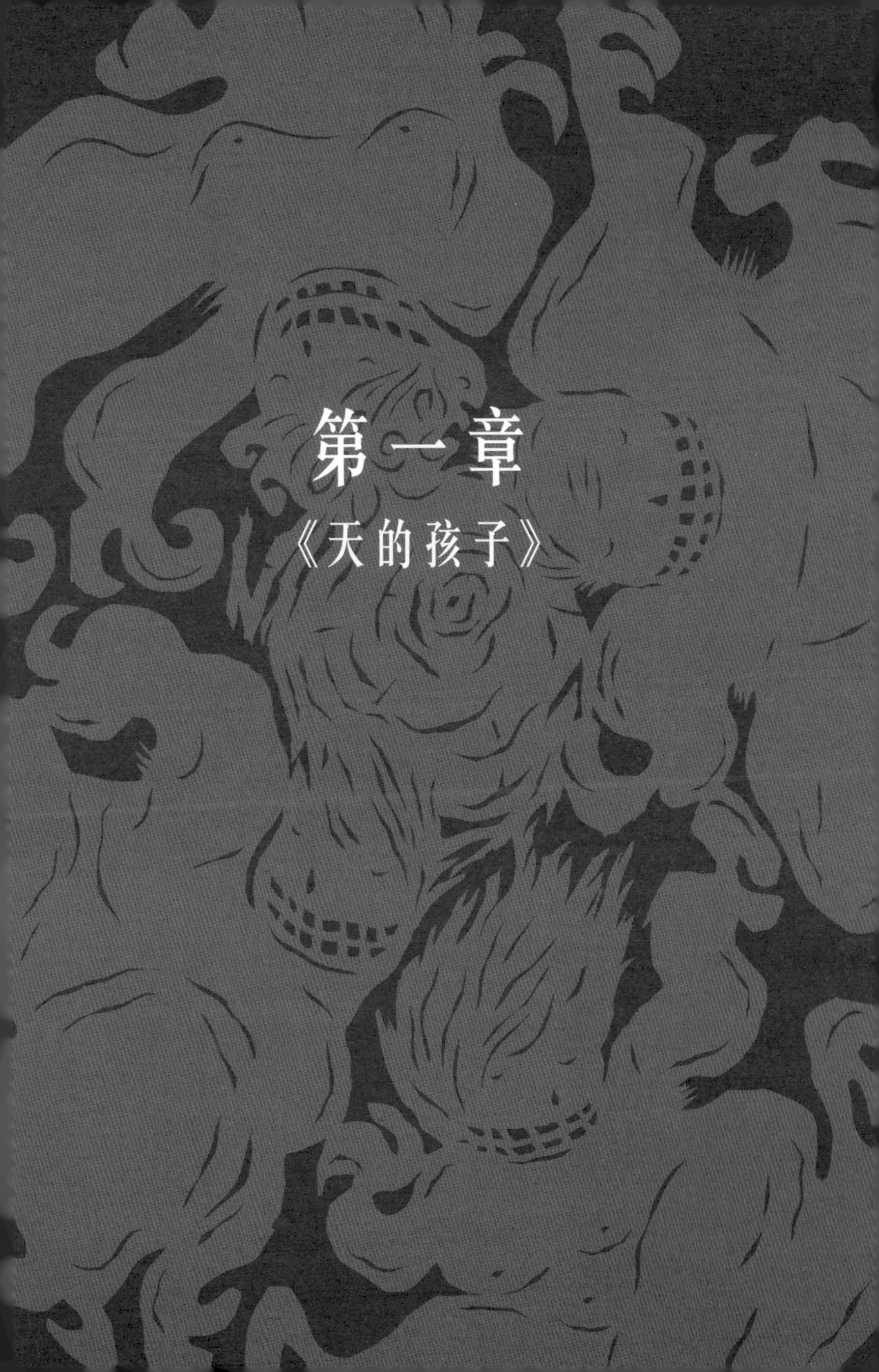

# 第一章

## 《天的孩子》

# 1 《天的孩子》p13–16

大地和腳，回來了。

秋天之後，曠得很，地野鋪平，混蕩着，人在地上渺小。一個黑點星漸着大。育新區的房子開天劈地。人就住了。事就這樣成了。地托着腳，回來了。金落日。事就這樣成了。光亮粗重，每一杆，八兩七兩；一杆一杆，林擠林密。孩子的腳，舞蹈落日。暖氣硌腳，也硌前胸後背。人撞着暖氣。暖氣勒人。育新區的房子，老極的青磚青瓦，堆積着年月老極混沌的光，在曠野，開天劈地。人就住了。事就這樣成了。光是好的，神把光暗分開。稱光為晝，稱暗為夜。有晚上，有早上。這樣分開。暗來稍前，稱為黃昏。黃昏是好的。雞登架，羊歸圈，牛卸了它的犁耙。人就收了他的工了。

孩子回來，地托着腳。育新區的門，虛空敞開。他吹了哨子。哨音蕩蕩，人就都來，一片片。神說，諸水之間要有空氣。將水分為上下。造了空氣，將空氣以下、以上的水分離開來。事就這樣成了。上空為天，下空為地。地托着人，一片片。

孩子說：「我回來了。從上邊，從鎮上。宣佈十條。」

念了十條，是十戒：

1. 一律請假，戒亂動。

2. 一律勞動，戒亂言。

3. 一律耕作，賽豐收，有獎懲。

4. 互助勿淫。淫懲處。

5. 再收書籍筆墨，勿亂讀亂寫，戒亂思。

6. 勿謠言；勿毀謗。

共是十條。為十戒。第十條是，勿逃離，守訓守則，逃離者有獎。暗來之前，黃昏暖着大地。育新區的青房，立在曠野，一排排。前排再前，是院落，有榆樹。樹上有鳥。神說：地要生出活物來，各從其類；牲畜、昆蟲、野獸、鳥雀，各從其類。家禽，各從其類；地上的一切昆蟲，各從其類。神看此是好的，又說，我們要照我們的形像造人，使他們管理海裏的魚、空中的鳥，地上的牲畜和全地，並，地上所爬、所行的一切昆蟲與家禽。並，天上的飛鳥，和地上各樣行動的活物。神說，看哪，我將地上的一切結種子的菜蔬，和一切樹上所結有核的果子，全都贈給你們做食物。至於地上的走獸和空中的飛鳥，並各樣爬在地上有生命的物，我將青草賜給他們做食物。事就這樣成了。神看一切所造都甚好。天地萬物都造齊了。各從其類。有序。規矩。神的臉上掛了笑。

孩子說：「共是十條。第十條是，勿逃離，守訓守則，逃離者有獎。」孩子拿出了獎狀，白紙紅邊，上方為旗幟、國徽，寫了很大一個「獎」字，立於上方。獎狀該寫正文之落處，並無字，印有一顆子彈，金黃色。「我去了鎮上，回來了。」孩子說：「上邊讓發給你們，我就發給你們。上邊說，誰若逃離，除卻獎狀，還有真的子彈。」

事就這樣成了。

孩子把獎狀一一發下，要求每人貼在床頭。或者，壓在枕下，念念不忘。天就黑了。黃昏它是好的，雞登架，羊歸圈，牛就卸了套它的犁耙。人就收了他的工了。又說，今秋末的事情，是播種。小麥每人最少三畝五畝，要耕種，賽豐收。農民平均畝產，不將二百來斤。你們，都有文化能耐，要求畝產五百斤。上邊說的，國家立天下，美國是個球，英國、法國、德國、意大利，都是球屌屎糞和雞巴。三年二年，人要闖天鬧地，趕英超美。上邊說了，種上小麥，要摘月射日，大煉鋼鐵，你們平均每人每月，得煉出一爐鋼鐵，有文化能耐，不能比農民少缺。

上邊說的。事就這樣成了。

「不耕作，不煉鋼，也是可以。」孩子說，「你們逃離，也是可以。其他區裏，都已有人獎了真的子彈。你們逃離，我只有一求。一個條件，就是我去扛來一把鍘刀，你們逃離，不種地，不煉鋼，又不願要那子彈，那就把我按在鍘刀下邊，一刀把我鍘了。」

「我將配合你們，把我鍘了，你們就走。可又往哪走啊！」

「我只此一求，把我鍘了，不用勞作，不用煉鋼，你們走。」

天就黑了。事就成了。秋暗團將下來，天地混沌虛空，青黑色，如香瓜。人人散去，都持了獎狀，白紙紅邊，上方為國旗國徽，寫了獎的一字。獎狀寫字之落處，印下一顆子彈，金黃色，碩大的，如卉間一果。神說，天上要有光體，可分晝夜，作記號，定節令、日子、年歲，並要發光在天空，普照在大地。事就這樣成了。於是，神造了兩個大光，大的管晝，小的管夜，又造眾星，列擺天空，普照大地，管理晝夜，分別明暗。神看着是好的。世界成了。有晚上，有早晨。夜之稍前，稱為黃昏。黃昏之後，稱其夜。夜之到來，悄悄然，萬籟俱靜，可有地心的響動，傳在地上。可有草的呢喃，傳在空中。可有歸雀之鳴。有人的傷落。都拿了一張獎狀，像手持一朵大花，皆都沉默傷落，彷彿，秋天走來，花要零落，如夜之傷感。

事就成了。孩子回他睡的屋去。大地上，曠闊寂靜。寂靜托着人的腳步，如水面托着它的浮物。

## 2 《天的孩子》p19–23

折天射日，鬧天鬧地。

賽豐收，種小麥。人就翻地。九月間，天空高遠蕩蕩，秋氣漫着闊野。太陽想照哪兒，它就照着哪兒去了；不想照到哪兒，它就不照哪兒去了。風也是，想吹樹梢，樹梢就擺擺動動；想吹人的頭髮，人臉就風涼嗖嗖了；想吹溜地面，草和大地就嘰嘰喳喳，私語起來。說是黃河岸邊，其實遙遠。不見流水，只見育新區和黃河岸間的茫蕩野曠。不見村落，只見一個一個，育新區的眾人。

育新區間，遙遠相隔，不相往來。

人就翻地，散在田野。一早起床，人就翻地。吃了早飯，人就翻地。到了午時，人就翻地。排開來，是第九十九區。上邊說，把分散在黃河岸上的人、地、莊稼，命為育新區吧。就有了育新。上邊說，把全區的人、地編排號碼，便於改造懲治。天管地，地管人。讓他們勞作。人有他人來指派。他人就在此編了一區、二區……直至第九十九區。上邊說，這是好的，讓他們勞作，可以獎懲，可以育新。就讓他們日夜勞作，造就他們，育新他們。不管他們原在哪兒，京城、南方、省會、當地；原是教授、幹部、學者、教師、畫家、學富五車，才高八斗，盡皆雲在這兒勞作造就，育培新人。三年二年，五年八年，簡或一生。

事就這樣成了。也就勞作，也就育新。

近將午時，孩子來了。人在地上星着。天空有着飛鳥。遠的黃河，散漫過來水氣腥氣。新翻的田地，紅黃着，閃在光下。大地散着蘊含千年的地暖土香，在飄蕩，綢絲般，蕩在光下，如煙霧。人在地上，都累了，蹲下歇息。孩子來了，人見於他，又慌忙勞作。有人粗眼未見，孩子過去，站到他之面前，知他是個作家，著書立說，便說到：「你的著作是狗屎。」

作家一怔，點頭道：「我的著作是狗屎。」

「說三遍。」

作家連說三遍：「我的著作是狗屎。」

孩子笑笑去了。

作家也笑，再又忙着翻地。

遇一教授是學者，在地上蹲着看書。孩子見他，他沒見着孩子。孩子站到他身後，咳了一下：「還看哪？」

學者一驚，立起來，把書揣在懷裏有抗意，目光有薄鄙，拿起鐵鍬翻地了。

天是藍的，高天又雲淡。學者從荒野間翻墾的土是新的和香的。第九十九區序下為排班。翻地以排為群着，散在區東田地間。人從一排到三排，很遠的路，很闊的地。上一季的玉米稈，留存田頭，圍樹靠着圓的狀，人可鑽去取暖，也可鑽進別情它事。三排裏，人都在。都翻地。可細查，少了一人。孩子看了跟來的一人眼神後，朝田頭，圍了玉米稈的一棵楊樹慧智慧智走過去。孩子朝那玉米棵稈踢一腳。又一腳。鑽出一人來，頭上還頂着乾葉草。

見孩子，他失色大驚。

「屙尿嗎？」孩子問。

他不言。

又問：「是屙是尿啊？」

仍不言。

孩子一把掀翻，那圍了樹的玉米棵稈。見那棵稈，造了一洞。洞裏有光。光在樹上。樹上貼有一張聖母瑪利亞的畫像。孩子不識聖母，卻知她的美端。畫是髒的舊的，人是好的美的。孩子看看笑笑，把那棵稈，再又堵在口上，笑便沒了，冷起臉來：

「你連說三聲：我是流氓，我是流氓！」

那人不說。

「不說鑽到裏邊幹啥？還是一個洋的女人。」

那人不說。

「說兩聲也行。」孩子退讓。

那人不說。

遠處翻地之人群，都朝這兒張望。並不知這此，發生什麼。只是望着，天長地久。孩子有些急切，上前一步，追問道：「你真的不說？不說我就把那畫像撕下，掛到區裏牆頭，說你在這田頭稈洞，和這女人胡搞。」

那人不說。

孩子無奈，朝那稈上再踢一腳，扯開洞口，轉身背對人群，卻是和那畫像正面，解了褲帶，欲褪褲子，似要朝那像上撒尿。這一時刻，那人慌了，忽然朝那孩子跪下：「算我求你，千萬不要這樣。」

孩子道：「你說我是流氓——只說一聲也行。」

那人不說。

孩子重又對那像，尿的樣子。

那人那臉，成了白色，唇也哆嗦，連說幾聲「我是流氓、我是流氓……」

雖是說着，淚卻有了。

「就是嘛」。孩子道，「早說不就完了。」也就去了，並無如何懲罰那人之意。可那男人，卻癱在地上，蒼白之臉，如天空浮亮空洞。孩子揚長去了，朝着四排，更遠的翻地人群。在那兒，又見一個女的，年輕、沉靜，竟和那稈洞裏的、光裏的、樹上的女人長得仿像。年輕、沉靜，美得端莊。他想稱她為姐，走近於她，又見和那畫像不像。再看卻像。迷惑着，走近於她。她卻翻地，彎腰直腰，漸他遠了。又近於她，知她是前天送這九十九區——新的老師，女的，省會人，教音樂。鋼琴家。手上有了血泡，血水沿着鍬杆流淌。他取出手巾於她擦血。手巾是粗織白布，毛邊四方，新的淨的。

她看他，有了人情好意。

# 3 《天的孩子》p39–43

翻地播種，各區預報畝產。

孩子要求不高，別的各區，都上報每畝五百、六百，七百來斤。還有幾個區裏，竟就上報畝產——八百斤。孩子只是要求，九十九區，下至各排，每排上報五百就行。平均畝產，五百來斤。

晨起後，陽光普照。九十九區，靜到可聽陽光落地之響。把各排負責，叫到屋裏開會，就都相坐沉默。讓每排上報預計之產，卻都沉默如死。

「我知道」，孩子說，「這兒畝產最多，二百斤，可並不真的，就要畝產五百，是先着口嘴上報，然後下力去種。」

會是開在孩子屋裏。屋在區的大門一側，有三間，正屋是廳，兩邊為孩子住處，和他之643房。人就坐在廳裏，長的凳，有幾條，人都分開相坐，頭都一律勾着。一個作家，一個學者，一個是宗教教授。另一個，是音樂老師，鋼琴家。他們被定為——各排負責。就都開會沉默。

「你們不報畝產，」孩子輕聲，「不讓你們回去洗臉。」

「你們不報畝產，」孩子大聲，「不讓你們，回去吃飯。」

「你們不報畝產，我就撤了你們當的負責，讓你們五年不能回家，六年親屬 —— 不能來區裏探親。」最後孩子是吼。

於是遊戲，就都報了高產。

事就這樣成了。

預報產量均數六百。孩子他是好的，無打無罵，只是用腳踢了凳子，預報產量，它就轟然上了。學者、宗教、音樂們，就都回去吃飯。

洗臉了。吃飯了。世界也就這樣了。

孩子沒讓作家離開。孩子説：「四個人中，你報的產量最低，你該留下，我要和你説談説談。」作家一臉驚恐，留下了，看着安然出門的宗教、學者、音樂們，臉上厚的羨慕，如那新翻在大地上的紅褐之土。待宗教、學者、音樂們，離了開去，孩子關下屋門。暗光裏，只有他和作家，孩子取出聖母之像，鋪在桌上，説這是誰呢？宗教把她，偷偷貼在田頭 —— 玉米稈園的樹上。

孩子取出一本，由「1、2、3、4、5、6、7」，和直線彎線結成的書，問這是什麼？我讓音樂，當了四排負責，她就送我這樣一本，她的著書。

孩子再取出一張 —— 那畫了子彈的、先前發的那獎狀。那子彈的、金黃的、下邊的空蕩之處，寫了兩句詩語：「縱有千年鐵門檻，終需一個土饅頭。」紅的字，醒的目，孩子指着問：「這是學者枕下的，話是啥兒意思呢？」

孩子還取許多東西來，給作家，一一研究細看。如半裸的——女人畫；寫滿筆記本的——日記冊；完全是外國人用的——圓珠筆；和一打就着火的——連作家也未曾識的——打火機。那火機，充滿汽車開過之後之油味。他們圍就一一看，說下很多很多話，最後孩子，取出一瓶藍墨水、一支蘸水筆、一本信紙來，遞給作家道：「你可以著書了。你的念想可以實現了。上邊同意你——在區裏著書立說了。」孩子說：「你可以寫出一部了不得、了不得的著作來。上邊為你——給你的著作起了名，名叫《罪人錄》。上邊說，每本稿紙五十頁，要求你，寫完五十頁，交上來，再領取下面的五十頁。說只要，你把這著作寫出來，不僅讓你回到省會和你一家團聚去，還要在全國，印發你的書；把你調到京城裏，讓你統領全國寫書的。」

孩子說：「回去吧——九十九區裏，你是上邊最最信任的。」

作家走去時，重又扭頭說：「我們畝產報低了，現在我報八百斤！」

孩子朝他笑。陽光是金的。大地上，有着霧嵐在漫騰。有那響——下地播種的哨子吹響了，尖利着，在區的院裏跳着飛。

# 4 《天的孩子》p43–48

哨吹了。響破天。卻是大都耗在屋裏不出來。不扛着家什下地去。每排兩張耩麥樓，樓都歇在房檐下。拉樓那繩隨地扔。上邊下發來的麥種子，在袋裏，豎在各排房門口。

洗衣的，洗着他的衣。

寫信的，寫着他的信。

沒事的，他就蹲在那兒曬光亮。

都去找孩子，說人都不下田，都問誰有那能耐，可讓那畝產六百斤？

孩子看看那——剛從他屋裏走去就又折回的——宗教、學者和音樂，低聲說了三個字：

「開個會。」

就開會。

人都雲在孩子屋前空地上，單位以排散坐着。孩子沒有多說話，取出了一份文件來，讓一個年輕的育新上去念。孩子說，誰把文件唸一遍，獎他明天一天不勞動，去鎮上送次信，把郵所的報紙、信件取回來。就有兩個年輕的，爭着唸文件。孩子讓他們其中一個唸。文件上沒有太多話。文件上，公佈了在育新區可以讀的書。文件唸完後，孩子在人前默一陣，大聲說：「都聽明白沒？公佈了你們可以讀的書。沒有公佈的，你們讀的都是錯和違法反動的。」

「現在間，我知道你們都讀什麼書。書都藏在屋的哪。」孩子在人前走來走去說，「有人躲在廁所讀那反動的書。有人睡到半夜又起床，讀那反動、反動的書。還有人，一邊讀書一邊大聲哭。」孩子在人前走來走去後，突然間，立下來，指着那爭唸文件的：「你們倆，不光明天一道去鎮上送信、取信歇一天，還獎勵 —— 你倆明年各有三天探親假。」孩子說：「現在你倆聽我的，到二排 —— 學者睡的床頭翻，在他的枕下邊，藏着一本反動反動的書。」

就去找。找到了一本名為《魏晉七賢》的反動書。

孩子說：「去三排宗教的被子裏。他的被套有拉鍊，你們拉開拉鍊找。」

就去找。在宗教的床頭上，四方齊整着他的被。有一本《舊約》藏在拉鍊裏。那書黑的皮，每一頁，都被讀舊了。都有用指頭沾了口水掀的印。

孩子說：「去第四排房子作家的床下找，他的那床下，藏有三個木箱子。箱裏都是書。」

就去找。找到三個木的箱。抬出來，把衣物扔地上，將書倒出來，有《野草》、《唐宋律》，還有外國小說《高老頭》、《拉曼查的智紳堂吉訶德》、梅里美的小說集、莎士比亞戲劇《羅密歐與朱麗葉》、狄更斯的《大衛•科波菲爾》等，還有那，歌德的《少年維特之煩惱》。八八和七七，書都舊的了。書都破的了。書裏的字，多是繁體印刷着。作家的小說都是中國的事，可他藏的和讀的，多是外國書。

三箱幾十本，堆在地上一如山，燒是一堆火。

孩子把目光，落在女音樂的臉上去。那臉白成紙。白成雪。白成霧。女音樂，坐在人群最後邊。孩子去看她，所有人，也都扭梗脖子去看她。音樂把頭勾下去。孩子又把目光扭到別處去，望着一個胖的中年教授說：「你是給上邊提意見——說上邊，每個周末不回家，都去看戲還專看古裝老戲才來造就的。可你的枕頭裏，裝的書，全是線縫古本書，還有一本最為反動淫邪的，名叫《石頭記》。聽人說，那書裏的詩句你全能背下來。」

又指着一個瘦的人：「你給最上邊的京城寫信說，現在的——上邊都壞了。可是你不壞，你的抽屜裏沒有書，卻有許多小洋糖。你們家，每月給你郵一件衣裳來。每一郵，那衣裳裏都包着一斤糖。你每天起床、出工、收工、睡覺前，都要偷偷吃顆糖。一天最少是五顆。一個月就是一百五十顆。可你知不知，到現在，全國百姓都還未見過用糖紙包的進口洋糖你知不知道啊？」

孩子神機妙算，所知甚多，説誰的哪兒藏了書，誰的那兒果真就有書。説誰哪兒藏了物，那兒果真就有物。孩子立在眾人前，説話間，不斷朝那些書上踢一腳。到那一堆越來越大了，如垛如山間，他從垛後轉到堆前來。太陽相跟着，從他背後走到面前來。光下來，落在書堆上。塵星點點着，騰在光裏舞。人的臉，都是驚白色，眼裏蓄含愕異的亮，盯着孩子像盯着一個神。就盯着一個神。盯着那個神。鳥在天上飛，翔過去，羽毛滑下來，有旋的聲音響。孩子接了一羽鳥毛看，扔出去，大聲道：

「我不再一一説，你們那書藏在哪，你知道，我知道，天也知道的。現在間，你們都自己去把那不該看的反動拿出來——繳出來，事就一了百了了。」

都開始，自己去屋裏取那平素看的書。多為主動的。眾都積極的。有人含猶豫，孩子盯着他。猶豫者，不再猶豫了，忙慌回去找。女音樂，她是要起身回房去找的，立起來，可孩子看了她一眼：「你沒書，不用回去了。」

音樂就又坐下來，對孩子，蓄下好記好憶了。

所有的，都回了，音樂沒有回。

拿來書，像丟舊鞋樣。都把一本、幾本扔在書堆上。書堆就高了。太陽也高了。書堆就大了。太陽也大了。書堆裏的書紙味，腐黃色，飄出來，和秋田的氣息混在一塊兒。

書堆它就堆高了。

書堆它就越堆越高了，像了山峁子。

孩子隨手舉起幾本書，有《吶喊》、《浮士德》，和《巴黎聖母院》，點火燒起來。拿了一本《精神現象學》，點火燒起來。拿了《神曲》和《聊齋》，點火燒起來。孩子燒了很多書，要燒巴爾札克的小說時，回扔進了書堆裏。要燒托爾斯泰的小說時，回扔進了書堆裏。又回扔了一本《罪與罰》，對那兩個年輕道：「剩下的，都搬到我的屋裏去，冬天烤火正可做火引。」

人都把書朝孩子身後屋裏搬。

每搬一疊書，孩子他，都從中抽出一本舉起來，扯着嗓子問：「這本是誰的？你說我們第九十九區畝產六百斤，是多還是少？」

再舉起一本來：「預報畝產六百你說高不高？」

又舉起一本來：「你願意下地播種嗎？」

還舉一套精裝硬皮的：「這書反動到天上地下了，你說一畝地能不能產出六百斤的小麥來？」

到午時，書堆被孩子舉完了。問完了。人都扛着耩耬、種子下田播種了。

# 第二章

## 《故道》、《罪人錄》

# 1《故道》p1–2

我就這樣船隨水流地開始寫作了。

有了紙，有了筆，有了藍墨水。我的寫作被上邊恰如其分地定名為《罪人錄》，要求我把九十九區罪人的點點滴滴全都記下來，雲來雨落地交上去。我渴望寫出一部書，但不是《罪人錄》那樣的一部書。拿到孩子給我的蘸筆、墨水和稿紙那一刻，我的雙手有些抖。我已經年至半百了，除了寫過五部長篇，二十幾部中篇和上百個短篇小說外，還有幾本散文集。我的小說被譯為英語、俄語、德語、法語、意大利語和朝鮮語、越南語。根據我的小說改編的電影家喻戶曉，獲得了世界電影藝術獎。國家的上邊出訪到國外，曾多次讓我在我最著名的小說上簽上名，由他們做為國禮送給外國的領袖和總統。可就是這樣一個榮耀的我，因為單位分配下來的育新指標完不成，我組織全省知名的作家、批評家，開了一個民主討論會。會議從早上八點始，到午時一點還未完。要選出一個必須育新的反動人士比國外選出一個總統還要難。這已經是連續三天開會選舉了，作家、批評家們的厭煩像因暴雨漲起來的水。

第三天時間已經過了午飯一個多小時，人們饑腸轆轆，唇舌乾燥，最後都叫着我的名字說，你是著名作家作協主席你說誰反動誰就反動吧，你說誰的名字我們都會舉雙手贊成河呼應。

我深知時局錯雜，海水鹹苦，當然不會隨便說出一個作家、批評家的名。

我給每人發了一張紙，實行無記名投票選舉制，讓大家把他心目中反動權威的名字寫在那張白紙上。並且民主而又巧妙地說，大家如果害怕對筆跡，你們可以用你的左手寫，可以模仿別人的筆跡寫，可以不僅用左手，而且還閉着眼睛摸黑寫。總之，用你認為別人認不出筆跡的方法把你心中的那個反動的名字寫在紙上交出來。

所有的人，就都用最奇特民主的方法在各自的那張紙上寫了一個人的名。把那些紙和名字收起來，當然是誰的名字最多誰就可以當選了。然而結果是，我的名字出現在了幾乎所有的選票上。

我被高票當選了。

為此我給某位領袖寫了一封信，把我的作品目錄、藝術成就和對國家的忠誠全都寫在那信上，最後希望京城的上邊能干預此事，把我的名字從反動名單中剔出來。上邊雷厲風行，很快給我回了一封信：「你的文學成就甚高，正可以到育新區為人民寫出一部真正的革命文學作品來。」

我離開省會那一天，單位所有選我的同仁全都來送我，大家共同對我說，你是唯一可以用你的榮譽、成就、名聲來抵抗改造的人，你去了我們都會善待你的家人、孩子和親朋。

# 2 《故道》p7–10

九十九區位於中原的黃河南，距那條母親河還有四十幾公里。在這四十幾公里的開闊中，全部是黃河原來不斷改道留下的沙灘地。因為千百年來黃河水災氾濫，土質極差，多數農民早就遷徙他去，留下的沙地、野草和漫無邊際的荒蕪及少量的村落與人口，正是建立監獄、流放犯人的好地方。這裏的監獄從明朝直到解放後，都興旺發達，犯人巨增，最旺時達到三萬五千多，各種死刑犯、勞改犯，在這兒主要的勞動是加固黃河大堤後，把黃河故道下邊的泥土挖出來，把上邊的黃沙埋到泥土下，變沙地為良田，恢復沙地為耕地。當這兒萬畝千頃的沙地變為良田後，舊國結束了，新國成立了，這兒不再是了死刑犯的監獄和執行地，而是勞改農場了。是那些有期徒刑在這兒勞動改造、種糧種棉的大農場。當共和國成立幾年後，這兒就不再是勞改農場，而是了如農場一樣的罪人育新區。

育新區依據當年監獄的監舍和分佈，在無邊無際的黃河故道上，設有總部和分區。總部在鎮上。圍着總部的各個分區和土地，有的上千畝，有的近萬畝，共有多少必須育新的罪人和土地，其實沒人真正弄得清。有人說這兒共有一萬八千七百多個育新者，有人說共有兩萬三千三百多。在這大約兩萬的育培罪人中，百分之九十是教授、學者、教師、作家和各行各業的讀書人。還有那約略的百分之十，是國家的幹部和高官。但就我們第九十九區說，共有一百二十七個人，百分之九十五都是讀書人。

九十九區的座落是距總部最遠、最為邊緣、最靠黃河岸沿的。因為最靠黃河岸，就不用擔心有人會逃走。往左往右往前去，踏着野荒走上十里二十里，除了他區的罪人們，你難以碰到別人和野畜。終於又走了十里二十里，荒野雜樹過去了，看見一片田土和莊稼，以為有人有村莊，你看到的卻還是另外一個育新區和種田鋤地的罪人群。他們和你是一樣的罪人需要育新者。育新的規定是一個罪人舉報另一個罪人有逃逸之嫌獎勵他探親休假一個月，抓住一個正在逃跑的獎勵你探親休假三個月。抓住三個逃跑者，你就可以獲釋回到你原來的城市和你的工作單位自由去。在這育新區，每個人都在等待着檢舉另外一個人。等待着抓到一個逃者立功去。當然說，逃跑可以向北走，越過黃河跑到黃河以北的村莊裏。然而那邊的黃河從甘肅流經陝西到了河南中部後，雨季洪水濤天，泥沙混流，從來無人敢涉水走過去；到了冬季時，河面沿岸結冰，人可以涉冰步行，可在河間數十丈寬的河心裏，卻仍然是因為流急無冰，水寒徹骨，沒有人有辦法過了那河心。黃河是育新區的一道天然屏障物，如同一道涉之必死的國境線。我們第九十九區就在這人夾河圍中。有人逃跑過，可他被別的罪人又抓住送將回來了，結果是他在這兒罪加一等時，人家成了新人回家探親了。有人以為秋末初冬黃河水小了，想涉水過去時，結果沒有走多遠，就淹死在了黃河裏，死屍在下游二十幾里漂在沙灘上。也有人果就逃跑成功了，可他回到家，他的妻子、女兒因擔驚或覺悟，又把他送回到了育新區。末了他從育新區裏被押到了一座監獄裏，他的妻子回去由普通教師升為校長了，由科長立功升至處長了。

從此，就沒人再想那逃逸的事。

何況間，這兒的生活確實要比監獄犯人的生活好得多。吃得飽，穿得暖，空氣水水淋淋，新鮮得如六、七月間剛從樹上摘下的桃或梨。更何況，許多人在這兒的日子就是冬曬太陽夏吹風，一年四季只有農忙時候幹活兒，農閒就和度假一模樣。比如我，在這兒不僅可以散步、呼吸、聊天、打牌和睡覺，同時我還可以寫小說。倘若不是每個人都說畝產壓根達不到六百斤，差不多每個人都還可以看自己想要看的書。想自己願想的心事兒。

然而，大家都犯錯罪了。大家犯的錯罪是都說畝產達不到六百斤。這樣着，事情就不再一樣了，孕育了沙子變成石頭、細風轉為暴雨的變化了。

# 3 《罪人錄》p9（有刪節）

12 月 26 日下午的平靜裏，充滿着資產階級和無產階級的明爭與暗鬥，表面看大家勞動改造，順應潮流，其實在這表面的平靜下，資產階級正在暗處向無產階級詛咒和暗算。比如年輕漂亮的音樂家，我發現她下地時口袋裏裝着一本《茶花女》。這是一本歌頌妓女的資本主義法國最反動的小説。音樂不僅沒有把這本反動小説自覺交上去，而且她竟敢把這本小説帶到田地裏，大家勞動休息時，她就躲開在偷偷看這本反動的書，專心致志，眼含熱淚，而且把目光盯在那濃妝豔抹的妓女瑪格麗特的插圖上，幾十秒鐘都捨不得離開那插圖——由此可見音樂的思想是多麼骯髒和腐朽。妓女瑪格麗特為了勾引男人身上總是插着一朵紅茶花。從而她身上總是散發着紅茶花的香，而音樂的身上也總是散發着和茶花一樣的雪花膏的味。瑪格麗特頭髮總是鬈曲散開如同瀑布般，可音樂的頭髮也每天散開在肩上，如瀑布一模一樣，這又説明了什麼呢？

我建議，上邊要特別注意音樂這種腐朽的資產階級表現和行為。千里之堤，潰於蟻穴。我們決不能比她這種有濃重小資產階級情調的女性腐蝕改變我們育新區。

# 4 《故道》p17–22

上邊要求我寫一部《罪人錄》，就是要我把他們看不到、聽不到的九十九區的同仁的言行全部記下來，條件是我會很快成為新人回家去。我就把我的所見所聞寫下來，有的片段留在我的抽屜裏，有的片段交上去。交上去的是我在育新中的功績和忠誠，留下的是我在成為新人後，要寫的一部小說的素材和記錄。我不知道哪個對我更重要，就像不知道一個作家的生命和他的作品生命哪個更為重要樣。橫豎我可以寫作了。可以在所有的罪人面前，在他們沒有點滴筆墨時，以寫一部革命小說的名譽寫那準備上交的《罪人錄》，也可以在上邊面前，以寫《罪人錄》的名譽，為我未來的那部小說記錄素材和思考。我是九十九區孩子最為信任的人，孩子信任我就像信任他的眼耳和手指。

播種開始了。

沒有人再說畝產達不到六百斤。沒有人再張開讀書人的臭嘴巴，說虛報、浮誇、違背科學那樣的屁話兒。大家說：「科學就是一泡屎。是屎踩着都嫌髒，最好把它埋在田地裏。」

土地被分到了各排間，人均七畝地，每個排都有二百多畝黏土泥沙的混合地。小的地塊有幾畝，大的幾十上百畝，地與地之間是那些因為低窪藏水而形成的水溏、水窪、泊湖和死荒呈白、乾涸堅硬的鹽鹼灘。土地就夾在這湖窪荒野裏，十里二十里的沒有一個人。為了搶種在一周間，把所有的土地都播種，九十九區的四個排，以七人、八人為一組，由那會耩麥的扶着樓，其餘都拉着繩子分在樓兩側。先前畝產二百斤，每畝的種子是半袋大約四十斤。現在要畝產六百斤。種子要稠密，每畝的種子是一袋一百五十斤。荒野的平原上，到了這季節，炎熱過去了，冷涼還未從秋中走出來，帶着泥土和鹹鹽澀鹼味道的風，從黃河那邊朝向這邊吹，人的頭臉是涼快的，身子因為耩麥拉繩卻是熱得汗流浹背，像洗過澡沒有擦就把衣服穿在身上了。

我們一排在區南的幾里處，從一個方圓三里的鹼窪走過去，一片五十幾畝的三角田地鋪在大地野荒上。地翻了，新土紅黃燦爛，在那周圍都是灰白的鹽沙鹼草間，大家播種拉繩，一步一步從田的這頭走到那一頭，再從那頭折回來，循環往復，無休無止，走着動着，卻和沒走沒動樣，如一群鳥飛着卻似凝在了無邊無際的天空下。我是扶樓搖晃的耩播者，是那農民說的把式兒。那活兒並不比寫一部小說難，把一排四個的樓刺扎入土地二寸深，讓耩樓的轅杆向上仰起三十度，借着人們拉樓的力氣把樓柄搖均勻，使麥粒沿着耬眼流進四個入地的耬刺裏。耬過去，麥種就播進土地了。我學了兩個來回就學會播種了，四個來回就算把式了。看着面前拉繩的人，我就像看着磨道被蒙着眼睛拉磨的驢子了。

趕驢的說：「都累嗎？」

他們說：「對呀，五十斤種子能產二百斤，一百五十斤不就可以畝產六百斤了嘛。」

趕驢的說：「渴了就到田頭喝些水。」

他們說：「書都收走了，咱們每晚都打撲克吧。」

趕驢的說：「孩子是好人，他沒有把書都燒掉。」

他們說：「聽說了——聽說前幾天那邊育新區有個教授逃跑被人抓回來，把褲子脱下套在他頭上，讓他頂着自己的褲子通過褲管去天上數星星。」

從太陽正頂播種到日將西去時，人都累得枯成軟的布條或是過冬的草，就都歇息着，席地坐在田中央，把鞋子脱下來，倒着鞋裏的土。就從那土中倒出鑽進鞋裏被踩成泥漿的蟲。去看別人肩上拉繩磨出的血泡和水泡，用荊刺尖兒把那血泡、水泡挑開來，擠出血水來，讓哎哎喲喲的叫聲青青紅紅響在天地間。

那個主動爭着去替孩子找書的年輕人，原是某個大學實驗室的實驗員，他的導師被定為育新對象後，導師說我年紀大了不能到那育新區，師生一場，你就替我吧。他就眼含熱淚去找了校上邊。上邊說你真的決定要替導師嗎？他點了一下頭，說師生一場，父子一場，我沒有別的辦法報答我的導師啊。然後他就到了第九十九區裏，到了我們一排裏。休息時，實驗到田邊的一叢荊樹後邊撒尿去，那叢荊樹離這邊的田地遠，他很走了一程才到那荊叢旁，可他人一到那兒就突然站住了。

突然躲進了另外一叢荊棵間。

突然又從那兒跑回來，氣喘嘘嘘，在田地裏跑着像躍在田地間的一隻鹿。他回來拉住我，就又朝八百米外的那蓬野荊跑過去。我說：「怎麼了？」他說：「有好戲看了呢。」且臉上的光亮紅紅彤彤如那將要落去的太陽的光。為了跑得快，他把腳上的鞋子脱下來，拿在手裏如拿了兩隻船模型，因為跌倒甩掉了一隻去，他把另外一隻也索性扔在田地裏，把自己如甩出去的鞋樣朝着前邊衝。

播種的人，不知發生了什麼事，就都跟着他跑去，追着他像追着一個賊。就在那跑動中，年輕的實驗突然立下腳，似乎猛地想起一樁事，盯住我問了一句話：

「檢舉一次是獎勵回家一月嗎？」

我朝他點了一個頭：「有人逃走嗎？」

他笑了：「比逃走更嚴重。」然後扭頭對着大家聲明說：「哎——今天這事是我發現的，是我檢舉的，你們誰都不要和我爭。」

宣佈着他做了一個下壓的手勢，讓大家安靜下來後，開始輕手輕腳朝前走。已經是夏末初秋了，荒野的刺槐和榆樹，以及圍着刺槐野榆生長的野荊棵，一蓬一簇，在灘地如突兀間從地裏騰冒出來的一團煙，原本黑烏色，可因了季節的退敗和衰落，那烏綠旺密中，有荊葉開始落下來，荊蓬密叢就比先前淺白清淡了。濃烈的綠野氣味中，也有了秋天衰落的枯黃味。一人兩人高的荊蓬就如站在那兒堆着擠着的一群開會人。大家就跟着實驗的腳步朝前走，他快大家快，他慢大家慢，待將到那蓬荊叢前，實驗緩緩停下來，抬起腳，示意人群都如他一樣將鞋脱下來。大家就都脱了鞋，把鞋提在手裏跟着他，光腳朝那荊叢靠過去。

便近了。

都又貓腰貓步地繞着那幾間房大的荊叢朝着荊叢那邊走過去。可是到那邊，什麼也沒見到，只有荊間的野草被人壓倒了一大片。還有被撥下的野草鋪在那兒如床被人身壓過的印痕和模樣，其餘就是那野草荊棵間留下的一股草腥怪味兒。實驗就站在那鋪草面前，臉上是空蕩蕩的失落和稠密旺茂的遺憾色。他拿腳朝那蓬草上踢一腳，罵着説：「他媽的！」

所有的教授、講師和別種別類的讀書人，就都跟着他罵道：「他媽的！」

也就都把目光朝着遠處望過去，看見三排和二排的兩張耩樓和兩叢育新群，正在落日中播着小麥粒，像兩群來回走動的驢或牛。

# 5 《故道》p29–32（有刪節）

實驗直到天黑都心神不寧，為沒有在那荊叢裏抓到他該抓的通姦犯，懊惱厚在臉上，如一塊城磚砌在半空裏。後半晌他總是灰着臉，低着頭，拉着耩麥的繩子一拱一拱向前用力氣，把麥耬拽得一抖一抖，要從田裏跳起來。

第二天，還在那田裏播種時，他不時地要跑到那叢荊裏去撒尿。到了那荊叢前，又總是躡手躡腳，小心小膽地朝着荊的深處去，期望可以逮到他昨天看到的那一幕。

然而他卻總是乘興而去，敗興而回。

有個中年教授問：「你到底看到什麼了？」

他不語。

中年教授就急了：「你以為我不知道啊？不就是有人在那通姦嘛！」

實驗瞪大眼睛道：「這可是我最先發現的。」

「你發現在哪兒？捉姦捉雙，檢舉證據你有嗎？」中年教授冷笑道：「你在那叢荊裏發現有人通姦了，旁人也可以在別的荊叢發現通姦啊。」說着話，教授朝東邊的荊叢走過去，磊落光明，大大方方，走幾步還又回頭喚：「我要發現舉報了，今年春節我就可以回家過年啦！」

人就忽然散開來，朝着四面八方的荊叢走過來。忽然都把播種的耬和種子麥袋留給我，誰也不再拉耬播種了，都朝着某個方向的荊叢、窪地、溝道裏走，樣子是解散去拉屎和尿尿，其實都是去捉姦，希望自己去的那兒正有一對育新的男女脱了衣服躺在草地上，或躲着人們在那野處摟抱着。這時候，他就如期而至了，轟地站在那對男女前，嘴上驚異地喚着大叫着：「天呀——我們到這是來改造的，你們竟還敢這樣偷雞摸狗、男盜女娼啊！」然後就命令那一對男女穿好衣服，跟着他走。他就把這對嚇得臉色蒼白、渾身哆嗦的男女帶去交給孩子了。

他就在孩子面前立功了。

春節前幾日，他就可以獲獎回家過年了，與自己的妻兒團聚了。

人就這樣散開來，到這叢荊裏走一走，到那處窪地轉一轉，再到其他三個排播種的田地周圍去尋找。一去大半天，到了日將正頂時，所有的人又陸續從四面八方走回來，彼此碰面後，誰也不問誰到底看見什麼了，發現什麼了，都是臉上掛着失落訕訕的笑。

一個教授無話找話説：「屙完了？」

另一個教授笑一笑：「我有些拉肚子。」

另外一個就對大夥說：「今天喝多了水，總是想要尿。」

就又開始不言不語拉着繩子播麥種，再也沒有耍滑偷賴的，沒有東張西望不使力氣的。

這樣到了第六天，終於誰也沒有找到那對通姦犯，然分給我們的那二百多畝必須播種小麥的田地竟是比別的排快着一步將要播完了。快完了，人也都累得如癱在地上的泥，回到區裏就都倒在床上去。我也是這樣，因為播種要把那麥樓搖得顛蕩不止，匀晃匀進，兩條胳膊在我身上麻木成兩根不再屬我的柴棒兒。我拿手去我的胳膊肉上掐，如掐兩段豬腿狗臂一樣沒知覺。就是這時候，夜裏我睡到深處如死了一般時，實驗把我搖醒後，趴在我耳朵上急急切切說：「快起來，我發現四排有五個女的沒有回去睡。」

我一怔，從床上坐起來，借着從窗口透進的月光趿上鞋，就把實驗拉到了屋外邊，站在門前的一棵樹影裏，聽他說他每次晚飯間，在所有的育新都從田裏回到食堂時，他就觀察有哪個男的和女的吃飯在一塊，彼此親熱到超出常人的樣。他說他最少抓住了十對男女每次吃飯不是坐在一塊兒，就是蹲在一塊兒，還見到男的給女的夾菜吃，女的把吃不完或捨不得吃的饅頭放到男的碗裏去。說為了證實這十對罪男罪女的關係非比尋常的親，他今晚匆匆丟下飯晚後，躲在女宿前邊的一個牆角裏，觀察有哪個女的沒有回宿舍，或回了宿舍又從宿舍出來了。

「共五個」，實驗輕聲對我説，「現在已經半夜了，一共二十七個女罪人，卻只有二十二個在屋裏。」

夜已經深到如同枯井般。月光在頭頂涼白涼白，彷彿結在天空的冰。從房裏傳來累極的鼻鼾聲，泥濘泥黃，如雨天滯在土道上的漿。我就在那夜中盯着實驗的臉，像盯着一張因為沒有畫完而輪廓模糊的畫。

「你怎麼不到外邊去抓呢？」

「大半夜，我一個人抓到他們，他們要硬説沒有通姦是我陷害呢？你也去，你可做證人。」

我想想：「那我們舉報以後算誰的？」

「我都想過了。」他説到，「抓住一對算我兩個的功。捉住兩對各一半。捉住三對我們的功勞四六開。你四成，我六成，畢竟這事誰都沒有我下得功夫大。」

他是公平的。我沒有再猶豫，略一思忖就和他一道朝區院外邊走去了。路過大門口，看見孩子睡的屋裏燈光還亮着，屋裏有木鋸拉動那樣的吱啦聲，似乎是孩子在屋裏做什麼。我們當然不會驚動他。我們踮着腳尖從他門口、窗下出去了。

在區院的東邊圍牆下，我倆看到了窩在那兒的一對人，躡腳過去把一柱燈光突然射出去，看到的卻是我們排的另外一對男育新，也貓在那兒去捉別人的姦。我們朝圍牆後邊走，又看到了牆下有人影在晃動，把燈光射過去，竟又看到了三排有個男罪伏在草地上，問說幹啥兒？答說聽說區裏有姦情，希望自己捉到可以立個功。我們三個人一道朝着前邊一片樹林走過去，人還未到樹林邊，有四柱燈光同時射過來，在那光裏同時都說了一句話：

「怎麼又是一堆男罪啊。」

那一夜，到月落星稀時，人都有些冷，覺得天將亮了應該回去了。大家就都兩手空空朝着區裏回，才發現出來捉姦的男罪共有六十幾個人，佔九十九區一半還要多，最大的六十二歲，最小的二十幾，排在一起，隊伍長長，如一條遊在夜野的龍。

# 第三章

## 《天的孩子》、《故道》

# 1《天的孩子》p59–64

城裏的事，孩子他，不可忘的那一幕。

要表彰，孩子他，去了一趟縣上邊。縣城果是城，有樓房，馬路和路燈。

初入冬，報產量，畝產超過六百斤者受表彰。都去縣上受表彰。孩子他，上報畝產六百斤，意是天高地大一個數，可是間，有人上報一千六百斤。縣上大獎勵，報出一千斤，獎勵一張大鐵鍬。一千五百斤，獎是鍬和鋤。超過兩千斤，還有手電筒，和那雨膠鞋。超越三千斤，每多一百多你一尺花洋布。人就瘋了報。報五千。又一萬。有人勇猛畝產五萬斤。

都高呼。都揮拳。愛國愛到畝產十萬斤。

縣長笑——坐在會堂台子上，臉上發紅光，雙手朝下壓：「不能超過一萬斤！不能超過一萬斤！」開會的，朝那台上衝。衝那統計的：「我報十萬斤，要把縣上的獎品都領走！」就質問：「你真能畝產十萬斤？」那人梗脖子：「不讓我愛國呀？不能十萬，明年你把我們全家、全村的人頭都割下。」孩子他，想得的獎品是鍘刀。要鍘刀，需上報畝產三千斤。兩柄六千斤。可孩子，還沒算好五柄應為多少斤，上報數就攀了十萬斤。

孩子驚恐瞪着眼，不明眼前世界的事。

孩子坐在第三排，朝那台上擠着上報時，又被擠下來。孩子欲要哭，不明天下的事。孩子欲哭間，縣長跳到台子上，跳到桌子上，吼讓大家靜下來。靜不下，縣長在天空點了兩個炸雷炮，「砰砰！」兩聲如槍響，會堂靜下來。縣長立在台上桌子上，臉上放着光，頌揚人的熱情和覺悟，又說無論誰，不能超過一萬斤。超過一萬為謊報，謊報不真實。縣長說，有人報一萬，有人報八千，有人只能報幾百。誰報多？誰報少？縣長讓人都回到台下坐，說過下一會兒，天上必定飄紅花——那紅花，讓你報多少，你就報多少。人都靜下來。回去坐下來。忽然間，會堂的上空果然飄紅花，轟轟烈烈，舞舞翩翩，如落一場紅的雨。皆為紙剪、紙紮的，大紅、殷紅、粉紅、紫紅的花。花上有飄帶。飄帶上，寫有畝產數。

人在天空撒紅花。紅花如落雨。

人都站在凳上搶那花。

各人一朵花。

花上寫有「5000」的，算你上報五千斤，笑着去領了獎品鍁鋤、鎬頭和鍘刀，還有許多布。寫有「10000」的，算你行大運，你的那獎品，得用擔子挑，獎的洋布夠你全家穿五年。人都佩戴紅花去台上領獎品。可孩子，頭上落的、伸手搶的，只有拳頭大的花。花上那數字，可憐可憐是「500」，不見榮譽也沒獎。

孩子欲要哭，站在那台下。站在人群外，如那脱開群的孤一隻羊。

孩子欲要哭。

有人挑了獎。挑下一擔獎品從那孩子面前過。孩子問人家：「畝產真能一萬斤？」

人家就大笑。笑着去他頭上摸。用手捏他肩。用掌拍他後腦殼。

孩子去找那帶他來的總部上邊的。到這兒，到那兒，找到會堂廁所裏。有燈光，廁所是新的，地上鋪了新洋灰。上邊的，正在洋灰地上用腳去踢那硬的滑的發光地。上邊說：「回去也把總部的廁所地上鋪洋灰，不怕尿水漣漣滴。」

孩子囁囁說：「我也要上報畝產一萬斤。」

上邊眼睛瞪大了。

孩子說：「不能一萬你用鍘刀鍘了我的頭。」

上邊瞪大眼，在廁所，嘴也張開來。

「是真的。」孩子閉閉嘴，重又張開來，「最好報那比一萬大的數。」

上邊的，繫褲子，繫腰帶，不再看那腳下新鋪的、第一次見的洋灰地。他接過孩子手裏紅花看，思忖一肘時間後，取了筆，在那「500」前邊加了「1」，後邊加了「0」——等於15,000斤。上邊的，臉上堆下笑，拿手去孩子頭上摸，如抓一個球：「抓緊找縣長。縣長辦，就在會堂後的二樓裏。」

孩子找縣長。

找到縣長了。

縣長辦，在一幢老式的樓間裏。孩子從未見過這樓房，和育新區的房子不一樣。木地板，塗紅漆，紅的光。地板走人落腳處，漆去了，露出一圈一灣波木紋。走廊間，樓梯間，木香味，如是夏麥味。孩子上那樓時拿手扶樓梯，從此知了檀香木，原是好的木。孩子站在縣長辦的屋門前，見那縣長他是好的、善的、可以親近的。

縣長正看統計表，有如醫生在看體溫計。是他轄的管的村村社社的、剛才天女散花的畝產數。縣長看那統計時，坐在過窗暖亮日光裏，臉上燦然明亮，猶如神的光。

孩子走進屋，把紅花遞給縣長看，很囁嚅了一句話：「我的花上寫的一萬五」。

縣長接花看，思忖時間一肘、兩肘長。笑着去，拍那孩子的頭，拍那孩子肩。

大手抓那孩子的頭，如抓一個球。

# 2 《天的孩子》p91–97

回區裏，孩子模仿剪了很多小紅花。小花五瓣如冬梅，將它們，放在一個紙盒裏。

盒子鎖在抽屜內。抽屜嵌在孩子桌下邊。

冬天間，九十九區閒，有人拿書問孩子：「這書能看嗎？」孩子把那書，跟文件書單對。單上有它的，孩子說：「看去吧。」單上沒它的，那書收繳了。

人都在那院裏避風處，散散看閒書。讀一個月前的、剛將到的報。一大片，散散看閒書。

孩子看人閒，決定開個會。

「都出來——都出來。」孩子大聲喚。

就都出來了。

就在院裏開會了。

人清閒。都開會。

孩子立在他門前，立在一張凳子上。

孩子說：「從今天，我們實行紅花五星制。聽話的，發你一朵小紅花。需要獎，也獎小紅花。得了花，回去貼床頭，一月一評比，得夠五朵小花獎你一個中的花。得夠五朵中花獎你一顆大的五角星。得夠五個大的星，就可離開區裏回家去，和你家，兒子媳婦在一起。回到你的單位去。回到你的講台去。回到你的實驗房裏、書房裏，再也不用在這兒，同別的罪人一道改造育新了。」

孩子説：「五顆大的星，説明你已育成新人了。從着罪人到了新人啦——你就自由啦。」

「今天太陽好。」孩子大聲説，「太陽好，我們開個會，實行紅花五星制——都把自己掙的小花貼到床頭上。同屋的，監督同屋的。看誰敢，自己偷剪一朵貼上去。誰偷剪一朵小紅花，就把誰的全部揭下來。誰舉報，別人偷剪一朵花，必就獎他一個、兩個中號花。」

台下的，教授們，讀書人，看着面前的——站在凳上的孩娃兒，他臉上，誠實又莊重。陽光照上去，那臉發紅光。彷彿着，那光向外發散還有劈啪聲。「我在縣上上報畝產一萬五千斤，」孩子説，「我們第九十九區裏，不僅是，所有區裏畝產最高最高的，還是全縣畝產最高最高的。全縣第一名。原來有人上報一萬斤，他是第一名。可他走了後，我們第一了。」

「都見了，我們區，有縣長發的五朵紅色油紙做的大紅花。」孩子驕傲的、挺立的、把胳膊伸向半空間。孩子驕傲的，挺立的，右手捏成拳，「這小花——都是用那油紙剪製的，你們要偷剪，也沒油光紙。」

「剩下的事，」孩子他，最後掃下一眼開會的，「就是不能冬閒都閒着，要鋤地，要追肥，要澆水。水流不到的，要挑水澆一遍。麥熟時，麥穗大得比指頭粗，畝產一定要達一萬五千斤。」

孩子喚着問：

「大家有沒有決心畝產一萬五千斤？」

孩子的問，衝衝撞撞的，聲動山河的。

下邊的，都驚着目光看孩子。

「有沒有決心呀？！」孩子再次大喚問。

冷的驚，靜鋪滿一院子。

孩子振臂呼着問：「到底有沒有決心哪？！」

所有的，目光不再看孩子。他們看自己。像沒有，聽懂孩子的話，企等着，別人解釋孩子說的話。太陽暖，金黃光，鍍就每一張的臉。每張臉，都是愣黃色，閃下驚的光。麻雀在區的院的牆上飛。驚靜着。天極的靜。會場上的靜，如湖如泊，能可淹死人。孩子承受不了靜，從凳上，跳下來，回屋取了鑰匙開抽屜，拿了那紙盒，先抓一把小花給那人們看。看了後，用手尖，舉着一枚小的花。

「你們說——有沒有決心畝產一萬五千斤？」

沒人答，孩子又加了一朵花。沒人答，孩子又加兩朵花。孩子最後把花加到八朵時，孩子不加了，臉上成霜色，冷着凌厲道：

「誰先回答 —— 這八朵小花就給誰！」

有一人，突然站出來：「能 —— 一定能一萬五千斤！」

那是年輕的，捉姦撲空的，卻總是堅韌去捉的 —— 那個實驗員。他一下掙了八朵花。

孩子又舉起五朵小紅花：「有沒決心啊？！」

「有！」又有一個年輕的，他喚着，揮着拳，上前莊重領了五朵小紅花。

孩子還又問。一片人，都揮拳喚着說，一定能，種出畝產一萬五千斤的田。都上去，領了各該得的三朵兩枚小紅花。孩子再又問，又都一片一陣回答了。如歡呼，驚着區院、田野，和遠在幾十里外的那條河。大的河。母親河。得了小花的，他就回屋去。是冬天，有着風，外邊終為冷。沒得小花者，終是不說話。他們坐在院落地，僵持着，看孩子，也彼彼此此自己看。有宗教，有學者、有音樂。還有別的人。那作家，隨着人眾說了可以畝產一萬五千斤，領了小花回屋了。沒有太多人，僅只十幾個，他們坐在那院裏、那冷裏，坐在那兒彼此看，卻是僵持不說「能的」那句話。孩子他，也就看他們。僵持如那開了弓的弦。箭在那弦上。回屋的，又都走出來，看這一片僵局裏的戲。看那些 —— 到底鬆不鬆口擠說那句話。

看孩子 —— 終會怎樣收拾這一局。

風吹着，草在地上捲。地托人，托着草，托着區院和局面。孩子他，立在他們前，目光冷厲逼着問：

「——到底能不能？」

沒聲音，沒有話。

「——不說話你們點個頭！」

沒人點那頭，孩子就大喊：

「——我最後問一句——有沒有決心畝產一萬五千斤？」

學者、宗教、音樂們，是被將住了。生硬不點頭。不說話。局就僵在那。人都圍着看。看戲演，看殘局。臨近午時候，太陽隱在雲的後，大地上，描注灰的色。區院這，人都一臉灰。孩子不說話，冷着眼，閉着嘴，站在那兒僵將着，忽地轉過身，朝他屋裏走回去。沒人明白孩子回屋做什麼。誰都目跟着，瞅着那——和別屋沒有二景的門。孩子他又出來了，氣凶凶。誰都沒有料到孩子進屋扛出了一柄鍘。新的獎品鍘。刀上沒有一星鏽。棗木鍘座根部還開燕尾岔。沒人靈悟孩子扛出鍘刀幹啥兒。學者、宗教、音樂們，臉上的，僵持成着惘然了。孩子那舉動，如需要一根柴時刮來一股風，需要那水時，來了一隻天空的鷹。

不相干的事。風馬牛的事。

可孩子，就這樣。

事就這樣成下了。事就確定了。

孩子扛着鍘刀走出來，「咚！」一聲，把那鍘刀放地上，閉着嘴，將刀拉起來，讓那刀的刃白呈在天地間，自己豁然躺在鍘刀下，脖子擱在刀下鍘座上，頭垂至，鍘座對面去，面向天，眼睛瞪到幾將流灑掉下來。

他大喚：

「那好啊 —— 你們不說可以畝產一萬五千斤，就過來把我的頭鍘在地上吧！」

對着天空叫：

「立國之前，有個女娃兒，東洋人問她事情她不說，脖子被那東洋一刀鍘下了。立國後，她成了國家英雄了。」孩子喚着說，「我自小就渴着這樣啊 —— 朝思又暮想，學那女娃兒，有人把我的脖子鍘下來 —— 求你們 —— 把我的頭給鍘下吧！ —— 求你們，把我的頭給鍘下吧！」

孩子連連喚：

「把我的頭給鍘下吧！」

「把我的頭給鍘下吧！」

「宗教 —— 學者 —— 求你們，過來把我頭給鍘下吧！」

女音樂，臉色就驚白。

所有的，臉色都驚白。

# 3 《故道》 p43–51

女性四排住在第一排的房。她們人數少，共住四間屋，其餘四間是育新區的食堂房。我們一排住在最後第四排的房，二排、三排佔居第二、第三排的房。每排房子八間屋。每間屋裏四張高低床，上下鋪，睡着八個人。睡不完的那間房子為庫房，放各樣農具和雜物。

大家領到的紅花並沒有一律貼在床頭上。因是每兩個人共用一張簡易柳木桌，睡上鋪的把自己的紅花貼在桌前牆壁上，睡下鋪的貼在床頭上，這樣便於彼此監督誰有幾朵花。屋子十幾平米大，四張高低床和四張柳木桌，把那屋子擠得嚴密實落，彼此走路都絆腳。被子一律如軍營一樣疊成四方塊。床單必須每天拉得展又展。每人一張的小凳子，不坐時一律放在床下靠路這一端。臉盆放在凳邊上。牙缸擺在床頭的涮架上。牙膏、牙刷都一律朝着東方斜，牙刷的毛端要向上，牙膏的蓋子也向上。牆壁是哪年刷的石灰白，已經脫落變黃了，可那牆壁上，除了貼有上邊上邊一個人的像，餘皆什麼裝飾都不准貼。

就現在，床頭、桌前都有紅花了。幾朵幾行的鮮紅綴在那灰暗裏，反而讓那屋裏有了生氣和勃然，像常年陰灰的屋裏突然有了一絲光。紅紙花朵兒，指甲殼兒大，剛領回去似乎都還不好意思貼，可領了三個、五個的，七個、八個的，他就極其認真地把那紙花用飯沾在了床頭或桌前，還很認真地朝後退一步，端祥他一排幾個的紙花貼得正不正，在不在一條直線上。這樣兒，就都極認真地把那小花貼在了孩子要求的位置上。也許着並沒有誰真的寄希望五朵小花換一個中號花，五個中花換一個大號五角星，積夠了五個大的五角星，就可換來離開育新區的自由去。可是說到底，也沒有一個憑空把自己的小花扔掉或奉贈讓給別人的。

我已經有七朵小花了。有三朵是我說一畝地完全可以生產一萬五千斤的表態贏得的，有一朵是我們排的小麥長得比別的三個排的小麥都旺孩子獎我的。還有另三朵，是我給孩子送了十幾頁《罪人錄》的寫作換來的。七朵小花豔在我床頭，如一顆流星拖着尾巴從我的頭頂滑過樣，使我在育新區灰暗的日月裏，抬頭就可看見一束歲月亮堂的光。

實實在在說，孩子創立的紅花、五星管理制，猶如一樁天才的發現與發明，讓大家立馬進入了自治自理的軌道上，如一群牛馬不用揚鞭它就自己耕田自己拉車奔跑了。

澆地、鋤麥，修地埂，等着來年畝產一萬五千斤。沒有別的閒雜事，日出而作，日落而息，夜裏回去看那些可以看的書，去查數貼在床頭、桌前的小紅花。有人已經有了幾十朵，齊整幾行如床前燒着一片的火。五朵為一組，每一組都齊碼如列，行行伍伍，似一排紅的軍隊開過來，他每天都閱一次、幾次兵。

# 4 《天的孩子》p98–103

孩子他，委派人，把樹伐下來，拖回去，鋸鋸或砍砍，做了啥，放進裏間屋。剩下木柴烤冬火。孩子正烤火。門響了，砰砰、砰砰敲。天嚴冷，地都凍裂了。堅硬如死的土道上，大地上，裂縫如蟲如蛇爬。

雪是想下它就下着了。

天是想冷它就冷着了。

孩子他，在烤火。引火的，是他繳的書。門被推開來，宗教立門口上，看孩子，用以引火的，是本厚小說，叫《復活》。火盆邊，柴下的，還有撕的紙，和半個書封皮。又一本，是法國人的《紅與黑》。孩子他，烤着火，臉是亮的光。「你坐呀，」孩子看了站在火前的——那個宗教說，「別站着。」就把宗教盯着的、地上的、封皮撿起扔在火上去。《紅與黑》，字就騰成火焰了。司湯達，他就被燒了。宗教他，立在那，又盯那半本《復活》問：「你看這？」

孩子抬了頭：「我不看。」

「你愛什麼書？」

「什麼都不愛。」

「你有那麼多的書……」宗教他，試着朝那火盆靠，想要坐下來。

孩子用了腳，把一凳朝那宗教面前推。「那麼多的書，」孩子重複道，「一個冬天烤去一大半。二年就完了。」說着抬起頭，似是想起什麼事。孩子問：「你有什麼事？」宗教他，知道該說事情了，無奈笑着道：「全排就我紅花少。我也想，讓紅花多幾朵。」

孩子抬頭瞟宗教。

「我還有幾本書，」宗教說，「獻出來，不知能獎幾朵花。」

「看那書多厚。」孩子道，「二百頁獎你一朵花。過千頁，就是一朵中號花。」

宗教沉默後：「我獻的，比別人獻的重要哩。」

「都是燒，」孩子說：「只能看厚薄。一本薄的書，一爐火都引不着。」

宗教愣在那。

「拿去吧，」孩子說，「自己拿的獎紅花。別人揭發繳出來，那紅花，就是別人的。倒過來，還要再罰你，繳回先前掙的花。」

「我是想，」宗教從凳上站起來，「我的書裏有插圖，和誰的書的插圖都不一樣呢。」

孩子他，睜大眼睛看宗教，像宗教，就是那插圖：「再好的插圖也是紙，不都是見火就着嘛。」

宗教無話說。回去拿。很快又回來。原來那書是，早就放在屋門外，事先進來討價的。提來一個黃的包，取出幾本書，一本是《舊約》，兩本是《新約》，還有一本是，《聖經》裏的詩歌集，集起來，書名為《聖詩》。《聖詩》是一本十六開的書，紙質光又亮，每幾頁，就有一幅插圖彩在書裏邊。孩子看那書，看插圖，看那天父像，基督誕生圖、聖母像和基督受難圖，還有施洗圖，和天使桃園圖。孩子像看連環畫。看到聖母的，一張粉彩圖繪時，孩子笑了笑。看到基督在十字架上鮮血淋漓時，孩子怔了怔。看到聖子降生彩圖時，孩子合了書。

「這一本，」孩子說，「每兩張插圖給你一朵花。」

宗教眼睛亮一下。事就這樣成下了。宗教從孩子那兒一下領到十五朵的花。十五朵，花貼在床頭上，長長一排猶如一行熄不滅的燈。

# 5 《天的孩子》p105–111

去了一趟地區了。

地區遠。地區大。地區有樓房、馬路和路燈，還有環形公共車。因為大報畝產一萬五千斤，獎孩子，去地區開下一個會，發現了，地區禮堂比縣裏的會堂大着倍，獎的花，也比縣裏大。是綢花。綢花要比紙花好。

去了地區裏，該着鬧天鬧地、大冶鋼鐵了。地區更為鼓召大煉鋼。

起原先，九十九區不煉鋼。上邊的，要他們，集中氣力種好麥，爭取畝產果就一萬五千斤。還要求，在那浩瀚裏，種出畝產兩萬斤的實驗田。讓天下，齊齊碼碼驚着來參觀。

可現在，也要鬧天鬧地，大冶鋼鐵了。

孩子他，回來沒有傳播大冶鋼鐵那事情。孩子說，上邊有要求，某月某日裏，都到三十里外九十一區去。去看一場戲。到了某月某日裏，就都去。「可以不去嗎？」有人問。「可以的，」孩子說，「去的每人發他兩朵小紅花。不去的，扣他兩朵花。」就都去。一早就吃飯。發了午飯有乾糧，就都群着向西走。大地托着腳，一直正西走。走有三十里，太陽近頂時，那個育新區，隱隱在陽裏出現了。也是那房子，也是那院牆，也是那，顯着白的乾窪鹼地和凸出地面的沙土小麥地。不同的，是在那區的前的一片乾窪田地間，搭下一棚土台子，台子旁，有兩個，土坯泥巴壘的冶鋼爐，樣如鄉村石灰爐，又似農民村頭瓦磚爐。

土台上，掛有一行字：「闖天鬧地、趕英超美！」那樣那樣一行字，莊重莊重的，醒刺醒刺在紅額上。紅額它，掛在台前棚杆上。棚杆橫在冬陽裏。光是燦爛明亮的，將那九十一區照成金黃色。人都堵在黃色裏，數幾百。周圍的，育新都來了。九十四、九十五、九十七、九十八、加之九十一區自己的。上千的。烏烏泱泱的。還有臨近村莊農民們。老人和孩子，過了千，都在那台下。大喇叭，幾隻擎在樹枝上。會就開始了。第一項，是煉爐點燃式，請上邊，來的去點火。鞭炮炸鳴着。在那聲響裏，兩個爐裏堆了柴，澆了油，上邊去點火。轟轟兩聲燃，火光衝向天。歡呼和掌聲，驚天動地着。接下去，上邊講話着。第三項，大戲正戲就開始。大戲是，總部排的情景劇。情景劇裏有故事。故事那要容，是講罪人在國家建設裏，有教授，他對國家深懷仇恨的惡。某一天，區裏上報畝產可以八百斤，他説畝產最多可報一百八十斤。區裏上報畝產五千斤，他説畝產二百斤，也須是那水澆地。

區裏上報畝產八千斤，他說他，一輩子研究農業和種子，就是美國、英國、法國和德國，最好那農場，也無法達到畝產八百斤。結果區裏就鬥他。改造他思想。讓他承認畝產可以八千斤。在這改造中，大冶鋼鐵開始了，他對着，煉爐莫名莫名哭。人都以為他累了，人道讓他回屋歇，可他回後借機逃走了，被那覺醒的、積極的、差不多成了新人的——同仁抓回來，才知他，不僅是根深蒂固反動者，還有兄弟在那美利堅裏做教授。他身上，就揣着兄弟給他寫的信。情景劇，是依此真例編排的。劇的結尾是，這教授，表面悔改了，認罪了，卻還賊着和他美國的兄弟寫信陷害共和國。可其他，育新好的人，洞明他的頑固和狡詐，誓不饒恕他，一定要把他押赴到舞台刑場上。

這故事。

這劇情。

戲的最後裏，在進步同仁的歡呼中，演員們，把他押到舞台刑場上，讓他跪在舞台最前邊。眾演員用搶頂着他之後腦勺，朝着台下喚：

「大家說——怎樣處理他？」

台下都狂呼：「槍斃他——槍斃他！」

台上更大更大問：「真的槍斃嗎？！」

台下一片笑。一片狂在半空揮的拳：「真的槍斃他——真的槍斃他！」

「砰！」一聲，那教授，腦勺後的槍裏出了一團白的煙，他便一團麵樣栽倒了。以為是戲演，卻見那，台上流出一團真的血。逃走那教授，咚地一聲落下來，人在台下身子抽搐抽搐着，伸着腿和胳膊不動了。

不動了。戲就結束了。

台下的靜，和台下原就沒人樣。

看戲回去三十里的土道上，九十九區沒一人說上一句話。遠處房舍裏，有了晚的炊煙升。可聽見，煙在落日中的響。還有腳步聲。踢踏踏，劈啪啪，落在大地上，猶如人，用手拍那寒冬那大地。大地空曠着。空曠而遼遠，把所有所有聲音都吸進大地腹裏去。

孩子說：「演得真好哦，槍斃人，就和真的樣。」

落日就在身後了。就都回去了。就都開始煉鋼了。煉者獎紅花，不煉罰你花。

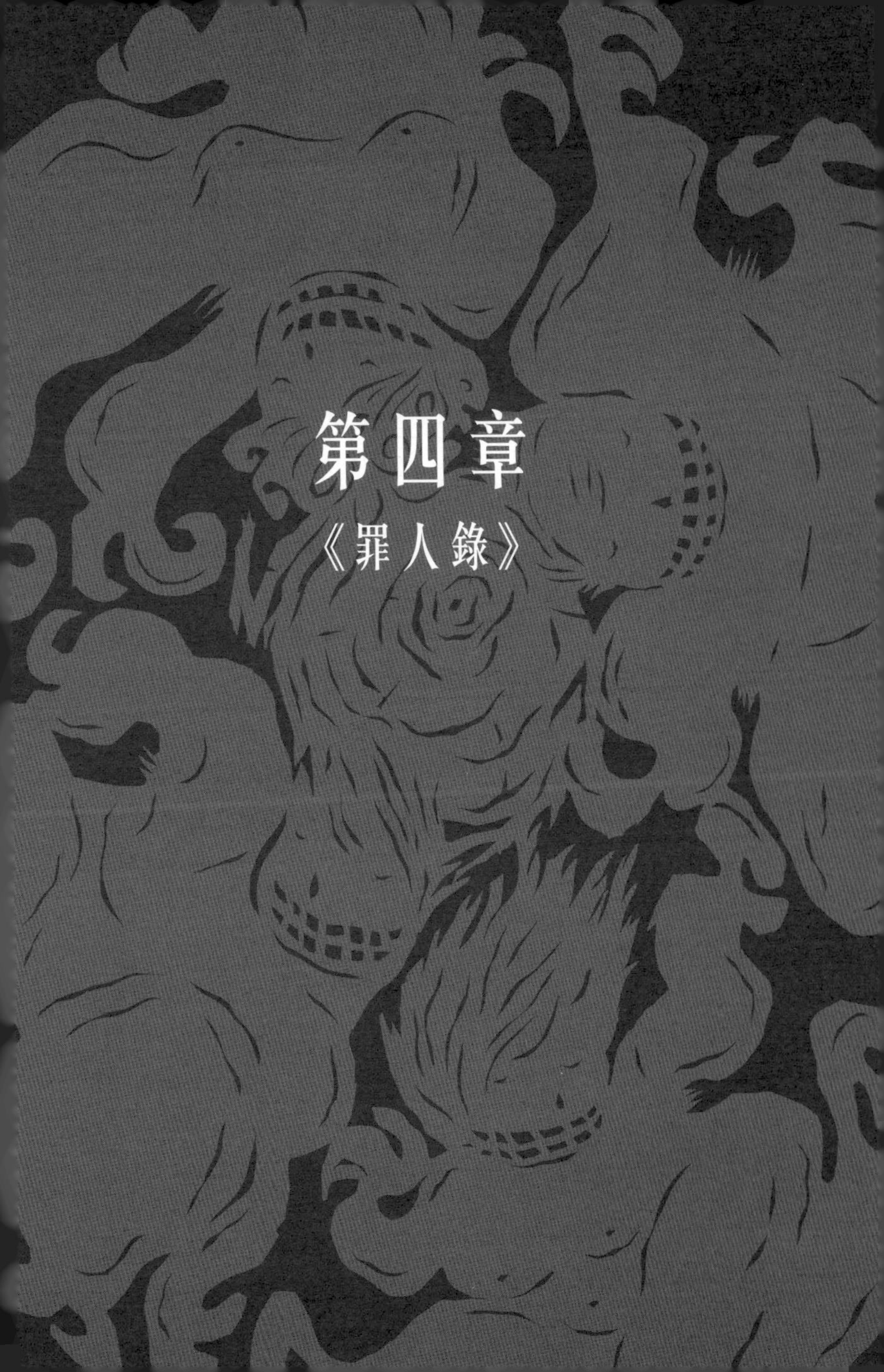

# 第四章

## 《罪人錄》

# 1 《罪人錄》p53

從九十一區回來後，革命形勢急轉直下，一片大好中，還有隱隱的不安和騷動 —— 所有的人目睹了九十一區在舞台上真的槍斃了一個教授後，他們幾乎都不再說話了。吃晚飯沒有一人和從前一樣端着碗説話和議論別的事。山雨欲來風滿樓。他們為什麼變的沉默寡言呢？正是九十一區的革命演出震撼了他們還需要進一步改造的內心和靈魂，正説明他們都是需要育新造就的人。尤其是學者，他同意煉鋼孩子獎他一朵花，他從孩子手裏接過那朵小花後，臉上的表情不是高興而是不易覺察的譏諷嘲弄的笑。他的怪笑無法逃脱我明亮的眼。我終於看見他用兩個手指捏着那朵花，如手裏拿了一片他不屑一顧的廢紙樣。而且在離開孩子走了沒多遠，他把手裏的小花揉成一團丟在地上又用腳踩上去。他以為他的隱蔽會神鬼不知的，可我還是最終發現他這一舉動了。他這一舉動正説明他內心的不安和不滿。從扔掉那朵小花始，直到晚飯他都低頭不語，一副思索狀。而低頭不語、沉默寡言，能説明他思想清白對革命形勢沒有抵抗情緒嗎？請看下邊他和一個老罪人語言學家的對話吧：

「真不敢讓人相信啊。」語言學家對今天的演出感歎道。

學者哼一下：「瘋了！這個國家要瘋了。」

「應該有人給上邊寫封信，制止這行為。」

學者想一會：「我來寫，你可以簽名嗎？」

老罪人是國家語言研究所的老所長，全國人用的詞典、字典是他主持編纂的，可他這一會沒有語言了。他望着學者徵詢他的目光低頭不語了。

這一晚上飯，學者和語言學家再沒說上一句話。

他們這簡短的議論和對話，是在晚飯開始不久後，地點在飯堂前的左邊十五米，當時他們端碗坐在飯場外的石頭上，不遠處還有實驗和另外幾個人。需要向組織和上邊提醒說明的是，如果有人給上邊寫了什麼誣陷祖國熱情的告狀信，也許那人就是學者和語言學家了。

# 2 《罪人錄》p64（有刪節）

實驗的小花原來只有十一朵，可在一夜之間後，他既沒有好的表現，又無積極言行，卻由十一成了十三朵。那多出的兩朵從哪來的呢？是否是偷的或撿了別人的？望上邊順藤摸瓜，查個水落石出。如果是偷的或者撿來的，就該以戒處罰，收回他全部的小紅花，並讓他連續數天做檢討，敲響警鐘，讓所有的人在小花面前誠實和積極，用自己願做新人的行動去爭取，而不是不勞而獲，欺騙上邊和廣眾。

# 3 《罪人錄》p66（有刪節）

女醫生在入冬前給小麥灌水那一天，大家都坐在田頭休息時，她獨自一人坐在田頭上，從口袋取出了隨身帶的醫療小剪刀，剪了指甲後，又隨手撿起一張舊紙剪了一個五角星，巴掌大，並拿着那五星左看看，右看看，最後把那五星扔掉了。

需要警惕的是，她會剪各種各樣的小動物，剪五星又易如反掌，如果有一天，她突然拿出五個五星自由去，那麼她的五星來源就最該懷疑了。又：一個醫療小剪刀，這剪刀從哪來的呢？她本人是醫生，這剪刀不是利用職務之便貪污還會有第二個來源嗎？

# 4 《罪人錄》p70–71

我必須誠實的坦白自己，我在前邊交掉的《罪人錄》中有兩次寫到音樂有濃重的資產階級情調，完全是資產階級音樂家和讀書人，也許我有些言過其實了。我說她有小資產階級情感的理由，是因為她對《茶花女》愛不釋手，並把她手裏所有的書，—— 在一次大家不在時，我借機去看了她藏在枕頭裏的書，多是外國音樂家的傳記，如《貝多芬的一生》、《蕭邦傳》等，她都用透明的專用書紙給包起來，我以此證明她有資產階級思想，崇洋媚外，敬重西人，思想立場嚴重錯誤。可現在，我必須坦誠地向上邊檢討我自己，我對音樂的論斷下早了，言論偏頗了。今天大家都去挖砌煉鋼爐時，我從工地回來取錘子，看女宿無人，我又一次去了音樂的宿舍裏，從她藏在枕頭和床下的書裏發現她不光有那些文件上不讓看的書，還有許多規定可以看的書，如《黃河的怒吼》、《人可勝天》等，她也都用那專用透明的包書紙，把它們包起來。尤其值得注意的是，原來包在《茶花女》上的書皮她又包在了一本《唯物論》上面，有小見大，有輕看重，點滴之水映大海 —— 這說明無產階級正在戰勝資產階級，她的資產階級思想也正在修正與轉變，而我對她的判斷下得有些過早失去公允了。

我向上邊誠實的寫出這一點，是不希望上邊過早的把她放入育新的重點名單中，因為她畢竟正在自新和改變。而唯一令我擔憂的，是她總愛和學者呆在一塊兒，被學者的學識所迷惑，這會讓她成為新人的腳步慢下來。是否會這樣，我們可以在大煉鋼中去觀察。

# 第五章

## 《故道》、《罪人錄》、《天的孩子》

# 1 《故道》p69–81（有刪節）

鋼鐵就這樣震驚世界、轟轟烈烈地煉將起來了。九十九區的熱情也如油火堆在一塊兒。起初說煉鋼，人人都是一臉不冷不熱的笑，彷彿鋪天蓋地的懷疑和幸災樂禍漫在育新區。到了確真時，孩子要把每個排是三個還是兩個煉爐下分時，人們不笑了，相信大煉鋼鐵是鄭重其事、千真萬確地開始了。開始前，不僅要先到相臨的區裏去參觀，看那在戲裏當真槍斃的一個人。還到六十里外的村莊去參觀，觀看農民在村頭挖的煉鋼爐，看農民們如何把各自家裏的鍋、勺、盆、桶、老鎬鑿和舊鐵鍁，以及所有沒用的鐵絲、鉛塊都送到煉爐裏，架在煉爐的上半空，然後在煉爐的下邊用火燒。木柴、黑煤日夜地朝着爐下送。火光熊熊呼呼地叫着從煉爐的頂部竄上來。燒啊燒，烈火衝天地燃上一天兩天後，那些碎鐵熔軟了，鎬頭成了火燙的一團泥，鍁面成了紅亮亮水濕了的紙，連那原本堅硬的斧頭和錘子，也成了烤熟了的軟紅薯。火燒三天後，爐裏所有的物形都沒了，全都化成鐵漿水，到了第三天的黃昏裏，火熄了，把爐頂的泥坯掀開來，讓它自然涼，或者澆上冬冷水，讓那爐裏蒸騰出濃密如柱的白熱氣，三天五天後，冷卻到了恰到好處時，打開爐，石磨似的鐵塊呈着青色就盤在了天底下。

一輛牛車就拉着大的一塊、小的兩塊的鋼鐵朝幾十里外的鎮上去送了。

鎮上又往縣上送去了。

原來煉鋼並無多少神密的事。九十九區在圍牆的東邊以排為單位，修了六個煉鋼爐，把區裏所有能找到的鐵器全都找出來，如日常用的鋤和鍬，斧子和钁頭，十字鎬和堆在倉庫中的舊鐵絲。有用的農具留下來，沒用的全都運到爐裏，然後如法炮製點上了火，三朝五日後，就又有幾爐鋼鐵煉將出來了。

半月後，總部有馬車來到九十九區收鋼鐵，獎勵給九十九區五十斤的肥豬肉，三十斤的牛羊肉。新的生活就這樣掀開篇章進入了新一頁，煉鋼鐵，吃肉菜，寒冬過得熱熱鬧鬧，暖暖洋洋，每天都如過年樣。男罪日日都是分成三撥兒，一撥在爐前燒爐火，一撥上天入地找鐵器。另一撥，到曠野的哪兒砍樹煉鋼做柴禾。女罪們分半輪流着，一半人留在食堂去燒飯，另一半，跟着男人伐樹或者四處去找鐵。到了一天間都沒事情了，並不回宿舍，所有人都圍着煉爐烤火談大天，打撲克，或下石子兒棋。有人不知從哪弄來一兜紅皮金心的長條紅薯塊，把那紅薯埋在煉爐落下的灰燼裏，半個鐘點後，紅薯的香味黃燦燦在爐的周圍飄。

就在這時候，實驗突然把我拉到了一座煉爐的後邊去，極是神秘地對我說：「作家，你看吧，音樂準把她手裏的紅薯送給學者吃。」

我有些不相信。

他又說：「你看嘛。」

從兩個爐的縫間望過去，落日如一片紅水漿在地面上。鹼地原來的白，被人來人往踩去了，那夏天汪水、秋冬枯乾的窪地養下的黑土被人踩出來，在落日中是深灰色的褐，加之六座爐火映着焰黃的光，那兒的土地和人臉，成了鵝黃紫褐的混合色，只還有音樂的臉和別的男人、女人不一樣。她穿一件總不見髒的齊腰紅大衣，脖子圍了灰色毛線織圍巾。初到九十九區時，她頭髮黑亮，是那種城裏時興的齊耳剪，現在不知何時成了獨辮甩在後背上。她果真站在學者的身後邊。學者在打牌，因為輸了臉上還貼着紙條兒。她在他身後，臉上是紅亮壓遮不住的柔白和熟潤，彷彿這黃河灘地上的風和日色很少從她臉上吹過和走過。她在人群中站一會，果然走去蹲在學者身後邊，把手裏的一塊紅薯悄悄塞進了學者的口袋裏。接下來，不知學者說了一句什麼話，把手裏的牌塞給旁邊一個人，退出人群到煉爐最頭上，見左右無人，就在爐和一堆木柴之間吃起來。

「看見了吧。」實驗說。

我點了一下頭。

「我已經注意了他們幾個月。當初種麥時，我在荊棵間發現的那對就是他們倆。」實驗說着把我拉得更遠些，讓我和他一塊跳到鹼地的一個凹坑裏。「今夜輪班該由學者來燒這二號爐，十二點鐘你起床，如果我倆在這捉不到這對姦，你把我的頭從肩上扭下來。」

我盯着實驗極度興奮的臉。

「知道吧——我已經問過了，捉一對姦最少是獎二十朵花。這二十朵小花一下能換四朵中號花。」實驗說着，把他的手從腰間拿到面前掰着指頭算着時，他的手因為激動有些抖，「我把話給說前邊，這次捉姦我不想和你四六分。我想和你三七分——比三七再少些，我得十五朵花，你有四分之一——五朵花。」

實驗盯着我：「我什麼都不讓你做，只讓你跟着做個證人就行了。」

我怔怔呆在那。

實驗說：「你說幹還是不幹吧，你不幹我馬上可以再找一個人。不就是讓你跟着我半夜出來走一趟。」

我不語，盯着音樂背後的秀髮看。

「幹不幹？」實驗豁地從地上站起來，「真的不幹嗎？」

我也站起來，看看實驗的臉，看看遠處的空曠和那吃完紅薯走回去的學者後，朝實驗很用力地點了一下頭：「幹！」

事就這樣確定了。太陽西落時，從區院裏吹來了開飯的哨子聲，響亮歡跳，如吃飽肚子的雀子在窪地繃直着雙腿飛。育新們開始朝着區院群群股股地走，那一爐一個輪值夜班的，全都留在爐邊等着送飯的來。六個人中果真是學者留在二號爐。和大家告別時，他和交班的人招了手，交待説早些來送飯，那二號爐的一個應聲朝他點了頭，可我發現隨人走去的音樂，也在人群裏回身朝他點了頭。

就都走去了。

煉爐這兒迅速安靜得如洪水過後的一片湖。落日最後的一抹光色灑下來，細微明亮，彷彿一陣毛毛細雨下落着。從煉爐的頂口升起的白煙和火光，在半空劈劈剝剝，火焰如纏在爐頂的綢。走遠的人群腳步聲，在拐過區的圍牆後，終於小下來，把最後因為熱鬧而更顯清明的寥寂留在煉爐邊。我跟着人群走，在走過一段牆角後，放慢腳步淡下來，又突然快步地走回到了煉爐這邊兒，徑直迎着學者走過去。

學者望着我。

「晚上你別讓音樂來找你。」我急步停在學者前，把嗓子壓得如同要掙出石縫生長的野荊枝，「有人發現你們了，被捉住你們這輩子就別想離開這育新區。」

學者的臉，一下成了蒼白色。

我説完就又回身快步地走，很快消失在了汪汪洋洋的一片落日裏。

## 2 《罪人錄》p129–130（有刪節）

親愛的組織，這是我最大的發現和記錄——學者和音樂關係曖昧，事實如天，約會的暗號無論多麼神秘也終會被我明亮的目光所洞悉。最近一段時間來，她和學者的約會也已由往日一塊吃飯時的細語嘀咕，改為只要在吃飯時學者把拿在右手的筷子往左手換一下，音樂也把右手的筷子用左手拿一下，他們就心靈神會，準時在白天的勞作中，抽空到那個老地方的窪地深坑野草間，待上或長或短一會兒。如果筷子不是兩根而是一根拿在左手裏，就是約會因故取消改在晚間裏。晚間去哪兒，那要看飯後學者把筷子在碗上是擺成十字還是並排放在碗口上。十字是晚上前半夜二人到區院後的荊叢林，並排是下半夜他們依時出門到煉爐最東的鹼窪地……。

## 3 《天的孩子》p111–115

實驗他，終沒捉到姦。終沒掙下那——發光的、誘人的、整整十五朵的花。幾次夜半間，輕起床，慢腳步，可在那夜裏，黑的夜，撲空都如那，細風空空吹入大地般。

又半月，風平亦浪靜。不見有意外，如找不到落在灘地草間的一根針。

然又半月後，上邊有人來。坐馬車，臉呈青白色。到着九十九區看了那煉爐，又到區的宿舍走。收走幾本書。再又去搜鐵，金睛神算，知道誰把他的搪瓷鐵碗藏哪去。誰把他牙缸、不銹鋼的調羹藏哪去。上邊的，金睛神算，到了也就找到了。上邊的，找了許多鐵。把孩子，叫到一邊説下許多話。孩子臉，呈下汗的白。他就汗白着，手在胸前擰着絞。到最後，上邊的，坐在拉了只有半個磨盤的、新煉的、鑄鐵的馬車走去了。

又一周，上邊的，乘坐馬車再到九十九區裏。把馬車，停在區院大門口，徑直去那爐前收鋼鐵。而煉爐，供的那鑄鐵，初和磨盤一樣大，花崗岩一樣實密與光滑。跟下的，鑄鐵小如篩。鑄鐵那相面，坑坑麻麻有細孔。到最後，煉爐火燒火燙再一周，從爐裏，出來是一個、兩個冬瓜鐵，再沒有，光的熔的巨型鐵餅子。這新鐵，不再呈青色，而是土紅和土黃，滿身蜂窩好極好極如豆腐。

冬陽還是暖。風從黃河那邊淡淡吹。上邊的，用腳蹬着麻團鐵——從爐裏，滾出的——六個爐，只有兩塊那麻鐵。腳蹬那麻鐵，卻看那面前的，孩子那張臉。

孩子臉，呈下淺的白。

可那上邊的，沉默後，和藹又可親。把孩娃，叫到一邊去，説下許多話，拍拍他的頭，捏捏他的肩，領着到那馬車邊。那車上，有半車從別區收繳來的書。

在那半車書籍前，孩子臉上掛了笑。

孩子忽然跑到煉爐前邊點人頭，又到女的宿舍看，不見女音樂，領着上邊的，朝那靠近黃河邊的伐樹隊伍走。並未走多遠，到一叢，砍樹人群前，問幾句，又到下叢砍樹人前問，再到這兩叢人群正間一個乾涸鹼窪裏。先是大步走，後是貓腰輕腳走。再後就伏下。又片刻，上邊的，忽然朝那窪裏衝。雜亂的、跑步的，哇哇吵嚷後，便把學者和音樂，從那窪裏草間揪了出來了。

就捉了。

帶走了。

孩子臉，凝有月的白。

到門口，上邊拍拍孩子頭，捏捏肩。上邊的，手在孩子頭上抓幾把，笑着說：「車上的書，全都歸你了。」

孩子盯着車上的學者和音樂：「他們呢？」

「通姦犯——帶走了。」

孩子一臉白，看那音樂和學者，人被帶走了。

# 4 《故道》p100–108, p133–139

這一天實驗是被輪到在煉爐那邊值班的。每夜都捉姦，每夜都捕空，可他人卻一點不覺累，精神到了極致裏，雖然眼裏佈下的血絲如紅的蛛網和魚網，可也如春三、四月間大地上某一肥田沃土上開滿的紅花、黃花和藍花。他的眼睛豐饒肥碩，如兩個對稱的公園樣五顏六色，裏邊來來往往着各色的人群和腳步。在這人群裏，他時刻都在留心觀察着音樂和學者。他已經完全掌握了音樂和學者的行蹤與規律，發現了他們約會的機巧和秘密。每天飯時候，育新們都在食堂裏，實驗發現音樂與學者不再像以前那樣總是吃飯端到一塊兒，彼此還把好吃的用筷子乘人不備時，夾到對方碗裏去，而是越有人的眼目他們越要分開來。

無論飯時還是幹活時，音樂多都要和我待在一塊兒，和我説她自己學音樂、彈鋼琴的少年和青年。説她做為全省最年輕的音樂教師和鋼琴演奏員，是從她開始在舞台上用西洋鋼琴演奏民樂的，每一次她端坐在舞台的鋼琴前，演奏《大花橋》、《好大一朵茉莉花》，還有《藍藍解放的天》時，台下的眼睛都一雙雙明眸新奇地望着她。她從台上朝下看，那眼睛如一片都要朝她飛去的黑色羽毛的鳥，尤其那首《共和國革命進行曲》，當她的十個指頭在琴鍵上跳躍飛舞，輕捷如夏天落在山野的雨滴，而鋼琴在她的十指下模仿出逼真的槍聲、炮聲、軍號聲、戰馬聲和廝殺、勝利、歡慶的場面時，台下的掌聲總是電閃雷鳴、經久不息，讓她自己以為是在喜悦歡樂的夢裏般。

她成了共和國第一代自己培養的音樂家。音樂的浪漫讓她連續七夜做了同一個夢。夢中有人對她説，你只要在下場演出中，把演奏的某個曲目換一下，你準能找到你最為心愛的人，並且那夢真切清晰地告訴了她，她終生心愛者的名和姓，身份是學者。下場演出是上邊的省長六十歲生日的慶祝會。來慶祝省長生日的都是有過赫赫戰功的軍人和革命家。就在這高朋滿座的家晏上，由她去彈奏鋼琴祝大家的興。她在那舉杯共慶中，彈了三首曲，一首是《上前線》；一首是《怒吼吧，親愛的河》。另外一首曲，是盡人皆知的《共和國革命進行曲》。在彈奏這第三首曲子時，她又一次想起了她連續七夜做的同一個夢。於是間，她把《共和國革命進行曲》，換成了匈牙利人李斯特的《愛之夢》。彈奏時，所有的聽眾沒有聽過這樣一首曲，都如耳邊流着潺軟的水。彈奏結束後，掌聲雷鳴，所有的革命家和軍人們，都把目光炯炯有神地堆聚在了她臉上。

可在第二日，有人通知她必須在三天內，離開省城到黃河岸邊的育新區。她是為了尋找她心愛的學者才到的育新區。就像兩棵樹上的兩種果，長在樹上時，它們不能在一起，蟲蛀果落後，它們滾到一起了。滾到一塊就落進了實驗的眼睛裏。實驗已經洞悉音樂和我在一塊只是一種掩飾了。實驗對他們約會的熟知，已經可以隨時把他倆供到孩子那兒捉姦了，可以從孩子那兒一下領到二十朵的小紅花。可實驗準備這樣時，很遺憾連續半月沒有發現學者把一雙筷子在飯後並在碗口上，沒有看見過他們脫光衣服躺在一塊慾火乾烈的景況和場面。實驗渴望看到他們赤裸裸偷情通姦的畫面和場景，哪怕只一次，看見後他就可以去孩子那兒報告立功了，領取他的至少二十朵的紅花了。實驗一生都還沒有真正戀愛過。他渴望那偷情的場景就像渴極的人需要一口水。可就這時候，學者和音樂，突如其來地被孩子帶着上邊從窪地抓走了，而那去報告給孩子的，卻不是他實驗。

實驗聽說學者和音樂被抓後，他從煉爐那兒跑回來，氣喘噓噓，卻只看到了拉着學者、音樂和上邊的馬車消失在曠野，如一個在地上滾動的圓點消失在望不到盡頭的土道上。天空中有散不開的雲，午後的陽光在那雲後像燃不着的火，煙滾滾的烏黃裏，能看到一星兩星的光點被那烏黑裏夾着。人們已經從那門口散開了，他們的臉上都是驚異和釋然。驚異學者和音樂竟可以在他們的眼皮底下偷情和歡樂，釋然這樣大的事，終於發生在第九十九區裏，大夥終於不用每天找鐵、砍樹和煉鋼，日復一日地單調了。終於有了一件新鮮可以讓大夥很長時間的議論和記住，就像記住一場演出有了開始還沒有收尾樣。實驗跑回來，站在門口馬車呆過的車轍上，他左看看，右望望，臉上的失落和愕然，青青灰灰如頭頂天空烏黑黑卻又落不了雪或雨的雲。

「是誰報告的？」他像自言自語又像問別人，「是誰報告給孩子的？」

最後的幾個同仁望望他，都回屋或者去幹活兒了。

「孩子和上邊怎麼知道的？」實驗朝我走過來，「是誰報告上去的？」

人都走了後，我和實驗從門外走到了大門裏，看見西邊孩子的屋門關上了。門口還留着兩張什麼書的封面皮，捲在他的窗下像大片的樹葉落在牆根下。實驗一再問我是誰把學者和音樂通姦的消息報告給了孩子和上邊，說是除了他，在九十九區沒人知道學者和音樂通姦的事。

「區裏有一百多雙眼睛呢。」我冷冷大聲地對他說。

「早知這樣我該早些報告了。」遺憾和懊悔，讓實驗的雙拳捏緊又鬆開，鬆開又捏緊，在他腰間如兩隻欲飛欲落的鷹，「最少二十朵的紅花不知讓誰他媽的領走了。明明是我的，可讓別人領走了。」

往宿舍走去時，實驗一直這樣自語着，彷彿他沒有去報告，沒有領走那最少二十朵的花，是他終生最大、最為失敗的一樁事，遠比他替他導師坐罪來改造嚴重的多。

實驗開始找那因為告密奪了他二十朵小紅花的人。他連續幾天有事沒事都到每個宿舍的床頭、桌前轉，看誰的床頭桌前突然多出十朵、二十朵的小紅花。孩子說過每個人的紅花都必須貼在床頭或桌前，由同舍的人監督他突然多出的紅花是真的或假的。哪個人去告密音樂和學者立了功，奪走了本該是實驗的最少二十朵的花，他當然會得意洋洋地把紅花貼出來，召告大家是他把學者和音樂揭發了，不然這對姦犯不定還要在大家的眼皮底下墜落到多久，犯下何樣讓人不恥的罪。只要把花貼出來，實驗就一目了然是誰奪走了他的花。我的床頭上，宗教的床頭上，還有另外十幾個渴望立功後離開的育新者，實驗每天都如巡視樣，找着藉口要去那兒看。他甚至以借針線縫補為名，到女的宿舍去，看她們誰的床頭、桌前有那麼一排、兩排幾十朵的花。他早就不只一遍地算過了，五朵小花換一個中號花，五個中花換一個大號五角星，有了五顆大星就可以離開育新換個自由回家去。要有五顆大星就必須掙到二十五朵中花或者一百二十五朵小紅花。有許多人都已經被這一百二十五朵小花的數字嚇住了，對掙到一百二十五朵小花沒有最初那麼期冀用力了。可是實驗不，他相信只要用心用力，終會有一天掙到一百二十五朵花。實驗他是九十九區掙得小花數的第三名，共有二十五朵小紅花，前者第一是三十二朵花，第二是二十七朵花。眼下這幾天，只要誰的小花突然超過三十朵，或者中花超過六，他就明白是誰去告密奪了他的花。他想找到那個人，並不怎樣，他只是想知道他是如何發現學者和音樂通姦的。如果有可能，他也想問問他或她，見沒見音樂和學者他們赤條條通姦偷情那樣的場景和畫面。

可實驗終是沒有找到那告密立功的人。

他沒有發現誰的床頭桌前突然多出二十朵的小紅花。在沒有找到那人幾天後的日子裏，實驗沒有先前那樣精神了，他像一個被偷後找不到賊樣萎糜了，雖然該出工了還出工，該收工了就收工，人卻變得少言寡語，無精打采，從早到晚任何時候都是低着頭。立功的大門在實驗面前轉瞬即失地閉門落鎖了，如同在實驗前行的道上落了一道閘。

學者和音樂的通姦被抓，給區裏換回的獎勵仍是五十斤的豬肉和三十斤的牛羊肉。幾天間，人們煉鋼鐵，吃肉菜，寒冬過得熱熱鬧鬧、喜氣洋洋，每天都如過年樣。男人除了日日在屋裏上天入地找鐵器，剩下的就是圍着火爐烤火談那通姦的事。女的除了輪流到廚房燒飯和炒菜，剩下的時間也到爐旁談那通姦的事。通姦的事如米飯和肉菜，讓大家興奮了幾天後，到了煉鋼爐裏沒有原料了，九十九區所有的鐵器，除了必須用的鐵鍬、鋤頭和犁耬耙，連廚房燒火捅柴的鐵棍兒，各屋抽屜桌上的鎖扣、鎖鼦兒，窗框上釘的一些鐵釘兒，全都獻出來繳到了煉爐裏。為了煉鋼鐵，區院周圍的樹木全都砍光了。隨你站在哪，只要晴天沒霧靄，一眼能望出幾十里。被砍伐後留在灘地的白色樹樁一個挨一個，陽光下如無數太陽的崽兒生在地面上。木屑味、鐵腥味，半雪半晴地漫在區院和那一望無際的灘地間。為了激勵大煉鋼，上邊的糧食供給，從原來每人每月的四十五斤減掉為每人每月二十五斤了。那減掉的二十斤，必須是至少每月交上二噸的鐵，你才可以如數地領回供給糧。

原來每人每頓四兩的白麵、黃麵各半的蒸饃被減為每人三兩了，每人半碗的大鍋炒菜，除了蘿蔔和白菜，不僅沒了肉，連漂着的油花也星星點點了。

上邊來的清查隊，帶着幾個年輕的民兵到區舍一間一間屋子找，看到桌上有人喝水刷牙的茶缸是鐵皮搪瓷的，就把那瓷缸收走了。

看到有人的飯碗是鐵皮搪瓷碗，一併把碗收走了。

看到床下放衣服的木板箱上有鎖有鐵扣，就把那鎖砸下來，將鎖扣起下來，將這些碎鐵扔到了身後抬着的籮筐裏，拖到了煉鋼爐的那裏去。到各排的家具倉庫裏，算人數、算地數，留下平均二人一柄的鋤或鐵鍬農具後，把多餘的鋤、鍁和耩麥耬下耬齒的齒頭取下來，也都抬走倒進了煉爐裏。

到了農曆十二月的初，燒完了最後一爐鐵，所有的人都在熄滅的煉爐邊上沉默着，不說話，不打牌，也不再走那悠閒的石子兒棋。因為糧食不夠吃，沒有新煉的鋼鐵去換那一半改為獎品的供給糧，午時每人只分二兩黃饃半碗湯，到了夜裏就不再燒飯了。人都圍着煉爐不動彈，望着遠處別的育新區和村莊煉爐蒸騰的濃煙與火光，人就軟癱着，直到太陽將落時，煉爐裏的火爐也將滅了去，寒涼從黃河那邊捲過來，幾天間沉默不語的實驗忽然站在大家面前喚：

「我能找到原料呢 —— 我找到了鋼鐵原料我能領到什麼獎？」

萎靡的實驗在猛然之間變得興奮異常，如同在黑暗中幫助大家找到了光：「我找到原料就等於替大家把那扣了的糧食全都要了回來啦，你們每人能不能給我一朵花？」他說：「我替你們要回了糧食只要你們每人給我一朵花，你們答應嗎？」說着望着一大片站着、蹲着在煉爐邊上的同仁們，看大家誰都不說話，看他像看一個瘋子樣，實驗就最後瞟了一眼站着、蹲着沉默的人，他猛地轉過身，朝着區院大門那邊回去了。

快步去找孩子了。

# 5 《故道》p139–145

九十九區發生了一樁翻天覆地的事。

實驗和孩子在他們見面秘談的第二天，人們都還睡在床鋪上，他們突然結伴走去了。一周後他們走回來，也同樣是早上人都睡醒還未起床時。上邊的孩子不在後，就像一道律令宣佈暫時無用了樣，人都變得鬆散自在，無拘無束，晚上睡一夜，第二天到日升數竿還有人不起床。實驗回來時，有人正躺在被窩取暖兒，有人鑽在被窩在偷看什麼書，或偷着寫信記日記。太陽已經從窗口窸窸窣窣流進了屋子裏。窗外的冬麻雀，也三番五次落在窗台啁啁啾啾地飛去再飛來，飛來再飛去。九十九區在這寒冬的慵懶寂靜裏，幾排房子像幾排落在曠野灘地的墓室樣。就在這時候，宿舍的門前傳來了錘子落地的腳步聲，然後實驗哐的一聲推開門，驚天動地的站在了屋門口。所有的人，都在被窩扭過了頭，驚一下，又都忽地光着身子或穿着睡衣起身坐起來。

實驗就那樣筆直挺挺的站立着，一米六多細瘦單薄的條棒身，戳在那兒如豎在門口的一段旗杆樣。而尤其令人驚異的，是他豎在那兒舉着一塊木牌子，那木牌上糊了雪白的紙，在那白紙上，赫然驚醒地貼着五個巴掌大的五角星——是那種和所有人床頭都一樣的光亮油紙剪的大五星。

「對不起——我要走掉了，我已經成為新人啦！」

實驗大聲地說着，因為煉鋼燒火被熏烤成鐵青色的臉上，閃着一層暗紅的光。那舉在半空的五個大號五星的木牌子，從窗口透過來的陽光剛好斜斜照在木牌上，使那上二下三貼着的五顆大號星，在日光裏彤彤如火，刺眼芒亮。大家望着實驗和他舉的牌，如同煉鋼時走向火道，打開火門突然撲過來的火光樣。

所有的人，都被這突如其來的五顆大星驚着了。所有的人，都一時不知九十九區發生了什麼事。在這一片驚愕中，實驗傲然地走到最靠裏邊他的床鋪前，把木牌靠在床鋪上，翻身爬到上床鋪，三下兩下就用繩子把自己的被褥捆起來，重又跳下床鋪，從床下拉出一個沒有了鎖和鐵扣的木板箱，把箱子裏有用的東西裝進一個大的提包裏，沒用的如舊鞋、破襪和胡亂寫過畫過的筆記本，隨手扔在下鋪的床上和地上，轉眼就把他要帶走的東西收拾齊畢了。最後去桌上收拾他的幾本書和鋼筆時，實驗的手猛的僵在了桌前邊。他看見除了他那塊木牌上貼的等於一百二十五朵小花的五星外，桌子前的牆壁上，還貼着他千辛萬苦、用盡心力掙的二十五朵小紅花。

實驗望着那些小花笑了笑。

屋裏的人，已經全都起床站到了他後邊。連其他三排房裏的男女們，也都得了消息，到了我們宿舍裏。屋裏站不下，有許多就站在門外邊，還有人在扒着窗子朝着屋裏看，脖子拉得梗細如這季節的枝。實驗從桌前轉回身子來。他從牆上揭掉兩朵小花舉在手裏邊，學着孩子舉花在手的樣。「想要嗎？」他笑着望着大夥兒，「這二十五朵小花對我已經多餘了，誰能對我説句讓我聽着順耳的話，我就把這兩朵我用血汗掙的小花送給他。」

人們都驚奇地望着他，如一周前望着他説他找到了煉鋼的鐵源樣。那時人們望他如睥視從精神病院出來的人。可現在，望他就像仰視一位凱旋而歸的將軍般，目光中的將信將疑和羨慕，濃密如織，堵得誰都説不出一句話。

「你們不要嗎？」實驗忽然把他手裏的小花慢慢撕碎一朵後，讓那紅碎的紙片從他的手縫落下來，緩緩的，旋轉着，如細小的蝴蝶從空中飛落般。「你們隨便説，誰有一句讓我聽着如意的話，我就獎給誰一朵小紅花。有兩句順耳的，我就給他兩朵花。」

實驗説完這些後，他又從牆上揭掉幾朵花，回身望着大夥兒，看人們目瞪口呆，將信將疑，他又把手裏的紅花舉至半空間，再次想撕時，別的宿舍的一個同仁從人群後邊擠上來，大聲道：「你別撕 —— 你是我們九十九區的英雄，我知道你已經替大夥找到煉鋼的原料了，你是我們這些人的救星你知道不知道？」

實驗朝擠上來的那個教授笑了笑，果然把手裏的一朵小花遞給了他。

有了一，也就有了二。看到有人果然一句話就得了一朵花，又有教授擠上前來說：「實驗，我們知道你清白無辜，是替你導師來這坐罪的，到育新區你吃苦耐勞，學習勤奮，不辭辛苦地種地和煉鋼，你是我們學習的楷模你難道沒有意識到？」

實驗又把一朵小花遞過去。

接下來，大家就一片叫聲喚聲了。所有的人都爭先恐後，莊嚴無比地擠着向前說：「實驗，你走了我會想你啊——你走後我一定會以你為榜樣，激勵我的勞動、改造和學習！」說：「你不僅是我們第九十九區學習的楷模和榜樣，你還是我們整個黃河育新區、全國育新區的楷模啊！」說：「我們真是有眼無珠，妄為讀書一生的人。你的學問、你的智慧，你言必行、行必果的做法和修養，怕我們這些做為必須造就的讀書人，一生都學習不完、模仿不盡啊！」

就有人站在人群振臂高呼起來了：「向實驗學習！」——「向實驗致敬！」——「實驗是我們育新者的榜樣和楷模——實驗是最為積極、革命的好人和青年——」歡呼聲雖然不像萬人大會那樣震耳和狂熱，可畢竟有人如呼口號那樣站在了床上、凳上呼，也有人在凳下床下舉着臂膀應。那呼聲清醒洞明地是有些壓着嗓子的呼，那應聲也是明洞清醒地壓着嗓子如沒有徹底放開閘門擠出來的水。可實驗還是感動了。他笑着臉上掛了淚，把從牆上全部揭下捏在手裏的一把小花留下三朵後，猛地一揚手，便將那近二十朵的小紅花，翩翩起舞地撒在了人群裏。

在大夥都彎腰搶着撿拾那花時，我提着實驗的行李，陪他到食堂用那最後的幾朵小花換了乾糧後，如同大會隆重的入場式，他舉着那貼了五顆大星的木牌朝九十九區大門那邊走，容光煥發、精神抖擻，在明亮透徹的天空下，沐浴着黃暖暖的冬陽，走至大門口，朝關着門的孩子的屋裏瞟一眼，深深鞠個躬，朝大門外邊走去了。

九十九區所有的人，都到門外去送他。可在門外分手我把提在手裏的行李給他時，他卻接着行李低聲對我說：「作家，在九十九區，你最不是一個東西了。我知道學者和音樂被抓是你告的密——願你這輩子在這兒改造到死都沒機會離開這育新區！」

我轟的一下，愣住呆在門外邊。

然後實驗提着他鼓囊囊的行李、舉着五星木牌，朝我冷冷笑一聲，大踏步地沿着通往外面世界的土道，很快地越走越遠，連他身後的同仁和他招手再見，他都沒有回頭望一眼。

實驗就這樣走掉了，從天而降、突如其來地自由回家了。

# 第六章

## 《罪人錄》

## 1 《罪人錄》p140–141（有刪節）

萬事萬物都有正負兩方面。一分為二看問題，是我們認識世界、分析問題最好的途徑和方法。實驗的離開，給九十九區帶來的有利因素有一點，即：這一突入其來的事件，讓人們進一步相信，只有表現突出，貢獻卓異，無論誰都可以掙到一百二十五朵小紅花，都可以換到五顆五角星。五顆五星就證明你是新人了，可以自由回家了。而不利的因素有三點：一，它讓人在育新造就中，感到育新是有機可乘的，有捷徑可走的，只要一個人看準時機，他就可以獲准自由，而其內心靈魂的黑暗，卻不一定被真正的光明所改變。或多或少，實驗就是這樣一個人。二，實驗離開時態度傲慢，飛揚跋扈，彷彿他是偉大的英雄樣，雖然他為煉鋼立了功，可直接就獎他五顆五角星，似乎快了些，多了些，不如從獎他一批小花開始，讓他繼續留在育新區，再有一段積極的表現和積累以後再離開，這樣更能使別人也都意識到，育新必須是從一點一滴開始的；質變是從量變開始的。三，如果實驗回到社會上，果然成了新人和好人，有覺悟並深愛祖國的人，那說明，九十九區的育新改造是偉大的，成功的。但如果他不戒驕戒躁，汲取教訓，必然會重新回到育新區。如果他重新回到了育新區，九十九區的人們強烈要求他重新回到九十九區裏。

因為一個人從哪跌倒，就應該讓他從哪爬起來。

我相信，一個自傲自滿的人，他一定會、也應該重新回到育新區。

# 第七章

## 《故道》、《天的孩子》

# 1 《故道》p187–197

實驗一走，讓所有的人看到了希望和光明。所有的人都變得積極主動，雷厲風行，每個人都確確實實是六十歲的人回到了二十歲。四十歲、五十歲的如是十三、十四歲。大家起床掃地，主動到廚房劈柴燒飯，收拾煉爐塌掉的爐牆、爐道和柴堆。宗教和別的育新們，為了能比別人積極多幹一些活，把僅有的鐵器——斧子和鋸子，用完後藏在自己的被窩和床下，讓別人想做好事了找不到工具，不得不在院裏、屋裏團團轉。

都知道實驗是因為在煉鋼原料耗盡時，發現了黃河那兒正有取之不盡的煉鋼燒鐵的原料而得到五顆大星自由的。他把孩子領到黃河邊上去，不知從哪弄到了一塊已經破如瓦片的磁鐵石，把那磁鐵放到沙灘一線一片地黑沙上，那些黑沙就如失散多年、又找到了爹娘的孩子樣，紛紛朝着磁鐵跑過來。黑沙在河灘的沙地原是一粒一粒細碎着，可到了磁鐵這兒就都豎成一線一線立起來，如孩子們一個蹬着一個的肩膀站立着。他們用那磁鐵一捧一把地將黑色鐵沙吸過來，又一把一把地剝掉放到一件衣服上。在原有的水流處，夏天時黃河水旺，岸邊有無數無數小的細流和旁支，現在冬季了，黃河縮窄到了河心裏，而這乾涸的細流旁支的小岸小邊上，那沖洗出的黑沙就像一線一股的黑繩索，小心地把一股股的繩沙攏到一塊兒，直接就可以一捧一把地掬起來。

實驗和孩子，很快就弄起了一堆黑鐵沙。

他們就在黃河岸邊挖出一個小的煉鐵爐，把那煉爐用長的石頭隔出兩層來，又在那石頭的中間部分有泥土糊平整，把黑沙堆在泥土上，就在爐的下邊用柴燒，讓火從石頭、泥土的下邊煉鐵沙，也從泥土周圍的空隙燒到爐的上部熾熱地烤。四天四夜的烈火奔騰，熄火後果然開天劈地地煉出了一團鏽在一塊小柳藍似的鐵，如碩大的黑色窩窩從煉爐裏邊滾到了煉爐外。不知道當時在荒無人煙的黃河邊，實驗和孩子是如何狂喜的。不知道他們當時說了啥，彼此約定了啥。到後來育新區的人們才知道，是實驗和孩子抬着那塊開天劈地的窩窩鐵，走了一天一夜從黃河岸邊回來的。回來孩子沒有獎給實驗小紅花，而是直接獎給了他五顆五角星。在實驗把五顆大星在孩子屋裏貼在木牌上時，孩子也在門口攔到了鄰區去鎮上送鐵的一輛牛車子。那牛車上煉的鋼鐵都是用紅布包着的。沒有包住的，每一塊也都貼了一副紅對聯，上聯是「闖天鬧地多快好省」，下聯是「摘月射日趕英超美」。孩子也用紅布包了他和實驗發現煉就的窩窩鐵，搭着那牛車去往鎮上的總部了。

孩子去總部報喜請功了。

孩子去總部停了一夜回到第九十九區時，是實驗離開區裏的第二天。孩子回來不光帶回了一車純為細糧的大米和白麵，不光他的胸前有碗大的兩朵綢紅花，他還為實驗帶回了一朵比碗口更大的紅綢花。孩子是計劃學着他人召開一個表彰會，把紅花戴到實驗胸前宣佈他為新人的，可孩子回來實驗就已經迫不及待地離開了。

在九十九區的院落裏，孩子和上邊沒有任何召喚，人們就把院子掃得乾乾淨淨，將門和窗子擦得纖塵不染，還在大門口貼了巨大的兩副紅對聯。對聯的話，也還意義更為寬廣得雄壯有膽魄：「闖天鬧地海為糧庫笑西國，殺月射日鋼鐵如山傲天下。」

孩子回來站到大門口，看着那對聯，似乎懂得後，又看着那被水洗了一遍又擦抹乾淨的厚木門，還有門前打掃後又灑了壓塵水的沙土地，水濕淺淺顯顯，地圖花瓣樣描在大門口 —— 原來那地面是凸凹不平的，現在那地面平整如鏡，散發着黃燦燦的沙土氣息和壓塵水的清新與冷涼。陽光透明黃亮，午時裏如溫暖在天空的一爐火。孩子回來了。人們都迎到大門口，自發地列成兩隊迎接他，像迎接一個最如上邊上邊的人，而且馬車一停下，都還熱烈鼓着掌。

孩子從馬車上站起來，臉上的興奮和那時太陽的光亮溶在一塊兒。

「實驗呢？」孩子望着大夥問。

「走了啊。」有人答，「昨天他就舉着五顆五星離開啦。」

孩子臉上掠過了一層意外和不快。

看看大門口和院裏煥然一新的變化和景況，孩子臉上的意外又淡去沒有了。「走了他就不能帶這紅花了。」替實驗遺憾着，把那紅綢大花在空中晃了晃，孩子臉上的笑，有如紅花蝴蝶在那臉上虛晃晃的閃。他笑着，回頭看了趕車的把式和拉了大米白麵的棗紅馬，回屋又端出了那個小木盒，回來再一次站到馬車的尾部上喚：

「是誰掃了這大門口？」

有個中年教授朝前站了站，孩子把兩朵小花給了他。

「是誰掃了區院的院子和我屋門口？」

又有一個教授站出來，孩子把三朵小花給了他。

「是誰寫了、貼了這門口的大喜聯？」

那六十八歲的語言學家站出來，臉上的笑和少童一樣天真與爛漫，到孩子面前時，他還把頭半低半勾地彎一彎，又扭頭看他身邊的同仁們，沒想到大家都是望着他在笑，有一片善意的鼓勵和掌聲。孩子這次沒有給這語言學家兩朵、三朵小紅花，而是直接給了他狀如嬰掌、等於十朵小花的兩個中號花。當語言學家接着那兩朵中花時，他的雙手有些抖，想説啥兒沒能説出來，用牙齒咬咬下嘴唇，身後的掌聲便再次轟然雷鳴了，天長地久的不息和響動。

從此後，九十九區徹底沸騰了。

因為孩子和實驗發現的黑沙煉鐵術，解決的不僅是九十九區的事，還是整個黃河育新區，乃至全省、全國大煉鐵的事，這就需要做出天好地好的樣板推廣到全縣、全省和全國，讓全世界那些冷眼的目光看到東方的智慧是如何土法上馬，解決世界難題的。為了把這樣板弄得光鮮明亮，有着奪目的光輝，首先需要解決的，是由上邊儘快運來一車磁鐵來。圓形鐵、方形鐵，或是「U」形的馬蹄鐵，有了這磁鐵，九十九區就可以開拔到黃河岸邊去，把煉爐、食堂、鋪蓋一併移到八十里外的荒蕪裏，依着黃河堤岸挖下一排排的煉鐵爐，就地取材，用那一棵棵的柳樹、楊樹、榆樹、野荊和黑沙，開始驚震全國、驚震世界的煉鐵史詩了。

就在這等待磁鐵的日子裏，九十九區的人，都給孩子寫了決心書與倡議書，每天把斧子、掃把、鋸子和食堂的炊具藏在自己的箱裏或被窩。有了這工具，掃完地就會獲獎一朵小紅花。用瓦盆去河邊端來水，灑在掃過的地上也會獲得一朵花。宗教到廁所，因為找不到鐵鍬挖那堆滿的糞池子，便捲起褲腿跳進去，用雙手把糞便挖到罐裏挑到麥地去。糞池乾淨後，到河邊洗了手和腳，伸着那凍得透紅的雙手就可以從孩子那領到一朵兩朵的中號嬰掌花。

幾天間，已經有人從原來的幾朵小花變為了幾十朵。已經有人因為床頭、桌前貼不下，把小花交掉，去換成了幾朵中花或一顆、兩顆大號五角星。

就在這每個人的紅花、五星都豐產豐收時，一麻袋的磁鐵和學者與音樂，被一輛馬車拉着送回了。馬車是在落日時候趕到區裏的，嘰嘰咕咕的響聲呈着冬日的青白，從很遠的地方傳過來。在門口收拾院落的育新們，就對着遠處的大道喚：

「是給我們送磁鐵的嗎？」

那趕車的大聲「哎」—— 一下，站在車前把鞭子「啪！」地一甩，馬車就蹄聲得得地朝着九十九區跑過來。人們就從院裏、屋裏一個傳一個地跑到大門口，待馬車到了時，就都看見車後坐着的學者與音樂。他們兩個分坐在馬車兩邊上，都戴了用紙糊的尖頂高帽子，帽前都寫着「罪人」兩個字，胸前又分別掛了兩塊一尺見方的紙牌子，牌上又都寫着「通姦犯」三個大黑的字。並且還在那字旁畫了一男一女在草地依偎胡搞的場景與畫面。仔細看，那男的的確像學者，女的確為是音樂。寥寥幾筆，見神見韻，有入木三分的形象與味道。那些字，橫均豎匀，風格是顏體的狂亂草，如風中倒向一邊枝葉飽滿的樹。育新區中有許多字畫家，他們寫標語、畫宣傳，都是一把好極的手，如趕車耕地的好把式。學者和音樂就帶着那多年之後會價值連城的字畫高帽和牌子，車停在門前時，他們抬起頭，瞅了瞅站成一片他們都極為熟悉的人。音樂手裏捏了一瓶紫藥水，臉也成了紫黃慘白色，有汗從那紫黃慘白中滲出來，落下的頭髮黏在她的汗臉上，如同她是一個從瘋人院中跑出來的人。那曾經總是潔整豔紅的襖，現在沾滿了泥土和塵灰，肩頭和胸前還破了幾個洞，漏出的棉花黑黑白白，髒在她身上。比起來，學者就不是那樣了。他的衣服沒有破，可他臉上到處是被人打了的青腫和瘀血。他雙唇閉緊，彷彿是橫在臉上永不張開的一刀深痕的線。他的額門上有兩個大包兒，因為冬冷那包上已經有了凍瘡的硬，而且他的左手腕，因為斷裂正用麻繩兜着藏在通姦紙牌的後。

他們是到各個育新區裏遊鬥時，台下的同仁希望他們在台上表演一下他們通姦的場景他們拒絕挨打的。半月前，他們是周周正正兩個人，半月後回來他們就沒有原來模樣了。看了大夥兒，他們從車上往下跳。先下來的是音樂。音樂跳下後又去扶着學者下馬車。到這時，人們也才都看見學者腿瘸了，每走一步都要跪一下。可他眼裏的光，卻是生硬梗直，沒有一點贖罪的軟，看大家就像看一群背叛了他的學生與同案。

我從人群中退到了人群後，絲毫沒有讓自己的目光和學者、音樂的目光碰到一塊兒。

下車後，學者、音樂並肩立在馬車邊，音樂低着頭，而學者居然昂着頭，看所有的人都很卑視的樣。見學者有如實驗離開那樣濃烈的傲慢和自負，人們都很為不解地去看他，也彼此詢問他為何通姦了，竟還可以用這樣的目光去打量大夥兒。好在音樂看見他的目光了，她去拉了一下他的衣角兒。他掙了一下身，想要還是我行我素的樣，可最終還是把目光軟軟勾下了。

孩子是馬車停穩以後才從屋裏出來的。他像一隻雀樣飛着跳到馬車上，見把式用手指了一下車上那麻袋，孩子就去把那麻袋打開來，看見麻袋裏裝滿了條形磁鐵和「U」形馬蹄鐵。那些磁鐵全部是新的，黑光油亮，一極塗了紅，一極塗了綠，紅的邊上寫了「A」，綠的邊上寫了「B」。孩子看到那一麻袋磁鐵時，臉上閃過一道光，隨手去拿一塊磁鐵看，竟都吸在一塊沒能拿下來。最後他用雙腳蹬在麻袋上，雙手用力去拉一塊「U」形鐵，終於從那一堆磁鐵塊上撕下幾塊磁鐵後，把那磁鐵一人一塊分給車前育新們。每送出去一塊磁鐵他都要問上一句話：

「明天出發，準備好了嗎？」

接過磁鐵的點一下頭，或者大聲「哎」一下。

「這次煉鋼你有決心嗎？」

有人就笑着：「我都等不及了呢。」

最後到所有的人都有一塊磁鐵後，他們還站在馬車前，像等着一樁事。孩子知道他們的意思了，笑一笑，回屋取出木盒子，又給每人發了一朵小紅花，像過年時有錢的爹娘給他的孩子們發了壓歲錢。待大家都歡天喜地拿着小花回了宿舍後，孩子看見學者和音樂，都還樁在門口路邊沒有動，孩子就拿出最後餘剩在麻袋裏的磁鐵遞給音樂了。

## 2 《故道》p198

來日間，天未蒙亮，九十九區就起床要朝黃河岸邊開撥了。

捆行李、打背包、裝雜物，還有往幾輛架子車上裝鍋碗瓢勺和油鹽醬醋米麵等。到了東邊透白時，四個排一百二十多個人，就都集中在了大門口。然卻要走時，忽地發現隊伍中有音樂，卻沒有學者在隊裏。就有他同寢的報告說，學者昨天從總部回來沒有吃晚飯，也沒和人說過一句話，一夜都不脫衣服坐在床頭上，兩眼望着前邊的哪，把雙唇繃死成一條線。以為他是心中積怨坐在床頭想事兒，想累了人就該睡了，可今早大家一起床，他還那樣呆坐着，目視正前方，仍然把雙唇繃成筆筆直直一線兒，像把上下嘴唇縫在一塊了。

同室的教授問：「你不去黃河邊上煉鋼嗎？」

他不語。

那人說：「是安排你留守區裏嗎？」

依舊不語，蹲在床頭的他如一胎泥塑般。

哨響三聲後，育新們就都不道不言、忙忙慌慌地到院裏集合了。到了隊伍要走時，發現學者終於還沒來，就都意識到問題天遠地闊了，想到他會自殺了，急閃閃領着孩子朝第二排房的第三宿舍走過去。

# 3 《天的孩子》p181–183（有刪節）

那學者，端坐床頭上，雙腿曲，背倚那牆壁，目光死死盯那門口、窗口的光。

孩子進來道：「你不去煉鋼嗎？」

學者他不語。

「多好的掙花機會啊，錯過去——是天破洞的損失呢。」

學者他不語。

孩子問：「你是想留守？可這兒，地野人又荒，不用誰留守」。

學者他不語。

「知道啦——你是想，等我們走後去自殺。」孩子如夢醒，「我知道，你恨黑沙煉鐵術。你自殺，九十九區有事故，我就不能到地區、到省裏，參加那大會——不能有無數的紅花和獎狀」

學者他，抬眼瞟孩子，可憐孩子他。

「那你為啥呢？」孩子深不解，又近學者床前有半步，「去煉吧 —— 我照樣給你發紅花。你掙夠一百二十五朵花，照樣自由回家去。」

最後看那孩子臉，學者把目光，平直投向窗口那方向。嘴角有冷笑。

「我現在，給你發上五朵紅花呢？」

學者他不語。

「發給你 —— 一朵等於五朵的嬰掌中花呢？」

學者仍不語。

「發你兩朵中花呢？三朵中花呢？」

學者總不語。不看孩子臉。孩子扭頭看那門外的天，臉上有無奈。又忽然，高了聲音道：「給你四朵中花呢？直接發你一個五星去不去？你不去，就是想毀了黑沙煉鐵術。毀了九十九區這典型。你毀這典型，倒不如，把我一刀毀在鍘下邊 —— 成全我 —— 讓我學那不怕死的女娃兒 —— 我現在，就去拿鍘刀。要麼你，和大夥一道到黃河岸邊煉鋼去；要麼我，把鍘刀扛來你就成全我。」

孩子說着果然走。

圍的人，為孩子閃開一條道。孩子行如風。如風刮在一條街巷胡同間。可他快步走出二排三寢時，東方透下白的光，冰清玉潔灑過來。孩娃快步走，要把鍘刀扛出來，由學者，成全他，一刀砍他在鍘下。

孩子在眾人目光中，走進他的屋。

作家跟進他的屋。

他們說下許多話。

稍片刻，孩子空出來，臉僵硬和霜白，全都淡下來。在門口，吹那黃銅哨，把人的散亂重又召至大門口。孩娃他，望了一直勾頭的、門口的、牆柱下的音樂說：「你跟我來一下。聽我的，可把紅花獎給你。」說着話，孩子又朝二排房的三寢去。音樂有猶豫。可終就跟着孩子走。

東方那，有了紅的光。音樂隨那孩子走，到那二排房的第三寢，孩子立站那門口，向裏大聲道：

「不用你狠手去鍘我——知你難下手。也不用，你跟着大夥到黃河岸邊去煉鋼。我思忖，你不說話，不改造，可該你幹的活——都由音樂替你幹。反正你們是好的情的一對兒，你不去了她得去。她去了，就得一個人，幹下兩個人的活。你的由她替你幹。」

孩子說完就走了。

把那話，留在門裏間，像留人質樣。到去大門口，瞟瞟天色與隊伍，再吹哨，再招手，帶着隊伍朝北開拔了。

果然着，隊伍一開拔，拐過區院東牆角，學者他，就在後邊追着趕過來。瘸着腿，如腿斷了也要追着主人的一條可憐可憐的狗。

# 4 《故道》 p199–210（有刪節）

九十九區距黃河岸邊共是八十幾里路。

這八十幾里路，夏天為沼澤，冬天為冰凍乾枯的鹽鹼灘。天不亮時就起床，到日出時分才真正踏入鹼灘地。太陽好端端如一片金水凝在東邊大地的地平線，把天地黏黏稠稠膠在一塊兒。灘地裏有霜色青冷的鳥叫聲。先是一聲或幾聲，待把那東天叫出刺目的焰光後，鳥叫就由稀落響成一片明翠白亮了。

太陽也光亮一片了。

平原的灘地也白色鹽鹼一片了。

人的汗也在臉上、身上一片了。

教授們背着被褥、行囊和鍋碗，用幾輛車子拉了糧食和油鹽，就朝那黃河岸邊進發着。孩子他像一隻輕靈的鳥，飛在最前邊，沿着他和實驗走過的路，一直正北走，繞着那夏天水窪、冬日乾涸的鹼地走。光禿禿的窪地裏，偶而會有幾叢凸在一堆泥土上的塔頭草，那草裏也偶間會有麻雀或別的野鳥飛起來，遊在天空或射到天地間，叫聲尖脆嘹亮，如女人吃過辣椒的喚。

隊伍是一字兒排開走在那遼無邊際曠荒裏，宛若一行雁隊孤在浩瀚的天下面。塔頭草的腐白味，鹽和鹼的鹹舌味，野荊雜樹的木質味，還有晨時大地上的光暖味和空氣的寒冷味，混在一起成為這曠荒野地最為獨有的白白黃黃的鹼硫味，看不見，卻是極濃極烈地纏在空氣裏。

最前的，車上插了一面紅旗在風中蕩蕩揚揚地飄，嘩啦啦的響，如隊伍是一直走在一條河邊上。一人一線地拉開來，蜿蜒着，不斷有「跟上」、「快些」和「掉隊的扣他一朵花」的話，從最前傳到最後去。走在最後的是學者和宗教。學者拄了拐，每走一步腿上都如拖了一個沙包在地上，宗教是被派來看他幫他的，不能讓他掉了隊，更不能讓他發生意外不走了。

「你比我有學問，聽説《資本論》你都參加修正了。」宗教説，「你知道以色列人出埃及時一路上跟着摩西吃的那苦嗎？」

學者他是再也不説什麼了，聽着只是朝前走。

「一路上不知餓死了多少人，累死了多少人，天天夜夜，一秋一冬地走不出埃及國，到不了迦南那地方。可我們，」宗教把自己肩上的行李由左換到右，又上前把學者的一個帆布綠包提在自己手裏邊，「八十里，抓些緊，天黑前就到那黃河邊上了。」

終於是沒人掉在隊伍後。到了午時候，在那蠻荒中，看到有一池水塘橫在眼前邊。水上結了冰，夏天旺花的水草和蘆葦，枯在冰面上，如一蓬從未梳過的亂髮橫七豎八着。就圍塘坐下來，歇息着，砸開冰，燒了水，所有的人都吃了乾糧後，再沿着那路正北着。實在有人走不動，就坐到前邊的車子上，只是坐的要把自己的紅花拿出來，賞謝給那拉車的一朵或兩朵。

就這樣，一天急急地走，到了半程時，有人的腳上打泡了。有人把他行李中沒用的東西扔掉了。那位中年女醫生，她把她行李中一直藏的聽診器和血壓計，取出來掛在了路邊一棵荊樹上，有快死的病人她也不管了。

到了將着黃昏時，回頭一望能看見路上掉的鞋和襪，扔的破帽子，丟的鐵鍁把和錘把兒，還有很新的一條女教授的褲。明明是隊伍再也走不動了路，可路上卻沒有掉下的哎喲歎息聲；明明已經有坐在路邊不願再走了，可前邊忽然傳來了話：「看見沒？那落日中高出地面的一道灰色就是黃河大堤啊。」話就往後傳，傳到最後是這樣一句話：

「先到者獎你五朵花，後到者罰他五朵花。最後一個到的不僅要罰花，還要替大家壘灶去燒飯。」

隊伍的腳步就又忽然快起來，年輕的還走着走着往前跑，衝刺樣朝着落日中黃河大堤那方向。腳下的草和樹枝響出一片吱喳的響。那舉着紅旗的，跑着還有了口號和歌聲，讓那旗在頭頂蕩着如飛的一團火。到後來，連宗教也丟下學者快步去追前邊的人，他邊跑邊對學者說了一句「對不起」，就把學者的行李放在地上去。那跑着的男人和女人，大的和小的，教授與講師，如馬群朝着勝利奔騰樣，笑聲和喚呼，一波一浪地捲在灘地上，就把黃河灘地的千年清寂擊碎了。讓黃河灘岸沸騰了。就有年輕的講師最先到了黃河邊，人站在孩娃和實驗砌的煉爐上，把紅旗舉在半空裏擺，嗷嗷的叫聲豔紅烈烈，把落日顯得淡而無力，如一片煙塵鋪在烽火台的遙遠裏。而走在最後一個的學者瘸着腿，到前邊把他的帆布提包撿起來，望着那些奔跑的人馬和口號，歡呼和紅旗，豎在那兒怔一會，又咬咬自己的下嘴唇，濃極的茫然罩在他臉上，如冬霧罩在巘窪地。

這時候，有意落在隊伍後邊的我，終於有機會走過來，接過學者手中的行李說：「快到了，別着急。」

學者看看我，笑一下，很感激地說了三個字：「謝謝你！」我沒從那話中聽出有不悅和嘲諷的意思來。他和音樂畢竟還不知他們被抓是因為我寫了他們的《罪人錄》。

# 5 《天的孩子》p200–205（有刪節）

事就這樣成了。

起初間，神創造了天和地。分了白晝和黑夜。孩子說：「你們住這兒 —— 女的到那邊。」男女就分開。在黃河的堤下邊，雜草裏，樹棵旁，用窪地池塘那荒草、蘆葦和荊棵，割下來，遇物再賦形，建下草屋和草菴，房子就有了。把那拉來的帳棚撐起來，住處就有了。把石頭砌起來，燃柴點起來，灶飯就有了。把黑沙用磁鐵吸起來，聚到一塊兒，鐵沙就有了。

規定說，五人挖一小爐煉，你就五個人。規定十個砌一大爐煉，你就十個人。

人在地上走，大地托着腳，尋着那黑沙。尋那流過水的、留下一條黑線波在沙上的。條形鐵、U形鐵，放在沙地黑沙大腳小步跑過來。用衣服，用那包袱布，把黑沙抬到煉爐旁。三朝或五日，煉爐裏，就滾出一團窩頭鐵。

神說我與你們並你們這裏各樣的活物所立的永約是有記號的。我把虹放在雲彩中，這可就做我與大地立約的記號了。光就像虹一樣。火就像光一樣。爐裏的火，一片片，此起彼伏燃，日日的，夜夜的，暖着這冷的荒的大地和世界。照着夜的黑暗和寒冷。孩子門前堆的窩窩鐵，黑色的，青色的，團圓着，餅狀的，一團又一塊，它就堆將起來了。在日間，那鐵的味道是淡紅。入夜裏，鐵的味道月青星白沿着黃河飛，把孩子的房子圍起來，如湖上的水汽把船漂起來。

孩子住那爐群遠的一處窪地裏。

窪裏它有樹。帳棚用棍支起來，四角拴在樹上石頭上。石頭、柴草壓了帳的邊。帳裏鋪了厚的草。孩子就有他暖和避風的帳屋了。馬燈掛在帳屋頂。風吹着，帳上有哨音。馬燈在那空中晃。光似流動的、日光下的水。作家走進來，把他寫的《罪人錄》的筆記交出去。橫格紙，規整的字。格線是紅色。字是藍的色。一疊兒，放在孩子身邊木架上。「坐吧你。」孩子說。作家坐在那燈下，影子一團兒，如那月光中的黑團窩兒鐵。「說說看。」孩子在胡亂地翻着一本書。翻着說，手卻停在書面上。

「剛來那一天，」作家說，「又見音樂和學者走到一塊了，她還幫他提行李。」

「還發現，」作家說，「音樂不知從哪弄的辣椒、鹹菜送給學者吃。」

「你敢相信嗎？」作家望着孩子臉，「宗教表面好，可他看的書 —— 打死都不敢讓人信 —— 是學者參與翻譯並由他依着上邊修正過的《資本論》，這麼大、那麼厚，」作家比劃着，聲音提高了，「他把那大的《資本論》裏挖出一個小方洞，把這樣一本小的《聖經》藏在《資本論》的書裏邊。都以為，他每天沒事是看那文件規定看的書，其實他，是翻開《資本論》裏夾的《聖經》呢。」

孩子臉上有愕然。

「書就藏在他的疊的被子裏。」

孩子臉上有愕然。

「醫生是賊啊。醫生每天看別人收集的黑沙放在那兒沒人了，她就會過去抓一把，捧一捧，放在她提的麵袋裏。」

孩子臉上有愕然。

作家說：「這些事，我都記進了《罪人錄》。」

孩子怔一會：「今天你想讓我獎你幾朵花？」

作家有羞愧：「你就看着給。」

孩子扭過身，去床頭——一個木板箱中取出那木盒。取出三朵小紅花。作家伸開手。小花開在作家手裏了。還有一本稿紙一瓶藍墨水。

作家獲有獎，從孩子那兒走出來。

孩子也出來。事就這樣成下了。孩子與收沙的眾人約定為，每人每天應繳十碗黑的沙。煉鐵的五天必一爐，每爐的窩鐵不小於一個大的柳條籃，重是三百斤。砍樹的，不得斷了爐的火。孩子出來站在帳前邊。寒風吹。爐發光。黃河堤擋不住的水流聲，隆響隆響越過來。人都歇下了，睡在菴屋間。那依堤挖的、砌的爐，火光彤彤響，耀照了半邊天空和世界。孩子站到那一片窩鐵上，瞅着一處遠的菴，沉靜後，宗教從哪走出來，立在那光裏，窩鐵旁，聽孩子說了一句話。

「膽大啊——你！」

宗教驚着望。

「總說什麼都繳了，可你把一本小書藏在一本大書裏。每天看——以為我不知道嗎？」

宗教忽地跪下來，哆嗦地抖，想說啥，又未說出來。

「回去吧——把書繳出來。」說完話，孩子回了他的菴。

到菴裏，伸了一個懶腰後，坐在一把椅子上。轉眼間，宗教回去又回來。回來縮在孩子面前一步遠，身子仍是抖，似是隨時準備再着一次跪。孩子接了那大的十六開的書，磚的厚，黑紅皮，硬精裝。上寫《資本論》，還有長長作者名。這本書，文件上最為力推的，要求每人必得看。熟悉這本書，孩子如熟知自己吃飯的碗。可孩子，從未看過這本書，如吃飯從未有人吃了自己的碗。他翻看，二十幾頁後，果確的，書中挖下二寸寬、三寸長、將着一寸深的洞。那洞的方寸剛巧嵌下小本《聖經》書。《聖經》

沒皮了，只有純瓤在。瓤裏的字，小到如蠅屎，似那列隊齊整走向磁鐵的黑河沙。合上書，孩子睥睨看宗教。宗教慌忙再又跪下了。外面有人在走動。在那大聲喚：「二號爐——加柴呀！」聲音斷下來，又都歸於靜寂間。除了火的劈啪、遠的水聲，萬籟俱靜着。

「你有兩宗罪，」孩子說，「一是偷看這《聖經》，這是大的罪；二是在那本真的聖書上挖了洞，也是大的罪。罪上加罪，送你到總部，比學者和音樂偷奸還嚴重，槍斃也是罪該的。」到這兒，孩子停頓一會兒，似思忖，又用手翻了那大書。大書帶了小書頁，嘩嘩響着又合上。「我念你，為人誠實，不送你到上邊去贖罪。可你說，我該怎樣處罰你？」

「怎樣都行。」宗教大赦般，連連點下頭，「你想怎樣就怎樣。」

孩子從大書中取出那小書：「你起來。」宗教站起來。孩子把小書扔至他面前，「你朝這本書上撒泡尿。撒泡尿，一了就百了。」

宗教再次僵那兒，臉上呈着白。「你讓我死了也行，求你別對這書好不好？這書全國只剩這本了。別的建國後，就都收起燒掉了。這一本，是我從國家圖書館的孤本書裏用家財人情換來的。毀了這本書，全國再沒這書了。」說着話，宗教唇哆嗦，如葉在風中擺。冷的夜，可宗教那臉竟有汗。孩子看了他一眼，鼻子哼一下：「不尿嗎？那回去，把你所有的紅花全都拿來繳給我 —— 你應該 —— 五十幾朵吧？還有椿兒事，你若不往那書上尿，罰你繳紅花，明天還得一人拉板車，裝鋼鐵，和我一塊去總部獻鐵去。」

孩子懲罰他，由他二選一。一是朝那書上尿，二是繳回全部掙的小紅花，還同孩子如驢一樣拉車黑窩鐵，去那鎮上獻禮去，來回三百里，馬不歇蹄竟也走三天，何況還要拉三塊兩塊黑鑄鐵，五、六百斤重。

可宗教，選的是後者。

# 6 《天的孩子》p209–214

孩子帶下五個人，拉下沙鐵去獻禮。統共三輛車，一輛宗教獨自拉。另兩輛，由四個同仁拉。宗教他有罪，理應獨自拉，只是到了上坡或者坑凹池地間，孩子幫他推。頭天起程，來日到鎮上，方知九十九區把沙鐵獻總部，總部獻縣上，縣上獻地區，地區獻省裏，一級一級要獻到京城去。

要到京城去展覽。

事就這樣成着了。比想的偉大與壯觀。孩子用黑沙煉鐵不單是創舉，還是向世界，所有所有的、反動的國家最為有力的回擊和宣戰。從此後，國家有了黑沙煉鐵術，而不用去進口他國鋼鐵了。

孩子去鎮上，五天沒返回，只是消息如風一道一道吹。第一道，說黑沙窩鐵被上邊稱是向世界發的原子彈，這讓九十九區驚着了。第二道，說孩子回來帶回那獎品，除卻大紅花，還有整車的糧食與大肉。第三道，說只要把沙鐵送到北京去，九十九區裏，將有一批新的人，都如實驗要自由回家去。本來是消息，人卻都瘋了，積沙、砍樹大煉鋼，不用人督促，各自瘋起來。冬時候，天不亮大家就起床，尋一個窪池洗把臉，每一煉爐留人守着火，其餘都翻過大堤收集黑鐵沙。

孩子在鎮上。鎮子離黃河岸邊一百五十里。一個村，數幾百的人，有條主街道，街上有商店。還有鎮頭上、街盡處的育新總部在那兒。總部是個大院子，四圍蓋了紅色機瓦房，掛了各樣辦公的木牌就是總部了。

總部院子裏，堆了各樣鐵。長的、方的、橢圓的，青的色，灰的色，黑青黑灰色。有人在過磅，把各個區的鑄鐵重量記起來。有卡車，正把鑄鐵朝着車上裝。叮噹咚——叮噹咚——響聲漫在鎮街上。

漫響一世界。

有人問：「鑄鐵往哪運？」

裝的答：「鋼廠啊。」

「幹啥兒？」

「我操呀——你短見——不知鋼廠再把這鐵煉成鋼筋、鋼管嗎？」

天下人，就知這鐵的好處用途了。起初時，院裏堆的鑄鐵如山巒，兩輛卡車每天運。現在間，鑄鐵少下了，各個育新區，都沒鋼鐵原料了。有半月，卡車每次在院裏等三天，亦還裝不滿。

鐵源枯盡了。

村莊裏，哪哪都沒鐵味了。只有空立在路邊的、村頭的、燒焦燒紅的泥土煉爐了。

就這時，實驗和孩子，有了黑鐵沙。有了黑沙煉鐵術。實驗學物理。金屬物理學。實驗有了黑沙煉鐵術，獲獎五顆紅星回家了。孩子就，把第一批沙鐵從黃河岸邊拉車走了兩天到了上邊總部裏。上邊的，摸着那沙鐵，摸着孩子頭，臉上掛了紅。上邊的，把獎狀贈孩子，還當眾唸那獎狀上的字：「獎狀 —— 」這兩個字念得極為慢，後邊唸的快：「鑒於孩子在國家建設中，對鋼鐵事業的巨大貢獻和努力，特發此狀，以資鼓勵」。

下邊又唸了總部的名稱和時間。

掌聲中，孩子去接那獎狀。由上邊 —— 給他佩戴大紅花。

孩子成了全部的、育新區的紅名人。晚間裏，上邊請他吃筵席，大米、白饃、肉菜、燉雞、還有酒。孩子說：「讓和我來送鐵的幾個也吃吧？」就在席邊又擺一張桌，來人是大米、白饃和肉菜，沒有燉雞沒有酒。

席間裏，上邊問孩子：「你還沒去過省會吧？」

孩子他點頭。

上邊沉默沉思許下願：「你今天三車拉來一噸鐵。只要你，年內可以煉到一百噸，我們保證你，不僅出席地區的典型會，還讓你，出席省裏、北京的典型會。」

事就這樣成確了。孩子臉上掛着紅，「每一噸，給我一張獎狀、一袋白麵、兩朵大紅花——一百噸，我去省裏出席典型會。」

孩子還沒去過省城裏。孩子朝思暮想要去那省城。鎮上一條街。縣城三條街。地區那市裏，大街小巷最少三十條。可省會，它有多少街道呢？

知了鎮上、縣上和地區，可孩子，不知省會啥兒樣。

孩子夢想去省會。

孩子想，煉夠一百噸的鐵，掙一百張獎狀、二百朵的大紅花，到那時，他應該在省會過個年。從鎮上，往黃河岸邊回去時，宗教拉着車，孩子坐車上。孩子凝望天空思忖許久才說到：

「幫我算一算，一百五十斤黑沙能煉一百斤的鐵。一百噸的鐵，得用多少黑沙煉？我們有大小二十個爐，平均五天出次爐，多少天才能煉出一百噸？」

宗教把車子，停在曠野裏，用棍子劃那大地上，嘴裏念念說，一百斤鐵是一百五十斤的沙。一千斤要用一千五百斤。一噸就要三千斤的黑鐵沙。說二十個爐，平均每次煉出三百公斤鐵，二十個爐是六千公斤鐵。這樣着，就得每個煉爐都煉三十五爐鐵，就能煉出一百零五噸。說五天五夜煉一爐，平均三十五爐得一百七十五天煉，整整為半年。

說完算完宗教站起來，路邊那大地，被他寫下劃下一大片。那大地，如蟹在地上打了架。那大地，托着孩子臉。孩子那臉是茫然和失望。。

「那要兩天、三天煉一爐，平均每爐都是五百公斤或者八百公斤鐵，再造幾煉爐，不就可以年前煉出百噸嗎？」

孩子算着問，臉上又有紅的光。

那大地，也放紅的光。

事就這樣成着了。太陽升上來。前邊車子遙在遠處歇下等他們。他們走。孩子坐車上，宗教拉着車。孩子臉上有那迎着光的笑，「我不燒你的那本《聖經》書，只罰你五朵小紅花，也不再叫你朝那書上尿，」孩子說，「年底我要去省裏。你回去 —— 要對人說只要煉夠一百噸的鐵，準會有，三十五十個罪人和實驗一樣自由回家去。」

宗教驚着回頭望。

「要有四十、五十個自由回家去。」孩子說，「你那書上說，神說要有光，也就有了光；神說要有水，也就有了水。」

宗教拉着車子跑，驢一樣，太陽照在他頭上。大地滿是光。

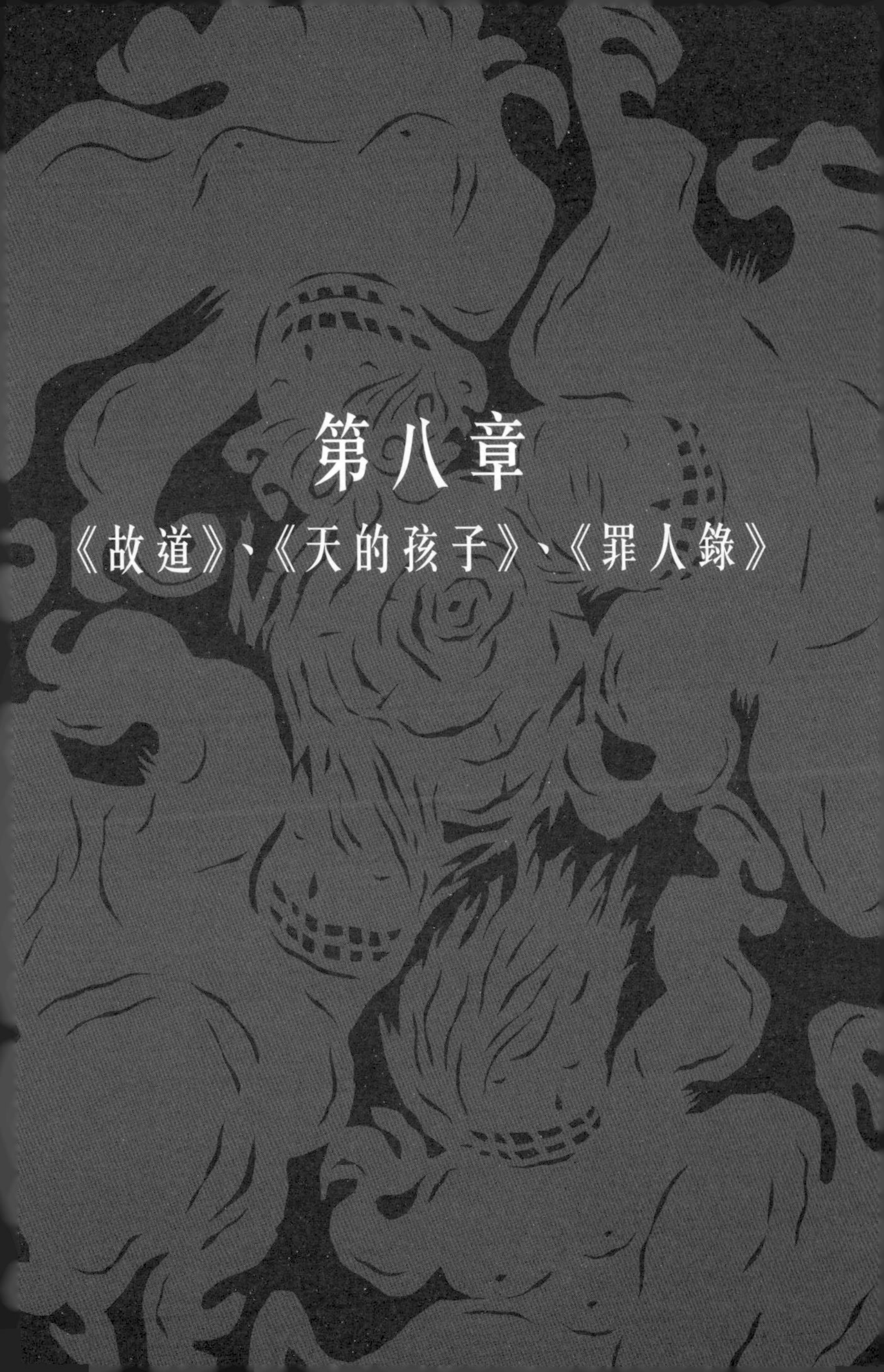

# 第八章

## 《故道》、《天的孩子》、《罪人錄》

# 1 《故道》 p300–309

時光轉換至第五日，孩子領着去鎮上獻禮的人們回到了黃河邊。事情果真如傳的消息樣，只要一級一級把他們的沙鐵獻到北京去，九十九區就會有一批人被赦回到人世自由裏。要赦回的是哪些人？自然是那些表現積極、得到紅花最多的。於是間，就都更為拼命地收鐵沙、砍樹木、煉鋼鐵。最為要緊的事，已經不再是第九十九區一家在這河邊集沙煉鐵了，煉鐵術推廣到了整個育新區，半月不到，黃河岸邊已經全是了收集黑沙的人。到了春節將至時，不僅是育新區成千上萬的人在收沙煉鋼鐵，朝着上游、下游幾十上百里，還可見農民們也都用繩子拉着磁鐵在沙灘上走來走去着。黃河對岸邊，先是看到有人站在那岸邊晃，再就看見有爐火生起來。火光和爐煙，騰在空中把一河兩岸全都照亮了。

孩子們的黑沙煉鐵術，轉眼間傳遍黃河兩岸、全國上下和世界。到了臨近春節時，黃河兩岸的煉爐一座一座地多起來，白天的伐樹聲，河水濤濤地捲在岸邊上。到夜晚，成百上千的煉爐火，依堤明亮，焰光熊熊，黃河就像一條無頭無尾着火的龍。

表彰孩子的文件從京城發到了全國各個角落裏，京城煉鋼委員會的紅印蓋在文件上，像一輪太陽亮在九十九區每個人的心裏邊。每個人都覺得自己的名字將要出現在第一批回家的赦免名單裏，都每天拼命掙着小紅花。

孩子也朝思暮想他的紅花和獎狀。

有一天，孩子發現他從總部帶回來的獎狀和大紅花，多得像春天三、四月間草地的花色和濃香。孩子把那些獎狀貼在、別在他的帳棚東邊帆布上，把那些大紅花掛在支撐帳布的木杆和樹身上。孩子還做了另外一樁事，為了不讓所有人的紅花、五星丟失和損壞，讓他們彼此之間有個比對和競賽，他把所有人的小紅花全部收回來，在他帳棚西邊的帆布上，畫出一百多個方框兒，每個方框上面都寫着一個人的名，把那人掙的紅花貼在他的名下邊，要求每人三天都要去一趟他的帳棚屋，看看自己的名下有多少小紅花，別人的名下比你多着多少花。

孩子的帳屋被紅花、獎狀和紅星貼滿掛滿了，紅彤彤如一個帳屋終日都在燃着火。九十九區就這樣被鼓蕩起來了。前五十名紅花多的人，怕後邊的趕上來，集沙煉鐵就如瘋了樣。五十名後的看自己再有三朵五朵就可擠進前五十，於是煉鐵時，恨不得也把自己煉進去。還有那些最後只有幾朵、十幾朵紅花的落伍者，看別人超出自己幾十朵，雖然趕不上，可卻也不甘落下來，期冀表現優異，可以第二批或者第三批，離開這兒回到人世裏。

在春節前的日子裏，黃河已經被開腸破肚了，到處都是被挖開的沙坑和溝渠。這一天，孩子沒有沿着黃河大堤走，他在自己的帳屋呆了一整天，連吃飯都沒捨得離開他的帳屋子。在屋裏，孩子的心情極端端的好。昨兒他又一次親自帶隊去獻鐵，為自己掙回了五張獎狀十朵大紅花。這就終於使他帳屋的紅花再也掛不下。他不得不在帳布、帳柱上，把那些紅花、獎狀重新揭下分佈着。他把獎狀一張挨一張地貼在東邊帳布靠下處，把紅花掛在帳頂和獎狀留的縫隙處，使整個帳屋裏，紅花、獎狀橫成行，豎成線，一朵挨一朵，一張排一張，齊齊整整，如一個軍營裏的榮譽室。他已經有七十張獎狀、一百四十朵的大紅花，再有三十噸煉鐵他就有一百張獎狀、二百朵紅花了，他就要到省會去看省城了。孩子盯着他帳屋裏一屋一世界的獎狀、紅花看，看完後他在帳屋轉過身，看那對面一個方框一個方框裏的名字和小紅花，發現那些已經有八十、九十朵小紅花的人，他名下書本大的紅色方框裏，那些小紅花也都貼不下，泛着金光漫出來，壓着框線流到別人空的框邊上，像東家的油菜花開到了西鄰家的田地裏，讓那邊的帳布也紅得和這邊掛滿花的帳布一樣火苗着，這使孩子忽然間心裏暖暖洋洋，彤彤紅紅，如同心裏暖着一爐火。

孩子就在他的帳屋四處地看，他把那些綢花、絹花、紙花，大紅的、粉淡的、褐豔的、深色油亮的，凡他喜歡的，都在心中給它們起了名。他把一朵比碗大的紅綢大花叫牡丹，把一朵稍小的絹花叫芍藥，把一朵如籃子大小殷紅的紙花叫玫瑰，把幾朵紅花裏有着黃色花卉的胸花叫大輪菊、小輪菊和九月黃。可孩子看着看着時，忽然看見右手邊那一片方框的名裏竟有一個人名的下面沒有一朵花，光禿禿如花圃中躲在花草間的一塊青石板。

那個人的名字是學者。

在那紅色裏，屬學者的方框如一片着火的紅中有一塊區地被人澆了水，哪兒哪兒都是溫暖滾燙的火，卻只有西帳靠裏的角下有着學者那一塊荒涼和靜默。

孩子被這一塊光禿禿的帳布驚着了。這麼多天他竟沒有發現學者至今沒有一朵花，分給他的那處框塊如一眼深井黑在一片紅色中。孩子的心，陰沉沉地從暖燙的熱中開始慢慢冷下去。

## 2 《天的孩子》p261–262（有刪節）

屋裏的紅，如虹在天空間。

孩子在紅裏，臉是亮的心是透明的。學者立在那屋裏，被那透紅徹紅驚着了，臉上僵的硬，如紅的石塊在臉上。

孩子說：「你要聽我的。我是向你的。你要聽我的，頭戴高帽讓人鬥，我準定，慷慨獎你小紅花」。

孩子說：「你要讓人鬥，寫各種罪名在帽上。眾人看你就都驚怕了，收沙煉鐵就都手腳不停、日夜不息了。」

「我一定，獎你很多花。讓你的紅花掛滿紅框從那框裏流出來。人都羨慕你，必都手腳不停收沙煉鐵了。」孩子求學者，望着學者臉上有悲光。學者站在那紅裏，臉上睥睨如霜化不開。他不看孩子，盯着屋裏紅的天地看。

盯着看，末了問下一句話：「沒有一朵又怎樣？」

「要在區裏勞作一輩子，死在育新區。」

「那就讓我死在這兒吧。」

冷笑說了這句話，昂昂又傲傲，學者離開那滿的紅的屋子裏。屋外的夜，依河築立那煉爐，堆下耀耀彤彤那的光。天是紅的亮的如同白的晝。河的水，它是紅的亮的嘩嘩滔滔奔襲地流。學者立站大堤上，人沉默，聽那流聲煉鋼聲。許久又許久，又從那堤上折回來。

許久又許久，學者再又走進孩子屋。學者看孩子。孩子臉上木然面有無奈色。

他朝孩子面前近一步，不輕不重問：

「煉夠一百噸，真的有人可以自由嗎？」

孩子他點頭，臉上轉亮放下光。

學者說：「我若配合你，可只要有人成了新人走，你得給音樂五顆五星讓她離開這。」

孩子臉上放亮光，很重很重點點頭：

「我一定給你們發去很多花，讓你們，紅花立馬趕上一百朵。」

學者又沉默，再後接下問：「真這樣？」

事就這樣又成了。黃河調頭西流了。大地上，夜寒襲過來，屋裏卻是暖。學者再次離開後，消失在——那寒的火的冬夜裏。孩子去送他，目有成的感激的光。學者消失在夜裏。孩子立在大堤上，看那河，像騰起跳躍火的龍。孩子那的臉，有人眼不見的光和熱，像那河水被千萬千萬煉爐烤下的。

# 3 《天的孩子》p263–269（有刪節）

學者和音樂，每天被人鬥，煉鋼果真快起來。

一百噸，終要完成了。

入臘月，日子邁着雙腿跑過來。孩子的獎狀和紅花，前者九十八，後是一百九十六。百噸鋼鐵終要完成了。這一批次鐵，出爐就超一百噸。往爐裏裝倒黑沙時，孩子讓每爐多裝三桶或五桶。

這一批次鐵，準比往時多出一噸多。

火就點下了。

爐就燒下了。

三天後，滅火出爐時，天空飄落微雪花。世界一團白的湖。河水那流響，被霧遮擋了。大靜裏，只有雪花飄落的細音和霧在河面纏纏繞繞的暗語聲。

為了儘早把鐵送上去，所有人，不砍樹，不收沙，都雲來熄爐、卸窯和裝車。儘早趕雪天，把鐵送上去。這百噸的最後批次鐵，燒爐時，都把那，渾圓的樹幹鋸成二尺三尺長，豎起來，劈成嘩嘩柴劈兒。烈火熊熊燒，燒至三天三夜七十二小時，除滅火，扒開頂部、腰部那四或兩個對流通風口，讓煉爐風冷一天後，再從頂部用冷水朝着爐內澆，待那從爐裏蒸騰的白色濃煙稀薄、疏淡了，也就可，冒着高溫鑽進爐裏把那窩鐵滾將出來了。

這一批次鐵，是今早天將亮時熄火通的風，規矩該，冷凝到明天澆水方入爐，然卻一大早，孩子吹了哨，大聲喚：「天下雪啦——要誤了大事啦——九十九區終於燒夠了一百噸的鐵，不儘早出爐送到上邊去，那第一——就被別人搶走啦——」

孩子站在晨時他的棚屋門口喚：「人家第一了——你們就誰也別想一下掙到五顆大星啦——誰也別想年前自由回家過年啦——」

孩子連喚三遍後，人都慌忙着，提水桶，揉睡眼，朝那煉爐急腳快步走。學者夾其中。他邊走，邊把那鬥他的紙牌朝着胸前掛，把那糊的白的高帽朝着頭上戴。對面走來一群人，音樂是空手隨着人群的，見着學者戴了高的帽，也慌忙回去把自己的胸牌、高帽取出來。這就都到了一排煉爐中間空地上，聽孩子，三三五五分配後，人就去汲水。人就去爐腰，把那擋了對流風的土渣石塊清理開，讓冷風，通暢吹進煉爐內。就這時，學者和音樂，戴着高帽，掛着紙牌，站在孩子面前了：

「我們跪哪兒？」

孩子隨便指，回屋去洗臉。昨夜想到夠了百噸鐵，可去省會大城了，孩子一夜未合眼，點亮馬燈看那獎狀和紅花，如新郎看洞房。天尚亮，聽到雪花悉悉窣窣飄，他把哨子吹響了。

今天勢必要把百噸獻上去。

孩子洗了臉，再從棚屋走出來。那一排二十幾煉爐，已經全都把頂口扒開了。擔來、抬來黃河水，一桶一桶倒在頂口的、邊上的——那個土池內，讓它流，流進煉爐頂口處，跌進煉爐內。冰水澆進高溫爐裏後，冷熱它相撞，響出巨大震耳的炸裂聲。騰起黑白煙，轟轟響着跳出爐口竄漫在天空。磨狀的，在那爐頂凝着變下形。二十幾柱煙，如那捲的雲。孩子朝那雲裏走，如鳥朝那天空的深處飛。第一爐。第二爐。到了中間十三最大的一間房的煉爐時，孩子見學者，跪在爐頂上，離爐頂水口僅有二尺遠，那直徑一米的煙柱從爐口騰出來，擦着、掛着學者臉。孩子朝學者走過去，借那雪的亮，遲白遲白的光，看見學者頭頂圓桶高帽上，除卻原來寫有「罪人通姦犯」——五個拳大黑的字，還又寫了「叛國罪」、「反黨罪」、「背叛人民罪」、「污辱民族罪」、「不尊領袖罪」、「卑視百姓罪」、「反對人類文明罪」、「反對國民富裕罪」、「調戲婦女罪」、「愛情至上罪」、「虐待老人兒童罪」、「錯誤路道罪。」罪名各樣，棋布星羅，一個又一個，都重筆寫在「罪人通姦犯」五個字的左右、上下和帽後。爐煙和熱氣，從他臉的前方升。有那黑墨朝下流。流在他臉上。去黃河邊的汲水者，都要從這到那黃河堤那邊。汲水回來的，都要路經這爐口。都見着學者的劫難、辛苦、誠悔和苛責。

孩子扭頭找音樂。

學者朝那爐下望。

孩子看見音樂跪在爐下處，掛紙牌，戴高帽，人也都見了她的劫難、辛苦、誠悔和苛責。孩子他是好的、善良的，愛着音樂、學者的。他把目光在音樂臉上停暫後，回過來，慷慨問學者：

「你倆現在多少花？」

「五十二」

「你今天一共寫了多少罪？」

「二十七。」

「那我再獎你二十七朵小紅花。」

學者眼睛亮一下，抬起頭，感激望孩子。孩子要朝後的煉爐走過去，剛好有河風，順那河堤捲過來。騰起那爐煙，捲動孩子一趔趄。孩子穩了身，看那學者仍舊一動不動跪那兒，臉上有了透亮大水泡。仔細看，果是蒸氣在學者臉上燙的水潦泡，大的如硬幣，小的如豆粒。孩子動了心，數下學者臉上共有十二顆的水潦泡。

孩子說：「哦⋯⋯我再獎你十二朵花」。

學者點了頭，說了謝，臉有燦爛看不見的笑。

# 4 《罪人錄》p181–183（有刪節）

人在許多時候，內心都不是光明和無私無欲的……孩子，你要聽我的，真的不能這樣把紅花發給音樂和學者，你善良大方，愛着他們，可你哪能識破學者的內心呢？第九十九區的人，誰的學問都沒有他的大；誰的城府也沒有他的深。他的心深如一口望不到底的井，沒有人知道他每天都在想什麼，不是這樣音樂也不會寧做罪人也要來和他在一起。學者他雖然頭戴高帽，胸掛紙牌，跪在那兒拋卻了他一向的傲慢和尊嚴，促進和提高了集沙煉鋼的速度，可你一下就給他十朵、二十朵的花，讓他們很快有了近百朵，這如何能讓那些辛苦砍樹把腿和胳膊都弄傷、弄斷，每天收沙煉鐵，被沙鐵腐蝕到變形潰爛又結下凍瘡的人心服口服呢？雖然所有九十九區的人全部是罪人，沒人不聽你的話，可他們內心的不服、積怨到了一定程度後，大家結夥暗中抵抗怎麼辦？尤其在這短短的半個月，音樂、學者的名下都有了一片小紅花，第一批回家自由的人中，不是有音樂，就是有學者，那不是太便宜他們了？！

·

聽我的，孩子。你一定要聽我的，在最近幾天中，一定要找機會罰掉音樂和學者十朵、二十朵的花，尤其不能讓他們第一批成為新人離開育新區，畢竟他們是通姦犯，是有過惡事惡罪的人。只有這樣，才能服眾，才可服眾，才能使你的權威不遭疑懷，牢固如神手中的權杖和柄棍……

# 第九章

## 《天的孩子》、《故道》

# 1 《天的孩子》p270–275

事就這樣成了。

孩子帶着七輛車，車隊浩蕩，離開灘地走啊走，二十里，雪就小了又住了。竟還有太陽。心是端的好極喜喜的，看見天下原是亮堂的，世界原是充滿光明的。鹼地裏，翹的鹽鹼殼，裂着密縫蓋着大地的窪，如鍋巴蓋了鍋。小雀子，它在路前吉祥地飛，等着車隊來，它又飛向前邊落下嘰嘰地叫。嘰嘰引了路。曠野偶或的樹，上次獻鐵還豎天地間。這一次，天地更為寬闊了。偶或的樹，成了偶着的樁。

趕至區的營地房，燒了水，吃了飯，再趕着朝那鎮子上邊走。雀子還引路，還是叫。就到鎮子了。雀子飛到人家房上去。街上已有賣那對聯紙，和那紅鞭炮。過年的腳，踏踏踏踏着，迎面奔過來。

孩子喜，還唱小調兒，在車前回身招了手：「快一些，夠了一百噸，晚飯有肉吃。」

果然有肉吃。過了磅，重量寫在小本上，又用一個算盤算。那記賬，他喜驚喜驚了——「啊！你們最先夠了一百噸！」拿着賬本跑進房子裏。上邊的，又拿着賬本走出來，笑着握那孩子手：「恭喜啊 —— 是大喜 —— 果然是你率先夠了一百噸。」笑着握那孩子手：「恭喜啊，晚上請你們吃豬肉、牛肉、喝老酒。」對着食堂那兒叫：「加兩桌菜 —— 米飯、白饃、燉牛肉 —— 煮開的水裏要放蜜。」拉車的，九十九區的，都坐在院裏挑那腳上的水泡和血泡，聽得喚，朝着食堂那兒望。臉上也都掛了喜。世界原是亮堂的。說要有光也就有了光。神看光它是好的明亮的，就把光暗分開了。看人是易於疲勞的，就日出而作，日落而息了。黃昏就來了。落日紅黃着，早先掛在鎮西村頭棗樹上。眼下棗樹燒火煉鋼了。樹都入爐了。世界光禿禿。亮的光，無遮無擋，鋪天蓋地，不見遮攔的餘暉如血樣血在大地上。上邊的，扯着孩子手。扯進上邊屋裏坐，在牆上屬孩子和第九十九區的煉鐵統計欄裏又用紅筆劃了一顆五角星。九十九區的，欄框紅滿了。紅如一片火。上邊放下他的紅粉筆，握了孩子手：

「確定你代表全區去省裏開會了 —— 你最先夠了一百噸 —— 你們發現發明了黑沙煉鐵術。」上邊握着、搖着孩子手，如搖一杆棗樹讓熟棗落下來，「只還有一樁事，就是需要一塊好鋼鐵。你煉了一百零一噸，數目是驚天大數目，可去省裏開會參賽受表彰，要帶去一塊不低於五十斤重的最純最好的鋼。」

上邊說着話，出門到那食堂案板上，拿來一柄砍刀來，又叫孩子到院裏，到他們剛卸下的一堆窩餅鐵、圓形鐵的前，撿起一塊鵝卵石，敲着砍刀當當的響，聲音脆，如黃河邊上冰塊碎裂聲。又用石頭去敲一塊窩窩鐵，木鈍鈍，空蕩蕩，如用木頭敲着一堆泥坯土。

「這怎麼能到省裏參展比賽呢？」

上邊的，用腳踏着蜂窩鐵，晃着手裏那砍刀：「得煉出一爐如這砍刀樣的鐵，到省裏，省裏肯定就會選你到京城。」

孩子抬頭望着上邊臉。

「你還沒去過京城吧？」

孩子抬頭望着上邊臉。

「去過省會嗎？」

孩子望着上邊臉。

「想辦法，」上邊拍拍手上灰，又摸孩子的頭，手抓葫蘆般，又拍他的後腦勺，「三天五天內，你必得煉出一塊如這砍刀一樣鋼硬脆朗的鐵。你要帶那脆鐵去省裏。要煉不出一爐那樣的鐵，你就別打算再去省城了。」

太陽就去了。

黃昏就至了。

世界奇靜了。總部外，又有人拉着蜂窩沙鐵來。上邊對那過磅的喚：「帶他們去那大食堂裏吃——」上邊的，卻帶着孩子去小食堂裏吃。在屋裏，關上門，孩子和那上邊的，坐在一張飯桌上。飯桌上鋪了白桌布，菜盤、飯碗放在桌布上。不怕桌布髒。大米飯、白蒸饃，有燒酒。還有豬肉排骨燉白的大蘿蔔。胡蘿蔔燉着四方牛肉塊。炒雞蛋、炸花生，大盤大碗地上。隨便吃。上邊的，把豬肉、牛肉朝着孩子碗裏夾。

事就這樣了。還要再煉一爐好的鋼。

## 2 《故道》p317–327

臘月初八這一早，黃河邊上依然大雪嘩嘩飄，茫白把一個世界都遍蓋起來了。在這雪天間，孩子帶着車隊，從總部撥着深雪趕將回來了。都以為他這次帶隊拉了最少三噸的沙窩鐵，無論如何夠了那上邊説的一百噸。夠了一百噸，孩子就可以去到省會了。去了省會，就該有二十個、三十個、甚或四十個人如實驗一樣自由回家去。回到家裏過春節。可是沒想到，孩子昨天去獻鐵，他沒有一路從鎮上到縣上，從縣上到地區，再被上邊領着徑直到省裏。

孩子連夜趕路，來日天色豁亮時，他又急將將地回來了。

曠野的風吹得地凍哨響。雪已經厚到過膝深，世界上除了一片白，別的什麼都沒有。九十九區的同仁都鑽在棚屋烤冬火。煉爐都熄了，把那裏的碎柴抱進各自的草棚燃起來，就都縮在屋裏烤火扯大天，算測孩子年前到省會，回來後是有三十個還是五十個人可以自由回家過新年。三十個了可能會有誰，五十個了又會添加那些人。然就在這算測喜盼裏，有人忽然看到茫白裏有一行人影撥着雪，朝着這邊晃過來，還有拉車走路、嘰咕吱喳的輪聲和腳步聲。就回身對着身後的一排草屋棚子叫：「孩子他們回來啦 —— 孩子他們回來啦 —— 」

他的叫聲興奮嘶啞，在河岸的白裏沿着大堤和風雪朝向下遊蕩過去。跟着就有人從棚屋跑出來，一個帶一個，所有的男女就從棚屋出來了，站在屋前望着孩子和車隊。孩子和車隊，就如一行雪龍樣，到上百個同仁面前立下來。他們的頭上身上全是白，眉毛、頭髮上都結了冰粒兒。可他們站到同仁們面前時，卻所有人的臉上都是興奮的笑。因為孩子答應回來獎給他們每人十朵小紅花。有這十朵小花他們的名次就比別人靠前了，自由回家可能有他們就沒別人了。別的人，不知道他們為何拉車走了一天一夜的路，臉上的笑都還粉淡鮮豔，如三月桃花，一點沒有雪天冬寒的樣，就都不解地望他們。望着站在人前的孩子和放在一邊的七輛車。

孩子抖了抖自己身上的雪，又把頭上的雪花冰粒掃下去，朝面前一片人們的臉上看了看，大聲説，「好消息 —— 好消息 —— 我們第九十九區，最先完成了一百噸的黑沙鐵，可他們現在最多的才完成七十幾噸鐵 —— 上邊已經明白説，由我們九十九區代表總部、縣上、地區到省裏開會了。明白説，你們中間會有一批人春節就和實驗一樣回家過年去。」孩子説着見宗教推來輛車子擺在他面前，他便順腿一個躍跳，站到宗教推的車子上，接着剛才的話茬道：「昨兒天，上邊也一下獎給了我五張獎狀十朵大紅花，一下子讓我的獎狀到了一百零四張。大紅花到了二百零八朵。為了謝你們煉鐵為我掙得這紅花和獎狀，我路上想好了——不管上邊批給我們多少回家過年的人頭數，我都把這個人數翻一番。上邊批給我們自由的人數是五個，我就同意十個回家自由去。上邊批了二十個，我就同意四十個。可上邊要大度批獎給我們四十個，我就讓你們全都自由回家去，只留下我一個孩子在這守着房子和煉爐。」

宗教站着扶平車把兒，讓他的架子車平衡、牢穩如同真的舞台般。孩子就在那車上粗門大嗓喚着說了許多話。人們從來沒有看見孩子如此粗門大嗓過，如此滔滔不絕地講了那麼多的話。不僅講了要讓回家過年的人數翻一番，還要那些回家後再也不回的人數同樣翻一番。說在去省會前後的日子裏，他將同上邊大度地獎他獎狀、紅花一模樣，他也將大度地給大家獎勵小紅花。讓那些已經過了百朵和將近上百小花的人，在這段時間都盡力到位和超過一百二十五朵花，待他從省城回來後，就將這些小花兌換五角星，讓所有有五顆大星的人，都成為新人結伴離開育新區，再也不用回這黃河邊。孩子的嗓子有些啞，像有些感冒樣，他一邊說着一邊把自己的雙手在半空舞動着，那動作讓人想起最上邊的哪位領袖和要人，可又勾想不起他到底在學誰模仿誰。他畢竟是孩子，剛剛才去過地區的人，見過的世面遠不如聽他講話的罪人經的世事多。可人們就都那麼聽着喜悅着，不敢過份當真地去問他，又不能不懷抱希望地聽着看着他。「你們要離開這兒前，大家還有一件必須做的事，」孩子的聲音最後再次提高了，像一場演講到結尾的大聲抒情般，「啥事兒？就是大夥必須煉出一爐最少八十斤重的純鋼好鐵來 —— 敲上去當當響的鐵，和國家沒有大煉鋼鐵前，掛在各村頭樹上當鐘敲的鋼軌和牛車輪子一樣響脆硬朗的鐵，和大家用的砍刀、斧頭一樣好的鐵，而不是我們用黑沙煉的窩窩鐵，敲上去，和敲一段木樁樣。」孩子説着咳一下，完全如一個人物站在大的舞台上，面對着千軍萬馬 —— 他的部下們，説話昂揚有力、鏗鏗鏘鏘。「煉一爐好鋼好鐵要放在前幾個月，那根本就不是一樁兒事。可眼下，除了黑沙滿天下，哪哪誰誰都沒鐵料了。現在誰有好的鐵料誰就能煉出世界上最好最好的鋼鐵來，誰就可以拿着這純鋼好鐵到省裏，到京城 —— 可誰有這好的鐵料呢？！」

孩子望着下邊的人，「在這荒無人煙的黃河邊，去哪找那如斧頭、砍刀、鐵軌和牛車輪子樣的鐵料呢？」掃了一眼面前的人，也看了飄着雪花的天，「誰能找到這好的鐵料我就給誰獎紅花，一斤鐵料一朵花，十斤好料十朵花，你找五十斤，就是五十朵的小紅花 —— 等於十朵中號花，兩顆五角星，加上你先前的花和星，你立馬、現在、就眼下 —— 就可以提上行李離開這兒回家去。可你們誰有這純鋼好鐵的材料呢？」

孩子盯着大夥兒：「你們有沒有？」

「有了就趕快交出來 —— 錯過時辰就沒有機會啦！」

天已經大亮到了能看見大堤上的雪面有層光。能看見荒白的雪地裏，因為是上午的半晌時，那漫漫的白裏有神秘淺淡的雪藍閃在雪面上。所有的人都立在孩子面前不說話。他們彼此看了看，就都又把目光落到孩子的身上了。孩子他笑着，像一道老師解不開的難題被孩子三二一的解將出來了。「把那純鋼好鐵搬過來」—— 孩子回身大聲說，「我把這純鋼好鐵的材料備好了，現在剩下的事 —— 就是眼下就點火，用最好的柴禾煉這最好的鋼。」

就有人從後邊的車上搬來了五柄大鍘刀。每把鍘刀都沒半點鏽，刀刃白亮，刀身和刀背，都是陳鐵舊鋼的深黑色。就把那鍘刀並排齊整地擺在人們的面前去。孩子看看那鍘刀，從車上跳下來，去把其中一柄鍘刀穿在棗木刀座頭上的穿釘抽出來，用那指頭粗、六寸長的大穿釘，當當當地敲着鍘刀面，燦燦爛爛笑着說：「天下再也沒有比這更好的鋼料了。」

就又大聲宣佈道：「老規矩 —— 好者獎，賴者罰。最多二十四小時，必須把這五把鍘刀煉到一塊兒，煉成一個圓餅狀，就和黑沙煉的鐵餅一樣兒，讓上邊的一看就像用黑沙煉的鋼。」孩子説着從車上跳下來，慢慢朝自己的帳屋方向走過去，「我累了，我要睡一覺。你們抓緊開爐點火吧。」

孩子朝不遠處他的帳屋走去了。

人們怔一怔，有人開始去搬那五柄鍘，有人開始去雪地把那劈開的樹柴朝一個小爐那邊運過去。這就開始純鋼好鐵的冶煉了。因為用不上那些大煉爐，就都朝那最小的煉爐雲集着，爭着幹活做事情。明白這五柄鍘刀、上百斤重的純鋼要以最快的速度煉出來，不能用那軟火柔柴燒，必須用那最硬的棗木、栗木、榆木火。就都開始四處去找硬木柴。有人就把棚屋的榆木凳子扛來了。有人把食堂的棗木案礅抬來了。有人把自己的栗木板箱抱來了。還有人，發現睡的棚屋柱子是可以燒碳的栗雜木，便把這柱子拆下來，把鬆軟的柳木、泡桐換到棚架下。

就在這搜集柴禾、準備點火開爐時，學者小心地到了孩子的帳屋前。他用手指敲了敲孩子的棉簾子，聽到屋裏有動靜，撩開簾子進去了。孩子的屋裏依然是貼滿了獎狀掛滿了花，刺紅耀眼，讓人進去得立刻把眼閉起來。外面冷得很，這屋裏的紅裏透着一股燙人的暖。學者站在門口的紅裏閉了一會眼，睜開時看見孩子面朝下，爬在他的地鋪上，宗教和另外兩個專門拉車送鐵的，正跪在孩子地鋪的兩邊幫着按摩孩子的腿和腰。還有一個人，跪在孩子的頭前邊，在捏着揉着孩子的兩個肩。宗教把孩子的大腿、小腿揉完了，開始脱着孩子的襪，正要按摩孩子的腳心時，學者進來了。屋裏亮一下，又立刻暗下去。學者就站在他意料之外的場景裏。宗教和另外兩個人，瞟他一眼點了一下頭，沒說什麼就又忙着各自的手指了。

孩子從給他按摩肩膀的教授身邊側過頭，看着學者用目光問他有什麼事。學者便蹲在孩子頭前邊，用很輕的聲音說：「有一件事我不知該問不該問。」

孩子用力把眼皮向上翻一下，示意他有話盡可以說。學者便蹲着朝前挪了一小步，似乎是為了讓孩子可以更清楚地看到他，看見他臉上那一層破了的水爛、未破的水亮的煙燎泡。

「代表地區到省裏獻鐵的是只有我們九十九區一家嗎？」學者問着話，看孩子欲答未答有些惘然時，學者又往深處說開去，「就是整個地區只有我們一家，那全省也有十幾個地區，到省裏去的也有十幾家。在這十幾家，我們用鍘刀煉了純鋼好鐵，可怎麼就知道人家不用鐵軌、砍刀、斧頭也煉純鋼好鐵呢？我們在黃河的荒野沒有純鋼好鐵的原材料，可人家守着城鎮、工廠，去哪兒不能找到比我們的鍘刀更脆更硬的鐵材呢？比如說，有人去鐵路上偷一段鐵軌當成黑沙煉，那人家的鐵材就不比我們的鐵材差。如果他們不用木柴燒，用工廠、煤礦的焦碳煉，那我們怎麼能比過人家煉的純鋼好鐵呢？」

學者分析着，蹲在那兒因為臉上的燎泡凍破結了冰，這時屋裏的紅熱又把他的冰泡化開來，就有泡裏的濃水流出來，也還有些忍不住的疼，他就要一邊説着話，一邊往嘴裏吸冷氣，還要不斷用手去擦那流下來的潦泡水。

孩子被學者的分析驚住了。他忽然從鋪上坐起來，直直地盯着學者看。

「既然代表地區到省裏，」學者説，「那就要在省裏爭第一，將來做省裏的代表到北京。」

孩子臉上僵的惘然有些軟下來。他動手穿上自己的鞋，讓給他按摩的宗教和另外兩個教授木在邊上等着他，自己往床邊挪了挪，坐得離學者更近些。

「你有啥法兒？」

學者拉過一張小凳屈膝坐下了。他的舉止和説論，讓宗教和那兩個教授都有些驚異和嫉妒，疑問自己和孩子一塊去獻鐵，最早知道孩子要代表地區到省裏，可卻陪孩子一路竟就沒有想起這些事。屋外的雪依然在下着，可在屋裏聽不到落雪聲，但透過帆布上有機玻的窗，能看到雪花落上去，轉眼就被紅暖化成水，彎彎繞繞流走了。宗教們望着學者的臉，也不時望望窗外流的水，臉上的遺憾如那流的水樣鮮明和曲折。

「我再三分析了，」學者又一次笑了笑，因為臉上的疼，表情有些僵硬和怪異。「省裏召開的是黑沙煉鐵術的經驗會，無論誰去參加這會議，你都得把純鋼好鐵煉得和黑沙鐵的鐵窩鐵餅樣。可這黑沙煉鐵術，是我們九十九區發明的。是你孩子的發明和創造。所以我們偏不把它煉成餅或窩窩狀。」話到這，學者頓了頓，把臉上的笑緩緩收起來，又把屁股下的小凳朝前挪了二寸遠，讓自己離孩子坐得更近些。「我們把這純鋼好鐵煉成五角星。」學者突然大聲說，如宣佈一道秘密樣，「那怕他們的鐵料是鋼軌，那怕他們煉鐵時用的是焦碳燒硬火，可我們把純鋼好鐵燒成一顆大五星，再在這五星鐵上塗紅漆，用紅紙包起來，再用紅綢包起來。比賽時，一層一層打開來，在一片純鋼好鐵的餅狀窩狀裏，冒出這麼一塊紅色五星鐵，敲上去又是硬當當的響——我敢說，那我們九十九區準就是全省第一了。你準就要代表全省去到京城獻鐵晉禮了。」

孩子的屋裏忽然靜下來。

學者說完話，閉上嘴，看着孩子的臉。孩子單純明淨的臉上先是有些迷惑和不解，轉眼那迷惑沒有了，變成了粉淡的紅潤和壓抑不住的興奮後，孩子用舌頭舔了舔自己的上下唇，不再看學者，卻把目光落在了宗教和那另外兩個教授的臉上去。這一刻裏的靜，可以聽到帆布帳和有機玻上的落雪聲，如柳絮落在山坡上樣。宗教明白孩子目光的意義了。孩子讓他們先出去。宗教立起來，不情願地看了大夥兒，領着那兩個教授出去了。

屋裏再一次亮一下，有一股冷風吹進來，旋即又半明半暗，紅紅燙暖了。待宗教他們走了後，孩子把目光收回來，落到學者臉上的潦泡上。「你立下一個大功啦，」孩子問，「你想讓我獎你多少花？」

「你看着給 —— 你給多少都是對我和音樂的好。」

「我知道」，孩子笑一笑，「你是想把這些花送給音樂的，想讓音樂夠了一百二十五朵回家呢。」

學者點了一下頭。

「你替我出了一個好主意，我再獎你二十五朵小紅花。有這二十五朵花，你和音樂就有一百多朵了。」

學者再次有些意外地睜大眼，猛地想要跪下磕個頭，似乎又怕自己磕頭時被人發現後，失去他學者的身份和尊嚴，所以在要下跪的那一瞬間裏，他把目光瞟着屋門口，聽見外邊有了腳步聲，就草草慌慌彎個腰，點了頭，輕聲說着謝話朝帳屋外邊走去了。

從帳屋走出來，學者看見孩子的屋後地上挖了一個三尺深的坑。借着那地坑，砌着一個火爐子，有火道通向孩子的地鋪那方向。學者明白孩子的帳屋為什麼那麼暖和了。原來孩子的地鋪是火炕。現在正有一個教授朝那火爐加柴禾。學者問：「燒一天給你幾朵花？」「一天給幾朵？」

教授以為學者是在嘲弄他，翻了他一眼，「燒五天才給一朵花，只有一次是一周給兩朵。」說着就把劈好的柴禾朝着爐裏塞，再也不扭頭和學者說什麼。

學者站在門前一塊空地上，朝遠處的雪天望了望，舒展了一個懶腰後，沒有朝着忙碌的煉爐那裏去，而是朝着自己住的棚屋走過去。待他從自己的棚屋出來時，他頭上戴了那寫滿罪名的高帽子，掛了那寫滿惡狀的紙牌子。他指望這次依舊戴着高帽，掛着紙牌，罪惡端端地跪在煉爐邊，一直跪到裝爐、點火、開煉、燒冶、熄火、通風、水淬、出爐和把五星鐵塗上紅漆，包上紅綢裝上車。學者盤算過，他這樣一條龍地認罪好下來，孩子最少可以再獎他十朵小紅花。再有十朵小紅花，他就為音樂掙了八十朵，加上音樂的三十四朵花，他們就有了一百一十四朵花。如果孩子心情好，不是獎他十朵花，而是一次獎給他二十朵，那他們就有了一百二十四朵花。離一個人的自由回家只差一朵花。一朵花，從哪裏表現一下——讓孩子心情好一下，也就有了一朵花，音樂就可以完全自由回家了。

天空的風雪大起來。聽到了大堤那邊黃河水的流動聲，在風中如多少笛子在共同吹着一個曲的調，嗚嗚的，還夾有突然升高的節奏和水與岸的拍打聲。在這寒冷裏，學者心裏升起一股期冀的暖，腳下的步子油然加快了，朝着最南邊的那個小煉爐。因為煉爐小，因為這次是煉精純鋼，裝爐點火除了那幾個已經成了煉匠的教授外，其餘別人用不上。用不上別的人，但學者戴帽、掛牌的認罪下跪不是多餘的。學者有些自得地頂風朝前走，可在他到了從南數第四個的大爐邊，轉個彎，看見第五個小爐邊上竟然跪了一片用不上的人，幾十近百個教授全都戴了自己糊的高帽和用紙箱做的紙牌子。那高帽有的用了白紙黏，有的用報紙，有的用了牛皮紙，每個高帽和紙牌上，都和他一樣用毛筆寫了各樣的罪名和惡狀。學者有些吃驚了。望着那一片跪着的人，跪在雪地、融在雪裏，如一片窩在雪裏白濛濛的蛹。「我可能掙不到孩子獎的小花了。」學者腦子裏閃過這樣一個想念後，立刻明白到，如果自己不和大家一起跪下來，不僅掙不到小紅花，怕孩子發現自己未跪還會扣掉自己十朵、二十朵的花。

學者他是智慧的，在煉爐的東南避風處，他選了個地方跪下來。目光穿過一片跪着的高帽林，他看見幾個爐匠教授正和孩子在爐口雪地商量如何把以前堆放黑沙的爐層上，用沙泥挖出一個五星模子來，讓硬火燒化鍘刀後的鐵水剛好流到五星模子內，冷凝、通風、淬火後，那鐵就成形為一個大五星。他們正用筆在紙上，用棍子在雪地，算五柄鍘刀的重量和體積、五星泥模的空間和深淺，讓鐵水流進泥模內，剛好是他們想要的五星厚度和五星為圓的直徑該多大。似乎學者這時很想也參與進他們的計算中，不光是出謀了把鐵煉成五星那點子，還要為鐵材成為純鋼好鐵的五星出謀新智和法兒。他想到了應該把第九十九區和孩子的名字、日期都刻在那泥模裏，這樣那五星的正面是紅色，背面將來就有九十九區和孩子的名子及煉鋼日期做紀念，使這純鋼好鐵的五星無論到省裏，到京城，任何上邊的人，就是國家最最上邊的，一見這塊紅色五星鐵，就知道是孩子在某月某日領着第九十九區冶煉的。使任何大小上邊的人，國家領導人，見了這塊五星鐵，就得記住黑沙煉鐵術和這孩子的名。

想到應該在泥模裏刻下時間、名字時，學者覺得他比這跪着一片的同仁又棋高一着了。他從人群裏站起來，蹚着一片的高帽林，朝爐口的孩子和煉匠教授們走過去。

# 3 《天的孩子》p275–281

事就這樣了。

煉了五星鐵。直徑的大，一尺八寸半。厚是二寸三。兩個人幾乎抬不動。孩子和宗教去鎮上，先要把這鐵由總部過目後，徑直運到城裏火車站。運到省裏獻鋼送鐵的大會去評比。然後間，有可能，就代表省裏獻到最最上邊京城去，請最最上邊上邊的，去參觀、喜悅和評定。

孩子信着這塊五星鐵，一定能，代表省裏到京城。

天是怪異的好。煉鐵時風吹雪飄，出爐時天又放晴朗。鐵面青亮光滑，塗了紅漆，紅得耀眼，又用紅紙包下了。紅得耀眼，又用紅綢包了。更為耀眼的紅綢外，又用一蓬紅被包了紅綢、紅紙和紅鐵。棉被軟，抬來動去，觸碰不到那脆朗脆朗的五星鐵。

起程時，都去送。人在黃河堤下林豎一大片。都招手。都祝福。都說吉祥話。都信這鐵準定在那評比中，撥萃奪第一。會來年春天代表省裏進京去獻禮。都信那孩子，年前從省城回來後，會有大批育新自由回家去。都去送，都招手，都說吉祥話。太陽出來了，亮光照大地。茫白上，跳動着萬千萬千的光和點。孩子和宗教上路了，撥着雪。輪子軋在深雪上，一路吱嚓響。寂得很。煉鐵砍光了樹，大地茫白，如一張碩大闊白的紙。麻雀無處落腳了，不停歇地飛，嘰嘰叫，到累時，看見雪地孤着的小荊和大蒿，便都去落腳。一串麻雀，壓彎那荊枝和蒿棵。他們走着路。宗教拉着車，孩子跟在後。因為寂，就說話，天東和地西。

「你有了多少花？」孩子訕訕問。

「九十二。」宗教說着扭回頭，額上掛了汗。

孩子看那汗，「哦」一下，來了興致道：「我再獎你十朵吧，念你在我鞍前馬後跑。」

宗教忽然怔下來，停下車，臉上放了光：「你坐車上吧，雪濕日暖，會泡壞你的鞋。」

孩子去省城，穿了新的鞋。是布鞋。千層底兒鞋。鞋面是藍的土織布。抬腳看看鞋底後，果然有水浸了鞋面一個圈。孩子就坐車上去，和那棉被包了、捆了的五星並坐在一起。棉是軟的和暖的。人是興奮的。麻雀隨車飛。空中有光，和那細碎的響。寂得很。跑了一程路，宗教渾身熱，用雪洗汗，用雪止渴後，又拉着鐵車在那雪裏跑，似那歡的驢。

跑過一程子，孩子望望天空道：「好寂啊 —— 說個故事吧。」

宗教問：「說什麼？」

孩子想了一肘時間後，「允許你，接着說你最愛看的那本書上的。」

宗教也想一會兒，「還接着先前講的嗎？」「隨你便。」孩子道。宗教就拉車，想他過去和孩子單獨相處時，給孩子講過《聖經》上的事。想已講過《創世記》中神創造世界創造人，人又獲罪於失樂園；講過挪亞方舟、巴別塔、摩西的故事和十誡，還有金牛犢、青銅蛇和以色列的第一個王。宗教想給孩子講聖經中最好聽的事。宗教想，該給孩子講講基督誕生的故事了。宗教拉着車，在雪和光中辨着路的方向道：約瑟是拿撒勒的一個土木匠，他的未婚妻就是你收走我的那張像上畫的聖母瑪利亞。那時候，瑪利亞還年輕，可她在和約瑟準備結婚時，忽然懷孕了。約瑟為此苦惱無比，以為瑪利亞對自己不貞，可在決定退婚時，神在夢中對他說：「不要發愁，不要煩亂。」神說到：「瑪利亞所懷的胎兒，將借着神的權能與聖靈而降生，你要迎娶瑪利亞，把她所懷的孩子當做自己的兒子去撫養。把這孩子取名叫耶穌」。——耶穌的意思就是拯救者——拯救者的意思就是永遠永遠到危難中救助別人的人。

宗教他，就給孩子講那耶穌誕生的事，眉飛色舞，手足舞蹈。「就這樣，」宗教說，「瑪利亞分娩了，耶穌降生了。人們有了主基督，有了膜拜的偶像耶穌和聖母。」

講完耶穌誕生的故事後，宗教拉車又走近十里，隱約可見九十九區的房，隱約在雪地。隱約在白光照耀的天空下。宗教渴得很，又吃了路邊雪。鞋裏有沙子，脱下倒沙時，滿鞋是蒸騰的熱汗氣。孩子看他鞋裏的蒸騰氣，看着天空白的光色淡淡問：

「講完了？」

「講完了。」

他們又拉車子朝前走。路上雪淺了，有地方露出道面的沙地來。為了早些趕到鎮上去，車子輕，決定抄近道，遇到一個斜的坡。那斜坡，道面正朝陽，落雪本就薄；又遇厚的光，雪化淨盡了。沙道上，呈着黃的亮。事就這樣到來了。事就這樣成就了。孩子從車上下來推着車。邊推邊問到：

「誰讓瑪利亞懷孕了？」

宗教説：「是神呀。」

「耶穌的爹是神？」

「耶穌沒有爹。可他是神的兒子呢。耶穌就是神。」

「説亂了。」孩子他不滿，瞟了宗教一眼後，「今兒天，你就是迷信我也不扣你的花。可耶穌沒有爹，他娘瑪利亞咋能懷上孕？」孩子刨根又問底，盯着前邊拉車的宗教説：「我不信你的話。你今兒，一定得把耶穌沒爹他娘懷孕的事情給我説清白。説不清你就是亂言了。亂思和亂言，我就不能不扣你的紅花了。」固執着，推着車，他的聲音有些熱。宗教回頭看，想要解釋的，沙道那斜坡，到了面前了，便先自抵頭用力拉着車。孩子推那車。坡度房坡樣，約着四十度。幾十米的長。以前須屏心靜氣、專志用力才能把車拉上去，可這次，車到那坡下，孩子和宗教，都未及用力氣，那車卻，輕得比平地還要輕，稍一用力車便跑起來。

上坡如下坡。

宗教扭頭看孩子。

孩子看宗教。

二人不再用力推拉那車了。那車子，依舊緩緩勻速朝着坡上爬。孩子和宗教，都驚異，都笑着，扶着車杆跟着車子走。車子不拉不推就向坡頂自動滾上去。到了坡頂後，看着坡下一片雪地白的光，知這兒，是黃河舊故道。坡是故道沙堤形成的，就把車子重又從坡頂朝着坡下推，再試那 —— 上坡不消用力車子就能走的怪。又發現，下坡倒需要很多力氣才能把車推下去。上坡不用絲毫力，車的輪子就轉了。反覆試，試出這是一道怪的坡，上坡不用力，下坡必須用力推車子。把車子歇在車頂上，孩子拾起路邊一個瓶，到坡下，鬆了手，那瓶子，就從坡下朝着坡上自動滾。從坡上朝着坡下滾瓶子，用大力，那瓶滾不動，就便停下來。

奇的怪。

孩子和宗教相互看，微笑着，把五星鐵從車上抬下來，豎在坡頂正中央，車子、瓶子和路邊扔的那草帽，是圓的，都可不用力，讓它自己從坡下滾上去。然把五星移到路邊上，移開那坡頂，車子、瓶子上坡不用力，無法滾動了。孩子把包了五星的被子打開來，綢子打開來，紅紙打開來，讓五星又立坡頂上，面對朝陽這一方。太陽亮極着。天空透的藍。大地上的靜，可聽雲絲在半空遊移聲。五星放紅光。直徑是一尺八寸半，厚度二寸三，背面是新鐵新鋼青黑色，燒有孩子的名和這五星鋼鐵燒煉出爐的日期和時辰。正面塗了紅的漆。漆味散着淡的油墨香，並着紅的光，一併在天下亮着散發着。五星如了一團天下的火，燒在怪坡坡頂上。孩子反覆把車子、瓶子、草帽一併拿到正朝陽的坡下試，不用力，它們就迎着五星滾到坡頂去。

孩子就笑了。

宗教也去試。說了三個字：「是怪坡。」

「不是的。」孩子說，「你不用解釋耶穌沒有爹，他娘就會懷孕了。」接着又包了五星的紙、綢和被子，拉着車子往前走，腳下輕得很。

事就這樣成下了。

# 第十章

## 《天的孩子》

# 1《天的孩子》p280–300

省和地區比，省城大，地區小。地區和縣比，地區大，縣城小。縣城和鎮比，縣城繁華，鎮上卻清寂。鎮上開會人都睡地鋪，縣上開會人睡床，四人、五人、六人一間屋。地區是兩人、三人一間屋。省裏就一人。一個單間房。有熱水，有澡盆，還有抽水馬桶用。孩子坐那馬桶解便不出宮，他就鎖上門，掀起馬桶蓋，蹲在馬桶瓷池兩沿上，解了後，沖了後，用紙把瓷池沿上的腳印擦乾淨。

沒人發現孩子不會用抽水馬桶那事情。

來獻鋼的與會人，都住同一樓。樓梯是木的。梯欄是紅色。地是溜光洋灰地。床單是白色。牆壁也白色。被子有被罩。床鋪軟得很，孩子第一次坐上去，人一陷，把他嚇一跳。後來他就關上門，在那床上跳。床能把他彈到半空裏。睡前跳，早上睡醒也要光着身子跳。洗臉他不用衛生間的白毛巾，他用枕巾去擦臉。枕巾上，印着京城紅的天安門。天安門還發紅的光，擦臉又柔又暖和。人喚吃飯就吃飯。人喚開會就開會。發了紅牌代表證，代表證上寫着人的名。還每人發朵小的紅綢花，綢花下有黃綢帶，綢帶被剪成燕尾形。把代表證別在左胸上，紅花別在證的下。有了這，坐公共汽車不要錢，進公園也不需買門票。進商場，售貨員必就笑着迎向你。你只要朝貨上看一眼，售貨員，就主動介紹那物品和產地，性能和質地。

物品歸着類。分為五金區、百貨區、布匹區、農具區。農具區裏賣農具。布匹區裏專賣布，有土布還有機織的各色花洋布。百貨區專賣毛巾、帽子、成衣、牙膏、牙刷、肥皂、洋火、煤油，一併千千百百日用品。這個地方因此叫着百貨大樓了。

孩子最愛逛這百貨樓。

孩子去逛百貨樓，最愛看的東西竟是農具區。農具區的物品孩子都熟悉，可有一樣孩子覺得怪 —— 農具區裏賣火槍。和真槍一模樣。槍筒五尺長，裝黑藥，裝鐵沙，一槍鳴響能射殺一頭野豬並狐狸。樹上有鳥群，沙彈射上去，一槍能中好幾個。槍就掛在農具區的牆面上，只消有一張證明信，證明你是獵戶就能買那火槍了。或者的，證明你不獵，可你家，常有野獸出沒傷人傷家禽，人就賣你火槍了。

孩子開了兩天會，抽空三次去看那火槍。會上念文件，讀報紙，吃過兩桌的肉菜和素菜。炒菜在盤裏，還被擺成花。全省各縣都有一個獻鋼代表來，把禮堂坐得屯滿又屋流。人就這樣開着會。各代表，送的參賽獻禮鐵，都擺在，舞台上的幕布後。都用紅布遮。準備兩天後，統一上台去參觀。統一大評比。評出前三名，第一名代表省裏把禮鐵獻到京城去。第二、第三不進京，可卻有重獎。

事就這樣成下了。

孩子下決心，他的五星鐵，果真能得獎，要求獎他一支農具區的土火槍。孩子在禮堂，神不守舍兒，總想再別開會了，趕快進行黑沙煉鐵評比那事情、那光榮。會場上，掛有寫着那樣的話：「全省冶煉英模代表大會」那橫幅；擺有巨大巨大最最上邊的、那個偉大、偉大人的像。像下是，一片大花籃。周邊發着光。孩子坐台下，第一排的最中間。兩邊是，兩個上邊上邊的，大幹部，革命家。上邊的，對孩子高傲得意説，他們打仗時，敢在子彈縫裏鑽。可那時，你孩子還沒來到這世上。

身旁上邊的，拿手去孩子的頭上摸。

去孩子的頭上抓。

孩子敬那上邊的。望着頭頂禮堂的天花板，感到世界是好的。禮堂裏能坐上千人。一片紅皮椅子發紅光，還有紅膠味。禮堂頂，一片白燈組成一個一個圓。組織一個一個五角星，發白光，刺着眼。孩子想那宗教説的故事裏，耶穌降生時，天空裏佈滿白的光，無數的天使站在半空間，唱着稱頌神的歌。耶穌降生了。事就這樣成下了。世界有了拯救者。

終於到了這一刻，上邊的，宣佈開始有各代表上台參觀那近百塊的獻禮鐵，還給有的冶煉專家、鋼鐵科學家，和那上邊的，發了小的錘，讓他們，去敲每塊獻禮鐵，判別每塊鐵的純度和硬度。

開會代表們，全都起立瘋鼓掌。

省裏最為上邊的，走在最前的，領着人，從舞台右下登上去，拿了小的錘，去參觀，去評比，敲那編了號的鐵。有的鐵是餅子形，有的窩頭形，有的長方形或者正方形。有的是，鐵錠三角形。孩子那的鐵，被擺在最裏排的桌子上，斜着靠牆壁。因是五角星，又塗紅的漆，和一塊——也塗了紅漆的、煉成「忠」字的鑄鐵在一起，顯眼又招目，如那雞群中的兩隻孔雀或鳳凰。

事就這樣成下了。

評比着，人成一隊從那三排鐵前走過去。拿錘的，在每塊鐵的上邊敲。當當響，響滿一禮堂。銅樂銅號聲，響滿一禮堂。人的臉上都放紅的光。紅滿一禮堂。不久輪到孩子上台了。心裏跳，讓孩子的腿上有些軟，登台時，差點跪下來。前邊有位白髮的，不知他是上邊人，還是甚懂冶煉燒鐵專家的，他隔三或錯五，在某塊鐵上敲一下，許多鐵上壓根就不敲。不敲的，因為那鐵呈着黑的色，蜂窩狀，只不過那蜂窩細小才被送來參評着。那個不知是上邊、還是專家的，只撿那沒有蜂窩的禮鐵敲。當的響一下，就知鐵的純度、硬度了。孩子跟在他的後，心裏狂狂跳，看見有人敲了鐵，還把耳朵貼在鐵的面上聽。都笑着。懂的敲。不懂的，都用手去摸。寒冬天，世界是冷的。可這禮堂是暖的。沒有生火禮堂是暖的。暖汽是，從禮堂的牆壁發出的。這就是省裏禮堂的不一樣。孩子看見隊伍前邊的、省裏最最上邊的，一塊一塊摸着鐵，到他的五星鐵和忠字鐵的前邊後，不僅看，不僅摸，還讓人過去翻開來。看那鐵的背後面。

還讓人，用錘敲那兩塊鐵的聲音給他聽。

音如樂。

事就這樣成下了。

上邊的，找下孩子談了話。在孩子住的屋，孩子洗下熱水澡，並不擦，水淋淋爬上至床去滾，把水都弄到床單上。那床單，一日換一次。並不髒，也是要換的。因為換，孩子還穿着鞋子去那床上跳。床髒了，換了沒有可惜了。

「你坐呀。」來人說，「我們隨便談。」

孩子臉紅了。

「你還好小啊。」來人說，「前途大得很，這麼小就是省裏代表了，為國家鋼鐵事業作出貢獻了。」

孩子臉紅了。

「是你發明了黑沙煉鐵術？」來人重複着，「真的是你發明的煉鐵術？沒人幫着你？」

孩子紅臉點了頭。

「說說看。」

孩子說，他自小有塊吸鐵石。自小知道河灘裏的黑沙見了吸鐵石，都踮着腳尖朝吸鐵石的身上跑。闖天又鬧地，大煉鋼鐵了。鐵材用盡了，他就想起用黑沙試着煉鋼燒鐵了。一試就試出了這黑沙煉鐵術。一煉就用黑沙煉了一百噸。再一煉，就煉出了那塊五星的純鋼好鐵了。上邊的，笑着去他的肩上拍，去他頭上摸：「你去過京城嗎？」孩子搖着頭。「想去嗎？」孩子又點頭。「坐過火車嗎？」孩子搖了頭。「見過火車嗎？」孩子又搖頭。上邊的，不無遺憾地，看看孩子臉，給孩子倒杯水，也給自己倒一杯：「京城好得很，有故宮，有長城，天安門廣場大得有你們兩個村莊大。商場大得比省會的幾個百貨大樓還要大。新建的火車站，大鐘和一間房子樣，一對兒豎在半空裏。」上邊說着想一會，就又試着道，「你想要去北京，有兩樁事情你得做一下。」

孩子喝水的茶杯僵在嘴前邊。

「以後你，不能再說你們九十九區自煉鋼以來煉了一百噸。你得說你們煉了三百噸。」

孩子睜大眼。

「第二樁——你們的五星鐵，不是黑沙冶煉的，是用鐵軌或者農村的砍刀、鍘刀煉成的。可你對誰都必須說是用黑沙煉成的。哪怕大人物——哪怕有人把刀架在你的脖子上，用槍對準你的後腦勺——你得咬死說，是你們在黃河邊用黑沙煉鐵術，煉成了這塊五星鐵。說煉爐都還豎在黃河邊，他不信，可以帶他到黃河邊上讓他親眼看着煉一爐，再給他煉出一塊一模一樣的五星鐵。」

上邊又坐一會就走了。走前又拍孩子的肩，摸摸孩子的頭，說省長明天親自陪着大家遊宋城，讓大家，看古蹟，轉名勝，還有重要指示給大家。

上邊走掉了。孩子僵在屋子裏，像有一件重大事情要發生。如重大重大的事情就在前面等着孩子樣。

孩子晚上沒吃飯，也未睡好覺。

來日遊宋城，警車開着道，省長的臥車跟在後。宋城曾是宋朝的都，離省會開車要跑小半天。晨時上的路，太陽幾竿就到宋的都城了。看龍亭，龍亭高入雲。遊覽相國寺，建築古色又古香。最後遊覽宋城登鐵塔。鐵塔高入雲。人就向上爬，多在三層、四層停下來。孩子一直登。到了頂，風吹鐵塔在搖晃。孩子想到宗教說的故事了——挪亞和他的後代們，在洪水之後有安頓，耕種莊稼，栽培葡萄，繁衍後世人。人世分散開來，佈滿全世界，就有人想名揚四海，建造一坐通向天的塔。

鐵塔不是鐵，它是磚砌的。因它高入雲，數百年不倒不粉，結實如初，人們就稱它鐵塔了。鐵塔那的頂，有個小門洞。孩子走出塔，頭髮被風吹得豎起來。朝着天上看，看見天上佈滿光，雲都溜着他的頭頂髮梢吹，掛在塔尖上，還有扯斷雲絲的吱吱聲。朝着遠處看，宋城一大片，房子全是爬在地面上，如那宗教說的塌的巴別塔。全城沒有樹木了，都砍掉運到郊外煉鋼了。光禿禿，宋城如廢墟。再遠處，有一股白煙冒出來，向前衝，那煙向後倒。是火車。火車如爬在大地上的蛇，蜿蜒着，從東向西，哐哐咚，振得孩子在塔上感到腳下有些抖。手上有汗出，孩子把護欄抓得更為緊。火車在城的那邊跑，遠郊外，可孩子看見了，看清了，發現火車抓着大地跑，如蛇游在水面上。

回到省會後，孩子去找那找他談話的。上邊的人，組織會議也住在會所裏。孩子走進屋，上邊正在寫什麼，擱下筆，驚一下：「是你呀，有事嗎？」給他讓椅子。孩子沒有坐，很直很硬道：

「是我發現了黑鐵沙，發明了黑沙煉鐵術。一冬天帶着九十九區煉了三百噸的鋼。那塊純鋼五星鐵，完全是用黃河邊的黑沙煉成的。誰不信可以跟着我到黃河邊上看，我可以帶着他們再當眾給他煉出一塊來。」

上邊的，愕然盯着他。

「我想坐火車，去京城。」孩子說，「我想坐着火車去京城看一看。」

「你晚了。」上邊的替孩子惋惜着,「省長已經決定讓那塊『忠』字鐵進京獻禮了。」

孩子思忖一會兒:「那鐵沒有我的好。我的敲上去,當當當當是鋼聲,他的是種木石聲。」

「忠字的意思好。你們的五星也有好意思,可意思太寬太大了,忠字的意思又具體,又明確。雖然鐵不如你的好,可意思還是好。更適合晉禮獻到北京去。」

孩子急,眼角濕起來。

「忠字啥意思?」

上邊起身拿手又去孩子的頭上摸,「回去問你那些罪人們,他們人人都懂得忠字啥意思;他們都是因為不忠才去改造的。」

孩子就去找省長。給孩子談話的、也住會所組織開會的,他是好的、善的、愛着孩子的。他給孩子說了要找到省長的路線、方法和各該注意的事。孩子就去找省長。到一幢樓的第八層,從東數,第六門。敲了門,心裏狂着跳。

門裏有聲音:「誰?」

「我是煉出五星鐵的孩子啊——」

省長開了門,臉上驚一下:「有事嗎?快快快——進來坐。」

省長辦公室,沒有想的那麼寬闊和氣勢,兩間大屋子,一張大的老的紅木辦公桌。桌上有報紙、有文件,還有七七八八零碎物。電話機擺在窗台上。牆是白的灰。白上有地圖。國家地圖和一張世界圖，還有國家最最上邊的那人像。有沙發。還有一張床。沒有想的那麼闊綽和整潔。這樣子，孩子明白是人家不想那麼闊綽整潔的，只要想，就一定能闊綽整潔的。是省長，一個省的最最上邊的，一句話，一個省都大煉鋼鐵了。又一句，砍了全省的樹。再一句，還愁這兩間屋的整潔和闊綽？

「你坐呀 —— 有什麼事？」

孩子瞅着那屋裏，果真就坐了。沙發和他的床鋪一樣軟，可孩子，已經識見過，不驚不乍了。

「我想坐火車，去逛北京城。」孩子雙手對着並着夾在兩膝間，直直切切說：「黑沙是我發現的。黑沙煉鐵術，是我發明的。我帶着九十九區一冬煉了三百多噸鐵，還用黑沙煉了那五星純的鋼。五星鋼，敲上去是當當當的響。可那塊忠字鐵，敲上去，是種木石聲。那鐵糠得很 —— 鐵裏準有蜂窩孔，和過冬蘿蔔樣。」

孩子說話時，目光仰在省長臉上去。求情的、可憐的、無辜無奈的。省長他是好的、善的，熱愛孩子的。望着孩子臉，和孩子的目光相遇時，省長不忍傷着孩子了。他笑着，溫和的、慈愛的，大度的表情如是夕陽下的海。

「想逛京城啊，」省長又拿手去摸孩子頭，還拍他的肩，「這不難 —— 不就是想去京城走走嘛，看看天安門，遊遊頤和園。」省長親倒水，遞到孩子手裏去，臉是慈祥和善的笑：「你逛京城事情包在我身上。這次不能代表省裏進京去獻鐵，下次我一定，把比這更大的榮譽留給你。請那北京的、中央的——上邊親自給你戴紅花、發獎狀。」

孩子知足了，覺得滿屋滿天都是白的光。欲要走去時，終於說了那句話：「獎我一支火槍吧——我們在那黃河邊，荒野有野獸，又都是一些罪人們。管他們，最好得有槍。」

孩子說：「有槍可以嚇他們——一嚇就報高產了；一嚇就都砍樹煉鋼了。」

省長笑着盯看孩子臉：「你們上報畝產多少斤？」

孩子說：「一萬五千斤。」

省長一驚怔，默默盯着孩子看。看了大半天。最後臉上硬了莊重和肅穆，直到樓下有汽車聲音響過去，省長才又問孩子：「你的那兒都是教授吧？」不等孩子答，省長又對孩子說：「教授們——都有文化和能耐，我給你一支真的槍，不要你畝產一萬五千斤，你能押着那些讀書人，種出一塊畝產萬斤的試驗田地嗎？」省長把凳子，朝孩子面前拉，看孩子的目光直和親，「你押着他們種出一塊畝產萬斤的實驗田，讓麥穗，長得和穀穗一樣粗；麥粒兒，和玉米粒兒一樣大，我不僅，帶你進京獻禮去逛天安門，去逛長安街，爬長城，看那頤和園，還帶你，去逛中南海。中南海——你知道不知道？國家最最上邊的，都在中南海。在那辦公、吃飯和睡覺。外國那總統，來了也不一定能進中南海。可是你，只要種出一塊畝產萬斤的試驗田，麥穗比穀穗還要大，我就帶你逛京城，住在中南海，和國家最最上邊的，合影照相留紀念。」

孩子眼睛猛亮了，看見滿屋都是白的光。看見有無數的天使站立凝在半空裏，到處都是美妙的音樂和頌歌。

# 第十一章

## 《天的孩子》、《故道》

# 1 《天的孩子》p305–311（有刪節）

天空發着白的光，孩子在光裏回來了。

説好的，宗教在這天，要到縣城去接孩子的。可宗教，沒去接孩子。孩子在站下了車，等半天，找半天，沒着宗教的影。孩子心不悦。獨自從縣城徒步到鎮上，向總部説了省裏的事。説省長接見他，可省長最後還是讓那忠字鐵，代表省裏進京獻禮了。説省長，等他種出一塊畝產萬斤的實驗田，不僅讓他下次代表省裏進京去獻禮，還住中南海。還保證，中央的、國家的，最最上邊的，出來接見和照相。

孩子他興奮，可總部的上邊都不悦。

沒人去摸孩子的頭。也沒人，去拍孩子肩。只問孩子在總部吃飯嗎？孩子搖了頭。上邊説，要到其他區裏檢查煉鐵的事，孩子你走吧。

孩子就離開總部了。

快快的，離開鎮子了。

孩子心不悦。天上發着白的光。説好宗教趕不到縣城就到鎮上接孩子，可宗教，他沒來。天是空曠的。大地托着腳，孩子去省城前後共半月，連路途的用時與費力。縣城的車站那兒堆滿沒有來及運走的鐵錠、鐵塊和窩鐵渣。可鎮上，總部的院裏卻空了，沒有堆下如往日樣的窩鐵、餅鐵了。遠處的，還有一柱一柱煉的煙。在鎮外、在別的村頭上，煙都沐浴白的光。煙也閃着白光了。孩子往回走。空曠裏，大地拖着腳，只有他一人。心不悅，更加空曠了。樹都砍伐後——世界光禿禿的亮。太陽從天空洩下來，傾下來，如從天空摔了下來的。是冬天，卻還暖燙人。

雪早淨盡了，大地滑潤又清寂，呈着白銀黃金的亮。

大地托着腳，孩子回來了。

大地鋪平着，混蕩着金色白亮的光。一個人，星點漸着大。九十九區那，那些兀自在空曠裏的煉爐和煉煙，開天闢地，擎立着。孩子漸近了，大地托着腳。半個月，恍若隔世着。省城的事，省裏上邊的，都曾摸過孩子頭。都在孩子腦裏晃。到午時，日光從頭頂摔下來，砸在人身上。孩子一身汗。渴得很，好不易在曠野的凹裏找到雪。吃了雪，解了渴，抄了近，背的行囊是省裏獎的旅行包，黃色的、帆布的、和從城市、京城來的教授、專家提的旅包一樣兒。不一樣，是孩子的旅包上，一面印了一個碗大放光五角星。另一面，印着九個紅的字：「全省冶鋼英模代表會」，一行兒，彎成月的狀，半月的下面又印一個大紅的——「忠」。巧的很，五星是孩子晉禮鋼的形，忠字是人家晉禮鋼的形。忠字鐵，代表省裏晉京獻禮了，五星留在省裏紀念館。

孩子提着這旅包，心若隔世想那省城的事。

抄近道，到了孩子和宗教半月前，抄近發現的那個怪坡了。天空依然發白光，白裏含金黃。暖的白，在空曠大地的冬日裏，沒有風，只有寂的悶。孩子在那寂悶中，坐那怪坡歇了後，天上沒有白光了。也沒有那山澗細水一樣天使的唱。孩子在下午日將去時到了黃河邊，遙遠看見九十九區那，一排黃河邊的煉爐立在大堤下，人都在大堤前邊站一片。天上沒白光，人都沉默着，望着回的孩子不說話。

沒人上前迎孩子，也沒人朝孩子招下手。

天上沒有白光了。孩子知道有事要出了，心裏慌，臉上緊一下，把那手裏的包，換了另個手，朝那沉默走過去。

沉默也朝孩子衝撞有力撲過來。

## 2 《故道》p340–347（有刪節）

九十九區的人沉默一片，如一片死水灘在一個湖裏邊。

孩子的那間帳屋被燒了。昨天起火時，燃着的帳屋劈劈啪啪，火光衝天，大家都提着水桶去黃河邊上汲水來救火。可從帳屋這裏跑到黃河邊，來回幾百米，待第一桶水到了火邊時，那帳屋和屋裏滿屋的紅花、紅星、獎狀還有孩子的一個裝着獎品五星的木箱和被子，都在大火中燒成灰燼了。帳布是新的油帆布，見火就如見了它的情人般，和火擁在一塊兒，死死不能分開了。油帳布發出一股黃黑火燎的油嗆味，帳裏的被褥發出一股黑的棉燒味，而那些獎狀、紅星和紅花，人們還未嗅到那紅的燒紙味，就在火裏煙消雲散了。

不知是如何起的火。也許是有人有意點着的，也許是哪個無意間扔個煙頭、火屑，燒了帳邊的草柴，就把孩子的帳屋燃着了。孩子去省城快要回來了，按計劃一天兩天回到黃河邊，就該有一批人自由回家去，尤其那些已經夠了一百一十朵、一百二十朵小紅花的人，待孩子一回來，就會給他們發獎補到一百二十五朵花。五朵小花換一朵中號花，五朵中花換一顆手掌大的五角星，一百二十五朵小紅花，換五顆大的五角星。有這五顆大的星，人就自由了，世界天寬地闊了。就是那些剛剛積存過了百花的人，離一百二十五朵還有山南水北一段路，也幻想孩子心緒好，要在年後代表省裏晉禮獻鐵去京城，因為這喜訊，孩子會變得慷慨大方，獎給他們十朵、二十朵、乃至三十朵的小紅花，這樣他們也就可以回家過年了。天寬地闊了。孩子離開黃河邊時曾說過，不能自由的，只要夠了一百朵或者九十朵，也都可以請假回家過年去。

人們都被希望鼓蕩起來了。夠了一百二十朵的人，孩子一走他們就開始準備自己的行囊等着自由回家了。夠了百朵上下的，也收拾衣物、箱子準備回家過年了。都渴望孩子早些從省城趕回來，渴望孩子如願意償可以在年後的春天代表全省去京城獻鐵晉鋼做楷模，逛京城，見世面。可在孩子回來的前一天，他的帳屋被燒了。帳布、柱子、獎狀、紅花和所有育新貼在帳布上紅花欄裏紅光閃閃的一片小紅花，都在轉眼之間化為灰燼了。火是昨天黃昏燃起的。幾天間的懶散和休閒，人們都散在各自的棚屋、草屋、帳屋要麼睡，要麼打撲克、下象棋。準備離開的，反覆檢查自己的行囊裏，哪樣該帶走的沒有裝進去，裝進去的又是多餘不需帶走的。他們在床頭把行李打開又捆上，捆上又打開。就這時，落日在黃河的上游紅成一片火光時，突然有人在黃河的堤上喚起來：

「救火啊——都快出來救火啊——」

喚聲如夜半三更沿着黃河大堤刮來的龍捲風。人們轟的一聲都從各自的房棚帳屋跑出來，驚一下，看見孩子的帳屋那兒一片濃煙，團團圍圍，呈着螺旋的擰狀朝着半空升。被濃煙裹夾着的紅火光，在煙的暗黑裏，火頭左衝右突地朝着黑煙的外面躥，就都又嚷着叫着去爐旁和屋裏找水桶。提着水桶往黃河邊上去汲水。待一行人馬、一片凌亂把水提將回來時，帳屋那兒已經濃煙稀薄，火光衝天了。所有原來糾糾纏纏的煙，現在都利利索索成了騰空的火。於是間，人們開始小心地朝着火靠近，澆水的澆水，尖叫的尖叫，來回手忙腳亂跑動的，一會到那火勢旁，一會又到大堤上。前後忙亂了兩個多小時，火熄了，帳屋那兒除了一片黑灰、泥水和沒有燒盡的帳布和柱子，再就是孩子被水澆透的兩件布衫和一雙解放鞋。其餘的不是灰燼就是泥漿了。

到這時，人們都轟隆一下想起來，燒了的不光是孩子的帳棚屋，還有他們所有人的一片、一片貼在帳布上的紅花和五星。就都望着那一片黑的泥漿不言不語了，沉默鋪天蓋地了。

到夜裏，所有的人沒吃飯。食堂是依舊蒸了黃饃、炒了蘿蔔、煮了米湯的，可那些已經上百朵花的人，沒有一個去吃飯。而那些花少的，想要去吃飯，又怕花多的瞪眼並在心裏罵，就掩蓋了他的幸災與樂禍，表現了同甘共苦也沒去吃飯。一夜間，再也沒人如往日樣打牌、下棋和喧嘩。九十九區這兒靜得和人都死了樣。到來日，都知道這天孩子該回到區裏了，便一早就有人沿着路道朝着外面望。不見有影兒，回到棚屋木呆着。到了上午，過了午飯，再到下午的日落時，到了昨天孩子的帳屋起火那一刻，沒人喚，沒人叫。有人站在大堤上，拉長脖子望那從帳屋伸到外面世界的路，之後突然從大堤上跑下來，壓着嗓子說：「快看——快看——，」用手指着那通往外面世界的路，就看見一個人影朝着棚屋帳房這邊遊過來，先是一個小黑點，如陽光中溜着地面遊移的一片葉，接着那黑點就成人影了，就認清是孩子如期而歸了。

所有的人，都已經從各自的棚屋走出來。不見有人通知有人喚，可他們卻都知道孩子回來了，就不約而同出來了。在孩子被燒的帳屋前，沉默着立下一大片，都看着孩子從落日中走出來，越來越近，他們的沉默便越來越厚重和不安。所有人的臉上都是黃悶和枯白，在落日中如初冬掛在半空的一片半灰半白、灰黃染霜的葉。

「你們都站着幹啥呀，誰過來接接我！」孩子快到時對着人們喚，他的聲音裏有興奮、遷怒和不解緣由的怨。

站在最前邊的是宗教、學者和醫生幾個人。宗教本是想上前去接孩子的，可抬頭一看學者和所有的人，都站那兒沒有動，他走了幾步又站在那兒了。不知道為何沒有人在這眾人前，肯上前一步接孩子，去首先向孩子表示出歡迎或向孩子報告一下他們身後的火災和意外，都不安的卻是沉深靜死地望着孩子的臉，望着孩子的腳步和行李，像望着、等着孩子給他們帶回的遷怒樣。

孩子從人群看出異樣了。他先淡下腳，把目光從人群縫裏朝着他們身後的灰燼黑泥望，臉上白一下，突然快步跑起來，朝人的沉默死靜裏邊衝，想要衝破那如一片死地的墓群樣而且嘴裏還發出尖利模糊、聽不明白的驚叫和疑問。

# 3 《天的孩子》p312–320

事就這樣成下了。

孩子那新帳，就趕着黃昏搭將起來了。

依着原帳址，朝向堤那邊，更為推幾米，又有孩子新帳搭起來。月亮升起時，埋下幾根柱，把食堂的帳布移將來，新帳便就棚在月光下。月光明如鏡。火燒的、留下灰燼泥漿的，那個舊帳址，挑來黃沙墊起來。孩子他的屋，仍舊一片新的世界了。

有床鋪。有燈光。有火爐燒的硬柴劈劈剝剝響。孩子在那燈光裏，臉上放着光，看那擠滿帳屋的人。

重新統計原來誰有多少花、幾顆星，獎勵那些該要自由、該要回家的。可孩子，記得原來只有幾個過了一百二十朵，然統計，出了十幾個。記得十幾過了一百一十朵，然統計，出了幾十個。記得原是二十四個過了百朵的，然統計，出了四十三。

孩子他，只記原來自己有多少紅花和獎狀，不記別人多少花。記得那，滿屋帳布一片紅，如是紅的海。對面小紅花，紅如晚秋田野紅柿子。孩子不記那，到底誰是一百二十朵、一百一十朵，或者不到一百朵。

帳燒了，重新統計有了上百紅花的，竟有七十八個人。可原來，僅有三十幾。孩子在帳裏，烤着他的火。宗教在一張椅上聽人來報自己原有多少花。

都來報。都謊報。人進人出着。孩子在烤火，那個獎品的、黃色的、帆布的旅行包，在他鋪下腳邊上。孩子坐在鋪上烤着他的火。統計出來了。孩子嘴角掛了笑。睥睨睥睨的笑。孩子他，慢慢從屋走出來。人都跟到帳外了。

屋裏閒靜，帳外熱鬧。沒過百朵的都來看熱鬧，雲在帳外月光下。原來確過百朵的，大罵謊報過了百朵的。不沉默，都在罵。原就沒有過百的，謊報自己過了百朵的，信誓旦旦，罵那是誰謊報過了百朵的。眾人都忘了，是誰有意燒了孩子帳屋那的花。或者的，無意間，火燃帳屋那事情。月光如水的。夜深夜靜的。快要過年了，下弦月，勾着雲在天空移。遠處的，那黃河上游、下游、對岸的，煉爐都在發着光。有隱約煉鋼、說話聲音傳過來。孩子看着天，看那兩岸煉鋼的光，獨自回屋把那統計的名單放在椅子上。燈光下，他突兀突兀地，怪異怪異地，從包裏，拿出一件軍衣穿身上。軍衣是舊的，可孩子穿上去，紀上五個扣，人正襟危坐着，卻也威嚴的。軍衣是綠色，褪弱色，變為黃，五個暗紅大的軍扣還是暗紅的，發着暗的紅的光。威嚴着，孩子叫下一個進來問：

「你真有那麼多花嗎？」

來者是中年，副教授，寫過驚人論著的。他的臉，和論著一樣認真的，說了他曾報過花的數，很冤很屈的：「我原來都貼在帳欄裏，誰不知道我有那麼多花啊。」

出去了。又進來一個教授站在椅子前，看着那新統計的名單和數字。

孩子問：「你真有那麼多花嗎？」

教授就想哭：「我有一百一十八朵花，這誰不知道呀。現在我還能算出我每次得花的時間和數量。給我紙和筆，我給你算算為什麼我有一百一十八朵花。」教授要那紙筆算一算。他是京城名校的一位數學家，一生都在證明一加一為何偏要等於二。他用很多公式、方法、演算後，最終證明一加一不僅等於二，確實等於二。上報成果後，上邊的，在他的論文上寫下一行字：「這個人，為什麼不讓他去育新育新呢？」

孩子沒有讓他算。孩子他是好的、善良的，信了數學家的話。孩子讓他出去了。又進來兩個人。再進來兩個人。最後進來是學者。學者走路腳步重，臉色有些硬。額門上，燙傷又凍的瘡疤結的痂子是青色，也是有些硬。他的臉頰上，凍疤青裏泛着黑。一臉是瘡疤，一臉青黑色，進屋瞟了屋裏新的景光和地上墊的新的沙，把目光，落在孩子穿的舊的卻是威嚴的軍用上衣上。學者他，居高臨下，目光是冷的，不亢不卑的。表情裏，沒有一個月前自己戴了高帽、寫了無數惡罪跪在那爐邊、那堤上——那種自如、謙卑、認罪的姿態了。他盯着孩子看，不等孩子開口問，先自冷硬的、不亢不卑地：

「你不用問我是不是一百二十一朵花，你可以不讓音樂也不讓我自由回家去，但你不該懷疑我不是一百二十一朵花。」

屋裏那景況，突兀變起來，氣氛緊繃緊。學者個兒高，他是站着的。孩子本瘦小，他是坐着的。學者臉上的青硬如石板。孩子穿着軍裝的威嚴淡下來，挺着的、坦然的、卻是認真那表情，如被衣物架兒撐起的挺拔倒下了，坍塌着。孩子瞟學者，有幾分，囁嚅囁嚅問：

「那你說，是誰說謊多報了自己花的數？」

學者並不說。

孩子說：「你說出一個報謊的人，我獎你一朵花，說出兩個獎你兩朵花。說出四個獎四朵，你就夠了一百二十五朵了。或者你，或者是音樂，我發你們五顆大的星，你們就可有一個自由了。明天就可回家了。」

學者他不說。

孩子說：

「你說呀！」

「你說呀！」

「知道你說呀！」

學者他不說。

學者站在新的帳屋最中間，個兒高，站偏他的頭顱就該低下了。站中間，他的頭是昂着的，胸是挺着的。學者閉着嘴，不說話。目光卻是冷厲的。學者不說話，孩子又有一些佔有道理之威嚴，臉上又有剛才硬的冷的卻是稚嫩的 —— 那種神情了。胸也挺起來，還又拉了自己穿的軍上衣。

「你說呀！」孩子逼着道，「說四個你的一百二十一朵就作數，我再獎你四朵小紅花，你倆夠了一百二十五朵花，等於五顆五角星，你或音樂就可徹着底兒回家了。」

學者說話了。

學者先在嘴角掛了笑。僅是一絲笑。斂了笑，學者聲音不高不低道：

「我知道有哪些不到一百朵，報謊自己超過一百朵。我最少能說出二十個 —— 可是我不說。」

「你不想讓音樂自由回家嗎？」

「我那燒掉的一百二十一朵它還作數嗎？你知道我是一百二十一朵花，燒了你就該補我一百二十一朵花。」

「你說有哪些罪人報謊你的就作數。」

「不說就不作數了？」學者朝前走半步，像一架嶙峋險惡的山，豎在孩子前，半冷半笑問孩子：「你不怕這次花少的燒了你的帳棚屋，下次花多的不僅燒這屋，他乘你睡着時，燒你新搭的帳屋和你人？」學者看了孩子臉，似威脅，也似提醒道：「掙得的紅花都不作數了，你不怕從明天開始誰也不再煉鋼嗎？」

「那你呢？」孩子問，「你會燒這帳屋把我燒死在屋裏？」

「我不會。」學者咬牙說，「可我的花不再作數了，我明天就是死，一輩子讓我做罪人，我也不會再去煉鋼燒鐵了。」

「真的不去呀？」

學者用力大點頭。

孩子沉默一會兒。沉靜一會兒。不言不語的，望着學者臉。宗教一直坐在邊上的，守着那重新統計的花數和人名。作家也一直坐在邊上的。因為孩子沒有說，沒讓他們離開那屋子，他們就坐那邊上。進來的，有人看作家和宗教，目光是熱的羨慕的。有的人，目光是冷寒睥睨的，像看兩條狗。學者看他們，目光有憐憫，像看兩隻圍着主人的狗。孩子他是平靜的、沉默的、成竹在胸的。他望了學者臉：「你真的明天不去吸沙煉鋼嗎？」學者閉嘴又點頭，肯定、堅定、主意已定的。孩子扭了身，平靜的、沉默的，拉過身邊那個黃色旅行包。拉開包的拉練口。在那包裏摸呀摸。突兀地，怪異地，驚天動地，摸出一樣東西來。一樣驚人的東西來。驚天動地的。竟然是，一支真的、黑的、發着亮的槍。省長給的一支槍。省長革命用過的駁殼槍。沒人知道省長為何要慷慨獎他一支槍。他其實，想要百貨樓的土火槍。省長大慷慨，獎他一支自己用過的舊的駁殼槍。和着舞台戲一樣，戲劇的、突然的、衝突的，孩子摸出一支槍。孩子把槍放在身旁空凳上。槍有黑的光，發那油光黑的亮。又去包裏摸。有了紙包打開吱喳聲。摸出一粒子彈來。金黃的、被撫出了一些銀鉛色的子彈來。孩子把子彈，擺在槍邊上。屋裏空氣就緊了，如無數網狀的、罩了帳屋的繩子拉緊了。空氣有響聲。爐裏的柴禾燒盡了，爐外沒燃的柴禾掉在沙地上，火星跳在半空裏。沒誰想到會有槍。明白了，孩子為何突兀地，戲劇地，要弄來一件軍衣穿身上。孩子他是平靜的、沉默的，早有排定的。把那裝槍裝彈的黃包提到一邊去，孩子扭過頭，望着學者的臉。子彈是黃的，那槍油黑的。子彈滾到槍的口下歇了腳。學者那的臉，有了惘的白，可他鎮靜着，強自讓臉和那目光裏，都有瞧不起的意味溢出來。

學者說：「你就是一槍把我打死我都不再煉鋼了，除非你還承認我那一百二十一朵花。」

孩子看學者，目光溫和而善良，說話聲音細，有些微地抖，如是求着學者樣：

「你真的不說報謊那人名、明天又不肯煉鋼嗎？那你用這槍把我打死吧。把我打死你就不用說那報謊的人名了，也不用煉鋼造就了。」

孩子說着拿起槍，很笨地，拉出槍梭兒。更笨地，把那粒子彈裝上去。費下許多力氣讓那子彈入那膛。然後間，把槍柄扭到學者那一邊，把槍口，對着自己這一邊：「你拿起朝我開一槍，明天就不用煉鋼了。」孩子說：「我唯一求你的，就是你開槍要打在我的胸口上，讓我倒下時，向正面，朝着正前倒，別讓我朝後倒下就行了。」

孩子說：「算我求你了，你朝我開槍吧 —— 只要子彈是從我前胸穿過就行了。」

「求你了，」孩子抬起頭，眼巴巴地望學者，如一個，剛半歲的那孩子，哭的喊求奶樣，「朝我開上一槍吧，把我斃了你就不用煉鋼了 —— 只要子彈是從我前胸穿過讓我朝前倒着就行了。」

學者他，從來沒有這麼近的見過槍。孩子把槍柄扭向他，將那槍口對自己，將槍朝學者面前推去時，學者本能朝着後邊退。孩子溫和、哀怨的，求他朝自己開一槍，把自己斃了時，學者臉上呈着白，嘟囔什麼話，後退、後退從帳屋出去了。

隨後間，孩子讓眾人一個一個的，重新從外朝他帳屋進。每進來，他都求着那些人。都把槍捧到人的面前說：「這槍子彈裝好了。明天你要不煉鋼，求你現在朝我開一槍，只要子彈是從我前胸穿過去，讓我朝前倒下就行了。」走了這幾個，又叫進另幾個：「明天你們開始煉鋼嗎？不煉也可以，這槍子彈裝好了，求你們，一槍把我斃了吧——讓子彈從我前胸穿過去，讓我死時朝前倒着就行了。」

進來完了所有的。對所有的說了這樣的。天色將亮時，東方變為白，新的一天開始着。太陽從下游黃河水上生出來，天上發紅光。大地醒過來，河水激蕩向着日出那流向。九十九區人人起床了。有人一夜就沒睡。便都開始提了磁鐵、袋子去往黃河灘上吸黑沙。開始提斧拿着鋸，到很遠很遠的地方去砍樹。

那些早已掌握了煉鐵術的煉匠專家和教授，開始收拾煉爐了。裝沙點火了。預備那新輪的煉鋼燒鐵了。

一世界，都又忙將着。天上發亮光，河水大滔滔。

## 4 《故道》 p350–359

是我作家對不起九十九區了。

我終於用一百二十五朵小花換了五顆大的五角星。我要離開這黃河岸邊，離開黃河故道那漫無邊際的鹹鹼地和水塘池子了。我將徹底自由成為新人了。我要回家永遠和妻子兒女們待在一起了。在準備離開育新區的前兩天，我不言不語，默不做聲，該伐樹了去伐樹，該吸沙了去吸沙。可在別人都忙得手腳並用時，我偷偷回到我的棚屋整理我的行李和衣物。為了不讓別人發現我先行一步要自由回家的跡象來，我決定把我的被子、枕頭和放在床頭的木箱以及掛在棚柱上的那件半舊灰呢中山裝，全都留在棚屋裏。我只帶上那五顆五角星，提個布袋子，在布袋裏裝上以孩子的名譽在食堂多領的饅頭做乾糧，還有一些我每天都寫的有部分不願交給孩子我在黃河邊和罪人們一塊改造的日記和記錄。回到家，如果允許時，有一天我會開始寫一部關於育新改造的書——那是一部真正實在的書，而不是我為了每半月一次給孩子偷偷上交的《罪人錄》。我要寫一部真正善良的書，不為孩子，不為國家，也不為這個民族和讀者，僅僅為了我自己。關於哪本真正善良的書，有的片斷我在為了上報孩子而記錄罪人言行的空隙中，已經寫在了孩子下發給我的稿子上，藏在我的枕頭裏。我要帶走的，就是那本真書的片斷手稿和乾糧，別的我都將完好如初地放在棚屋裏。

我要做到的，就是我走後和沒走一個樣。除了孩子，讓包括宗教在內的所有人，誰都不知道他們的小花被一股腦兒燒掉後，可我終於夠了一百二十五朵小紅花，終於可以換到五顆大的星。

孩子昨天深夜已經把五顆大星給我了。

我決定今晚夜深人靜時，就離開黃河邊的煉爐朝鎮上、縣上的方向去。今夜輪到我到四、五、六號煉爐去守火。守火是最好離開走去的時機了。下午半響時，我偷着回棚屋把那幾樣要帶的東西整好了。黃昏到來時，我到食堂弄了幾個花饃和兩個專為孩子烙的油烙饃。晚飯後，人們都回屋休息時，我如往日無二地在棚屋坐一會，和同屋的人扯了幾句閒，問這個你今天吸了多少黑鐵沙，問那個砍樹跑了多遠路，今兒遇到一棵又好又硬的品質樹木沒？

我佯裝抱怨地說：「他娘的，又輪到我今夜守火了，又不能安穩睡覺了。」裝出一副極為沮喪的樣，看看同屋有一搭、沒一搭地和他們說幾句，把提袋裹在棉襖裏，我夾着棉襖就從屋裏出來了，朝着煉爐的方向走。春節就像跑步樣迎着這世界，可黃河邊的同仁們，如同不知道時間、不知道春節將至樣，依舊地在起火煉着鋼。遠處上下游別家的煉鋼爐，火光明亮，繁花似錦，沿着黃河鋪開來，光亮把寬闊的河灘和縮在河床中心的河水照得堂亮無比。遼遠空曠的靜夜裏，沒有月光，但頭頂的星星卻藍藍瑩瑩、有密有疏在反凹形的天空間。流水的聲音帶着寒冷和潮潤，漫過大堤後雨滴樣灑在灘地上。在這兒住久了，已經聞不到灘地那特有的鹽鹼氣，只有被破腸開肚、翻沙吸黑的水沙氣息如初春時新柳發芽的濕膩膩的腥新在這黃河灘地上捲動和漫溢。

我沿着大堤朝着第二組的四、五、六號煉爐去。那個最高最大的六號爐，如塔樣豎在一排煉爐的最中間。我從大堤上走下來，把裹在襖裏的提袋藏在爐後的幾塊石頭內，穿上襖，朝爐的正面走。和我交接班的是國家工程設計院建築工程的設計師，解放前，他設計的樓和橋樑曾在國外的西方國家拿過獎。西方人給他發了獎，他理所當然要改造。西方國家稱頌他，他不是國家的罪人誰是罪人呢？可成罪人後，他又成了黑沙煉鐵術的專家了。孩子到省會帶的五星純鋼就是他主導煉出的。我走到他面前，如往日無二地淡淡說：「你回家睡覺吧。」「上半夜燒那些榆木柴，讓火硬一點，」他指着身邊的柴禾對我說：「下半夜可以燒那些柳木、楊木和桐木，讓火柔一些。」還交待了一些別的話，他就朝着棚屋的方向走掉了。

煉爐這兒除了守火的幾個教授們，再也沒有別的人。而那幾個守火的，他們在遠處喚我去打牌，我回他們話：「你們打 —— 我這兒有一爐黑沙裝多了，必須用毒火不間斷地燒。」

他們就打牌，我便獨自靜在這邊兒。煉爐裏火的劈剝聲，嗶哩嗶啦，時大時小，有如人在廣場跑步樣，腳快腳慢隨意而散漫。這是孩子回來後起火燒煉的第一批鐵，爐旁沒裝完的黑沙細煤一樣堆在爐口上。我往四、五、六號爐裏各又加了榆木柴，因為六號爐口大，燒柴多，柴禾加滿後，還又把遠處的柴禾一捆捆地抱到六號爐邊上。劈柴的木香味，濃得彷彿讓人走進了油坊間。從燒柴上滴出的木油汁，一滴滴呈着紅色落在火道邊，然後又因熾烤和火溫，嘭的一聲燃起來。那木汁的香味在一瞬間從火中撲出來，使人忍不住要連吸幾鼻子，想把那木汁的香味吞進肚子裏。

我要離開了，竟有一絲的捨不得。添完火，我重又登上黃河大堤去看那夜的燒色和煉景，看黃河上游、下游火龍似的依堤而築成百上千的煉鋼爐，熊熊光亮，夜如白晝，黃河自西蜿蜒而下，所有的煉爐都如它身上披的燈籠和金甲。空氣中有濃重潮潤的焦燎味。再有三天就是春節了。如果我在明天午時可以趕到鎮上，然後再步行一天又一夜，來日一早到縣城去趕第一班的長途車，大年三十晚，我應該可以趕到省會我家裏。除夕夜，我應該可以和我愛人、兒女們守在一塊熬大年。突然回到家，我妻子一定會看見我驚得叫起來。兒子、女兒會猛地怔一下，像孫兒孫女一樣撲過來吊在我的脖子上。他們會首先給我燒上一鍋水，讓我洗個澡，然後再找來我過去的衣服讓我換。也許會一時找不到我的那些舊衣服，就把我兒子的衣服拿來給我穿。我兒子一定長得和我一樣高矮相當了。自育新到現在，我五年沒有回過家。五年裏，我兒子、女兒一定變得讓我不敢認識了。站在大堤上，夜風像兜頭冷水一樣朝我潑着澆着刮過去，可我就在那冷裏，發燙地想着我兒子、女兒的樣。想像五年間我妻子她會怎麼樣，甚至懷疑五年沒有真正碰過女人和妻子，我還有沒有勇氣脱光衣服和妻子睡在一張床鋪上。我想站在大堤的最高處，背對煉爐，面向黃河，扯開嗓子唱一首歌，或者撕着嗓子吼幾聲。可我又知道，我什麼額外、多餘的事情都不能做。我所能做的，只能是若無其事，和往日無二地守火煉着鐵。

我就那麼在大堤上欣喜若狂又若無其事地站得天長地久，才在那堤上撒了一泡尿，從大堤上慢慢下來了。當我回到燒爐後，借着星光又看看、摸摸石頭間我的提袋依舊還在時，我哼着小調到了煉爐前。這時候，有個人出現在

四、五號煉爐之間在東張西望着，好像為了找我樣，看見我他朝前跨幾步，可又忽然立下來，再次左右望了望，用很小的聲音説了天大一句話：

「你真的有了五顆五角星？」

是宗教。

他問我時嗓子裏似乎有些抖，説話急切，聲音沙啞，彷彿是他自己用手把話迅速從他嗓裏扯拽出來的。

「你怎麼知道的？」

「你別管」。宗教有些焦燥急迫地説，「真有五顆了，你就趕快離開這。煉爐這兒我守火。再晚走一步我怕你就離不開這兒了。」

我借着煉爐火口的光亮盯着宗教的臉。他的臉上有着熱切和急焦，催我走時手在胸前緊張地抓住自己的棉襖衣襟兒。

「怎麼了？」

「有人知道你有五顆五星啦。」

再次怔一下，我折身回去從爐後的石頭間，取出提袋説出「謝了」兩個字，就背對煉爐，急腳快步朝着大道的方向走。這時候，宗教忙又追過來：「你從灘窪那條小道走，我懷疑大路那兒已經有人伏着等你了。」再朝他點個頭，我便往右一拐，半走半跑地跳進一個乾涸的鹽鹼窪，很快讓自己溶進並消失在了和鹼地一樣顏色的夜裏邊。

我腳下生風，走得飛快，手提袋在手裏前後擺動，不斷地擦着我的褲。走出二里多地時，我回頭望了一眼煉爐那方向，對宗教生出的感激如喝多水了樣湧在喉口上。我後悔自己走得匆忙，告別時沒有和宗教握個手。很想折身回去和宗教好好握一會兒手，說幾句情深意長的告別話。可我知道這只是想法和情念，我決然不可以折身走回去。然就在我這樣想着時，我到了小道的叉路口。有一條路是左拐和那邊的大道連接着；另一條，是通往伐樹隊砍樹伐木的柴禾場。就在我猶豫着該往哪個方向走去時，忽然有兩柱燈光嘩刺刺地射在了我臉上。驚一下，我看到用毛巾遮了大半張臉、只露出額門和眼的四個人朝我撲過來，一下把我圍到他們中間去。我把胳膊擋在眼睛上，側着身子躲着那刺眼的光，就在我可能認出他們是誰時，有一個人從牙縫狠狠擠出了兩個字：「內奸！」然後不知是誰在我後邊朝我的腿窩猛地踢一腳，我便兩腿一軟跪在地上了。接下來，有人朝我背上踢，有人朝我臉上抽耳光。一陣凌亂無言的拳打腳踢後，又有人用雙手蒙住我的眼，開始去我的身上、提袋裏翻。他們不費力氣就從我的內衣口袋裏取出了我的錢夾兒，很快有個聲音說：「找到了。」另外一個聲音說：「燒了它！」我就聽見了劃火柴的響。從蒙我眼睛的手縫裏，我看見了面前有了一點黃亮的光。跟着那光變成了火，蒙我雙眼的那手鬆開來，又幾拳腳讓我跪在火旁邊。他們四個一起到我面前把我提袋裏的手稿取出來，燃着火，從我的皮夾中取出那油光紙剪的包在一張白色稿紙中手掌大小的五個紅亮的五角星，一個一個投在那火上，最後燒完了，又一併把那幾十頁的手稿全都扔在火堆上。緊接着，那個從牙縫擠出「內奸！」兩個字的年輕的人，過來解開他的褲，朝我頭上臉上撒了一泡尿。看他這樣撒尿了，另外三個也都圍過來，一樣解了褲，一樣借着火光朝我的頭上、臉上尿起來。

他們的尿如雨淋樣從我頭頂的後頸流進我的脖子和脊背，從前面沿着額門、眼角、鼻側，漫過我的雙唇，通過到我的下額流入我的前胸衣服上。尿完了，又有人和舞台上的朗誦樣，大聲說了一句話：「告訴你——這就是人民對你的審判——就是你們內奸的下場！」這之後，不知是誰在我身後用他的生殖器敲着我的頭，甩着那器物上最後的尿液問我到：

「你是罪有應得嗎？」

我睜開一直閉着的眼，點了一下頭。

「說出來！」又朝我身上踢一腳。

我又張開一直閉着的嘴：「我活該。我真的是活該！」

「你還算是個聰明人。」

他們這樣評價我一句後，大家輕聲笑了笑，哼一下，繫上褲，丟下我朝着黃河邊煉爐的火光走過去。我開始蹲坐在沙地上，抬頭望了望靜夜中星光的明寂和遼遠，看着那四個人的身影，我隱約猜出了他們中間的兩個是九十九區中的哪兩個，可我卻一點也不恨他們，只是疑懷宗教去替我守火、讓我從這小道快走的真假和情意。待那四個年輕人走遠後，邊上的燃火將盡時，我拾起錢夾看了看，發現錢夾裏的十幾元錢都還原封不動夾在錢包裏。拾起身邊空空的提袋擦了臉，又用力擦了脖子裏的水淋淋，再一次聞到了刺鼻腥黃的尿臊味，把那提袋扔到火邊上，看着提袋燃火後，我從地上站了起來。試了試腰腿和胳膊，除了右腿骨上有些疼，我知道他們的拳腳並沒有我想像的嚴重和毒絕。沒有了我用一百二十五朵小花換的五顆五角星，我只能重新回到育新區。在曠野的夜裏呆一會，長長出了一口氣，為了證明宗教的真偽和情味，我朝棚屋那兒走一會，又朝棚屋通向外面世界的那條大道走過去。到快要臨着大道時，我看見在大道的一個拐彎處，那四個在小道圍我痛打和澆尿的人，也從前面朝着那兒拐過去。

「大功告成啦」—— 他們朝着大道拐彎那兒喚：「革命勝利啦 ——」聲音落下後，迅速從大道拐彎處的哪兒又鑽出五六個人，在三柱手電筒光的照耀下，他們扔了手裏提的棍子和繩子，匯合在一起，又説又笑，問了答了一些我聽得模模糊糊、似乎是對誰料事如神誇讚的話，就彼此團在一起，朝着黃河邊棚屋的方向回去了。

我不再疑懷宗教和抱怨宗教什麼了。到一片鹼窪地，坐在地上，望着夜空，聽着前面越走越遠的腳步聲，身上水濕的尿寒像冰樣結在我的皮膚上。心裏的空曠和落寂，如一條喪家的孤狗被人踢打後扔在了荒野間。無力地靠着窪地的沙土崖坡躺下來，我想我應該回到煉爐的火旁邊，把被尿濕的衣服全都烤乾再回到棚屋裏。想我應該悲傷無奈地哭一場，也懷疑自己一定流了淚，用手去摸摸自己的眼角後，發現雙眼的眼角、眼下都乾得沒有一絲淚痕兒，連剛才那灘流而過的尿液也都無蹤無跡了。我奇怪自己的五星被燒了，人被痛打了，四個年輕的罪人一起從我頭上朝着臉上尿，還用那生殖的器物一下一下敲打我的頭，甩着器物上的尿液珠滴兒；我的雙眼被尿水洗了一個遍，連我的舌頭都舔到了那尿液的臊味和鹹鹼味，可我卻連一點悲傷和怨恨都沒有，反而覺得渾身輕鬆自在得沒法兒說。

我奇怪這不知從何而來的周身的輕鬆和自在。

# 第十二章

## 《故道》

# 1 《故道》p381–386

春天時，九十九區從黃河岸邊撤回了。因為該要鋤麥施肥了。因為孩子又去上邊開了一個會，上邊要求去年種麥時上報的畝產數量一定要在夏季兑現和收穫。從上邊回到九十九區後，孩子把他的手槍拿出來，擦了油，在日光下邊曬一曬，把那子彈裝進彈夾裏，用一個蓋了布的盤子托着那支槍，由宗教端着托盤跟在他身後。他們一間一間房子走，每見到一個人，孩子就問到：

「畝產萬斤你有信心嗎？」

那人愕然着。

「沒信心你就開槍把我打死吧，我只求子彈從我的前胸穿過去，能讓我死時朝着前面倒。」

那人望着孩子，望着宗教端的托盤中放的真的油光呈亮的駁殼槍，朝孩子點個頭：「只要別人有信心，我也一定有。」孩子滿意地笑一笑，從托盤的布下取出一枚大如小掌、銅錢的油紙剪的的五星獎給那人了。孩子不再發那小紅花，孩子現在直接給人們獎五星。也依然是誰有了五顆五星誰就可以自由回家去。人們不再像在黃河岸邊煉鋼燒鐵時候瘋狂的渴念獲求那些小花和五星。可也沒有一人說不要那大的五角星，或接了大的星，隨意把他撕了或扔掉。人們一邊矜持地接了那五星，又一邊表面滿不在乎，實際上卻又謹慎小心地把它夾在某一本可以公開讀的書裏邊。我知道，很多人——如學者、醫生和掌握了黑沙煉鐵術的燒匠專家們，他們當眾很輕蔑地接了這枚大五星，很隨意地把那枚五星扔在桌上或床頭，可等身邊沒人時，他們又都謹小慎微地，把那枚五星藏在除了他自己別人找不到的地方去。

孩子就這樣獎着五星說着那樣的話：

「你說我們能種出畝產萬斤的試驗田嗎？——如果不能，你就開槍把我斃了吧，我只求子彈從我前胸穿過去，還讓我朝着前面倒。」

所有的人都說能，都說跟着孩子努把力，不要說一萬斤，也許能種出畝產一萬五千斤的實驗田。就都每人領了一枚大五星，開始下田鋤地了。開始施肥澆水了。我沒有對孩子說九十九區一定能種出畝產萬斤的小麥實驗田，也沒有領取孩子獎賞的那枚我曾經有過五枚手掌大的星。孩子和宗教端着托盤和手槍一間一間屋子問着時，輪到我們的屋子我躲將出去了。到了夜裏我又獨自從屋裏走出來。春三月的夜晚，黃河故道的曠野上，雖然涼，卻可以感到草木復甦的氣息在夜風中，醫院的蘇打氣息樣，醒鼻醒心在漫無邊際的四周鋪散着。明明到處都沒樹，可不知從哪飛來的幾花柳絮卻如期而至的鑽進鼻孔裏。人們都睡了，幾排房屋裏，除了學者在用紫色的藥水寫着什麼亮着燈，其餘都熄燈溶在月光裏。區的院外有草木生髮時那綠吱吱的響，有如夜蟲在遠處的鳴叫隱隱約約傳過來。我踏着那聲音，到區門口朝外看了看，看見落在地上的月光水面一樣平靜着，有光色輕微的擺動和漣漪。遠處麥田從冬眠中醒春的小麥苗，在銀色的月光下，閃着輕淺白亮的光。

我去敲了孩子的門。孩子正在屋裏看他的連環畫——連環畫上是革命的游擊戰爭和故事。白天放在蓋布托盤中的手槍還擺在托盤裏，放在他的桌子上，像那槍和托盤從屋外回來放在桌上就沒有再動過。可子彈已經從那槍裏退將出來了，如一粒蠶蛹滾在槍身下。沒有發完的五星都豔在托盤內，有的五星角兒蓋住槍，有的角兒被壓在手槍的槍柄下，那景象讓我想起國家成立時，有位畫家為祖國和上邊獻的一張他殫精竭慮畫的大油畫。屋子還是原來那樣兒，有床、桌、凳子和孩子自己釘的洗臉架，從床頭通往裏間屋的木門還關着，可那門上釘了幾個木釘兒，那木釘正可以掛孩子的衣服和袋兒。彷彿屋子比先前擁擠了，可又看不出孩子屋裏添置了一些啥。我有些猶豫的站在門口上，孩子瞟了一眼說：「你有事？你已經兩個月沒交你寫的東西啦，鎮上總部的上邊催你了。」説話時，孩子的目光又回到了他的連環畫頁上。

我朝孩子笑了笑：「他們不讓我寫了。他們罵我是奸賊。我每寫幾頁無論放到哪，他們都會找出來燒掉或在我的手稿上撒泡尿。」

孩子又一次停住手裏連環畫，扭頭盯着我，臉上滿是疑慮和猜測：「是真的？」我説到：「我能種出一片穗子比穀穗還大的小麥來，和玉米穗兒樣，可你得相信我，讓我一個人離開這，到很遠的地方住下來，獨自耕種和施肥，獨自在那燒飯和吃飯。不然我種出那樣的小麥來，會被嫉妒的罪人把麥子拔掉或燒掉。」

孩子的眼睛睜大了，瞳光在馬燈下清澈如水，如兩盤月光凝在屋子裏。

「昨天都去鋤地時，有人不光尿到了我床上，還在我的床上拉了一泡屎。」我對孩子説，「你放心，只要讓我離開這些人，我一定給你種出三十穗到五十穗比穀穗還大的麥穗來。你可以拿着這些麥穗進京去獻禮，坐火車，逛京城，住進中南海，和國家最最上邊的上邊合影做紀念。反正你不發給我五顆大的星，我有十條腿也跑不出這育新區。跑出去，沒有那五星，別人不把我送回到這兒也會把我送進監獄去。」

我對孩子說：「麥熟時我要種不出幾十穗穀穗一樣大的麥穗來，你就讓我三天三夜、六天六夜、九天九夜、日日夜夜讓我和學者在煉鋼煉鐵時一樣頭戴高帽子，胸掛罪惡牌，跪在一個地方讓九十九區所有的人，男男女女，都朝着我頭上、臉上尿尿和拉屎。」

屋裏的空氣有些因為歡快稀薄了。孩子的臉色似乎是因為興奮有些抽搐的樣。他把手裏的連環畫一下扔在桌子上，呼地站起來，用目光歡歡快快逼着我：「你真的能種出比穀穗還大的麥穗來？」孩子急切地說：「那就好——我就放你離開這區院。方圓二十里，你想去哪裏種地都可以。你要種出了比穀穗還大的麥穗來，我給你一張油光紙，給你一把剪，你想剪多大的五星你就剪多大，想剪多少你就剪多少——有了那些星，滿世界你想自由到哪都可以——可你要種不出穀穗一樣大的麥穗來」，孩子把目光落在桌角托盤裏的手槍上，看一眼，又扭過頭半冷盯着我：「種不出你不懂得開槍一槍崩了我，讓子彈從我前胸穿過去，讓我朝前匍匐着倒下去，還要把我埋在這九十九區哪兒的高處朝陽那一邊，讓我躺在墳墓裏頭是向着東。」說完這些後，孩子咬着他的嘴唇看着我，等着我的允諾和回聲。

我想了一會兒，朝孩子莊重莊重點了一個頭，極用力地說了一個字：「行！」

## 2 《故道》p386–411

我獨自離開那區院、離開和我一樣的那些罪人們，到九十九區西北的一個沙土堆那兒搭下菴棚住下了。那沙土堆有兩層樓的高，佔地超過一畝大，和古時帝王留下的墳陵樣。也許它果真是哪朝哪代的一個王陵呢，因為那沙土堆上有十幾棵直徑二尺的柏樹樁，不是王陵哪能有十幾顆古柏長在土堆上？剛好國家大煉鋼鐵了，那些樹被伐掉燒火了，給我留出了這沙土堆上的一片好田地。

在土堆朝陽的一面裏，因為多少年都是古木參天的樹，年年枯落的枝葉腐在樹下沙土間，日復一日地把那沙土改造了，使那原本灰白沙地的薄土變成了鬆軟黑腐的肥沃了。我用三天時間繞着九十九區小麥地的外圍走，最終選定在王陵土堆這兒住下來。東南方幾里外是區裏連天扯地的小麥田，西南那兒有幾塊麥田和一片片的鹼窪坑，朝着東北和西北的方向去，除了鹼窪就是一望無際的荒蕪了。春天裏，荒蕪的鹼地中，耐鹼的蒿草和塔頭草，開始泛出了嫩綠和青黑，原先鹼地裏濃烈而帶有硫磺味的鹼味和鹹味，開始被野草的腥鮮所取代。站在那個土堆上，東南方向的麥田面上是綢緞般的光滑和潤亮。西北這邊的野荒凸凹錯落，還沒有被綠色徹底覆蓋的荒白，彷彿蓋了一冬該洗未洗的被褥鋪在大地上。我在沙土堆東南坡上開墾出一片荒地來，有一分那麼大的正方形，又把那一分坡地搭嶙平整，弄出四層梯田地——八畦平如鏡面的席鋪田，然後把土堆上陳年的枯葉積土都挖到八畦田地裏，把那如糞肥一樣的草木枯葉土，翻埋在田畦下，在畦邊畦頭整出筆直的埂，便於下雨和澆地用，又從鹼窪地裏撿來了大大小小的鵝卵石，把錯落成四層八畦的田邊的三層梯田埂壩都用石頭砌起來，預防畦梯的垮塌毀了我的八畦地，最後我就開始往這八畦地裏移栽小麥了。

播種小麥的季節已經過去了幾個月，我當然不會拿小麥種子朝那畦地裏撒。我朝着東南方向走，到幾里外區裏的小麥田，挑選葉黑葉旺的苗棵兒，把那些又旺又黑的麥苗挖出來，移栽到我的四層八畦田地裏。為了使那些麥苗在移栽中不受傷，每棵麥苗的根上我都讓它帶來一把土。每移栽一棵苗，我又在新地的苗坑澆上幾碗水。移夠一畦兒，又挑水把那畦兒灌一遍。兩天後，我的八畦小麥種上了，澆灌一遍了。沙土堆的東南方，有了一片黑土中一行行的綠。那綠在移裁後的第一天，它耷着腦袋現出焉狀兒，到了第二、第三天，苗根和那黑土結在一塊兒，從那黑土中吸了水分和養分，它就開始醒轉過來，把軟在地裏的麥葉，不覺間弓着擎在半空裏，如出土的韮菜般，開始用自己的葉面迎着日光和細風，長得意得志滿，隨風擺動，呢喃絮語了。

一周後，八畦地裏已經旺着了一層深黑和深綠。

我的菴棚沒有塔在東南朝陽的坡地裏。我決不會讓九十九區的人們鋤地時，發現他們的對面遠處沙土堆下有菴棚種着一分小麥地。我把菴棚依着坡勢搭在西北方，面對着遼遠無際的鹼窪地。

我一生中最為自得清寂的一段人生就這樣開始了。侍弄那一分八畦的地，鋤草、澆水，坐在陽坡的畦地頭上盯着麥苗看不見的生長和變化。閒下時，繞着那沙土堆走走和轉轉。早晨站在土堆頂上看日出，黃昏坐在沙土坡上看日落。有時候躺在陽坡曬太陽，曬得頭上冒汗時，到背陽的一面躺下來，讓曠野的風吹着，目不轉晴地盯着天空中雲的變幻和夜裏月移星動的腳步和聲響。我想要寫作了。躺在那八畦的小麥田地邊，我經常因為想要握筆寫作而使雙手急出一層濕熱的汗。為了平息那想要寫作的衝動，我不得不藉以去地上緊緊抓起那冷涼的沙土，使我因急於握筆而熱燙微抖的手，可以安靜下來如被人捉住的兩隻兔。

我不知道我要寫什麼，但我知道我不開始寫作，我會坐臥不寧、徹夜失眠的。我已經坐臥不寧、徹夜失眠了。離開九十九區時，孩子贈給了我半瓶藍墨水，一本紅色橫格的白信紙，讓我把我每天的言行都寫在信紙上，每七天回去一次把我記下的言行交給他，再由他交到上邊去。我不想用那僅有的墨汁，流水帳樣記載我的吃飯、睡覺和種地。不想再為孩子和上邊去寫任何的東西了，那怕半頁紙、幾行字。我要用這稿紙和墨水，寫我真正要寫的東西來。我要在這段獨自種地的日子裏，寫一本真真正正的書。我不知道那本真正的書是什麼，可我卻固執地想要寫出一本真正的書。

在我到這距九十九區十幾里外沙土堆旁獨自種地的半月後，孩子在某一天裏出現了。那時候我正在那八畦地裏鋤着草，把那小如針尖、剛剛可以看到的草芽鋤下來，或者用手撥下來，孩子從遠處晃晃悠悠走來了。九十九區裏，除了孩子沒人知道我住在這兒要為孩子種出穗子比穀穗還大的小麥來。他們以為孩子允許我離開區裏去那種地，是因為不想讓有人再在我的床鋪上屙屎和尿尿，或寫上「王八」兩個字。相信我答應孩子要種出可能比穀穗還大的麥穗來，無非是想求得孩子的同意離開區裏那些人，至於是否能真的種出穀穗大的麥穗來，那就如要用沙子蒸出一籠饅頭來。沒人相信我，但孩子相信我。孩子是第一次到這八畦肥田裏來，他遠遠晃過來，從沙土堆那邊轉到我身邊。我慌忙笑着走出麥畦迎上他，他卻朝着四周轉着身子望了望，又蹲在地頭看看那還稀疏顯亂的麥棵兒，蹲下來，用手輕捋了一下麥葉兒，直起身，用疑慮的目光盯着我。

「説過的——你要種不出比穀穗還大的麥穗來，你就一槍把我崩在這，把我埋在這。」他又一次轉着身子朝向四周看了看，聲音裏有些抖動的興奮和哆嗦，「就埋在你平整出的這塊麥地裏，把我的墳頭對着東。」

我朝東方看了看。太陽在頭頂，東邊是一片白的光。「我能種出來，你放心。」很肯定地説了句，又去孩子的臉上打量着，看見他的臉上面對白光，泛出的膚色光亮柔和裏有着奇怪的硬，彷彿柔軟的麵團在時日中結了一層殼。他的唇上邊，還光得是一層乳白的毛，可他的額門上，卻有幾道很明顯的痕，如幾條終日蕩動着的水波紋。他樣兒老相，如年齡不大，卻終日勞累的鄉村孩子樣。可是説到底，他的眼裏還是那種執着單純的光，望着我，也望着眼前麥畦裏如種瓜點豆般，方圓五寸才載一棵的小麥苗，沉鬱了許久説：

「這苗不稀嗎？」

「要的是穗大，不能種太密。」

「真的可以長出比穀穗還大的麥穗來？」

「到了麥天你就知道了。我保準你可以在麥熟後帶着這麥穗到上邊見省長，省長可以帶着你和麥穗進京去獻禮。逛北京，見世面，住進紫禁城，和國家最最上邊的上邊合影做紀念。」

孩子看着我，在午時的太陽下，慢慢的他臉上的光亮開始閃着透明的金黃色，如鍍金的佛神塑像從廟裏搬到了天底下。為了肯定我說的話，我咬了一下嘴唇兒，用很低的聲音補充到：「種不出那樣的麥，你讓我年年月月頭戴高帽子，胸掛罪惡牌，讓所有的人們每天都在我頭上拉屎和尿尿。種出來，你再一次發給我五顆大的星，神鬼不知地安排我離開這，離開這個罪人窩。」孩子似乎不敢相信我的話，他又一次蹲下看看那麥棵，起來後臉上仍是閃着疑惑不安的光。但畢竟我的話讓他滿懷希望了，讓他感到可能了，不像別的人，他必須端着托盤裏的星和槍，才能從他們嘴裏逼出一句來：「只要別人說能畝產一萬斤，我就相信能種出畝產萬斤的實驗田。」我是唯一主動去找孩子保證能種出比穀穗還大的麥穗的人，並且是一而再、再而三地為自己下着毒誓痛咒的。我不容孩子懷疑我。可孩子他仍然多多少少懷疑我。孩子抬頭半信半疑看我大半天，最後走時又加碼說了那樣的話：「種不出來了，你從我前面開槍崩了我，讓我朝着前面倒。我死了你就把我埋在這，讓我的墳頭朝着東。——另外的，你是作家你寫書，我死了你再把我的故事寫成一部書。」

# 3 《故道》 p392–400

之後孩子就很少再來這沙土陵堆了。遠得很，來回富足三十里。初春悄然而至而又轉瞬即失着。先還覺得麥苗和鹼荒地裏只是透着綠色和腥氣，可在三朝兩日間，在沒有任何預兆的那一夜，我一覺醒來後，菴子裏塞滿了仲春濃烈的清新和溫潤。空氣是濕的，眼前是綠的。因為鼻子突然遇到這醒通，使我在鋪上打了幾個透徹的響噴嚏，又在鋪上懶一會，起了床，在菴頭沙地光着身子灑泡尿，忽然看見原來光禿禿的沙土坡上一片綠色了，綠色中開了許多黃的、白的、藍的和紫的小碎花。再抬頭朝着遠處看，那鹼窪地已經沒有枯灰鹼白了，厚極的綠色把鹼地蓋得嚴嚴實實着。荒野中雖然沒有一棵樹，可那些大小樹樁上，都發了丫枝舉在半空裏。

太陽升起來，東邊紅成一片如去冬黃河岸邊連成一片的火。黃河故道上一望無際的沙漠平原，在那日光下，綠草野花都閃着耀眼柔潤的光。我迎着日出、踏着野草跑過去，渴望自己一個箭步可以跑到那東天下太陽灘流在平原上的金水裏。從嘴裏「啊——啊——」出粗野的狂叫聲，穿堂風樣衝出口後砰砰砰地散落在荒野上。我一口氣跑了幾十步的遠，直到我每天去東南挑水的那池泉水旁，才發現自己是赤裸着身子的。

我有些羞愧地看看自己的下半身，又看看空曠無人田野外。有幾隻黃鸝在空中啁啾鳴叫地飛過去，投下的影子如一閃而失的黑石子。泉邊上，水濕的涼氣撲過來，像一件水淋淋的濕布蓋了我前身。我要寫作了。我必須寫作了。我已經為我那部真正的書取好了名子和想好開頭了。應該說，是因為昨兒夜裏我徹夜不眠，直到我最終確定了書名和開頭後，春天才開始開花、大地才一片濃綠的。

我確定我的書名為《故道》。

我站在泉水邊，裸伏在那有篩口大的泉坑撩水洗了臉，開始轉身往菴屋那邊回去了。雖仲春，可晨時的天氣還掛着冬末的寒。因為一絲不掛地在這荒野裏跑，因為我在那泉邊站久了，我渾身凍出了一層紫綠色的雞皮疙瘩來。儘管有些冷，我還是不慌不忙地走，以便拉長我在遍地開花的這個晨時的清醒和興奮。然快到菴屋時，我又突然把步子加快了，走進菴屋三下兩下就穿了襯衣和襯褲。我忽然意識到，我必須儘快把那本《故道》的開頭寫出來，以免時過景遷會靈感消失樣。把用木板釘的半高的書桌往菴子門口的亮處拉了拉，把小凳從門後拿過來，我從床頭拿來了上邊要求我學習閱讀的舊報紙。將報紙鋪在桌子上，坐下來，閉上嘴，讓自己有些過份速跳的心臟安靜一會兒，待情緒慢趨平靜後，我知道那莊嚴肅穆的一刻到來了。

我哆嗦着手，在我的稿紙上寫出這樣一段開頭的話：

「育新區是這個國家最為獨有的風光和歷史，就像一棵老樹上的疤，最後成為瞭望着世界的眼。」

《故道》這部書的開頭就這樣寫下了。我又把開頭情緒濃烈的文字默默念一遍，長長舒口氣，擴展一下胸臂後，開始接着穿衣服，穿襪子，趿着鞋，出來站到了沙土陵的最頂端。

我感到那時我像一個巨人樣，一場最艱辛戰役的開端被我拿下了。東邊日出後，曠地上流液的紅色沒有了。沙地平原上氾濫着刺眼黃亮的光。太陽已經升有一竿那麼高。一夜間泛綠開花的荒野中，開始有説不出的各種滋潤細碎的聲向傳過來，彷彿一場小雨的聲響瀰漫在我周圍。有麻雀從哪飛過來，落在土坡上，一群的歡叫聲，把那細碎擠走了。朝着那麻雀望過去，才知道那群麻雀原是都落在我的麥田裏。急忙朝着我的麥田走下去，待我近了時，那麻雀群起而飛，消失在了廣闊無限的天空裏。我站在麥田頭上看着我的麥，它們已經適宜這塊土地了，一棵一撮，都綠裏藏黑，行距五寸遠，間距五寸遠，暢足地享受着肥土和光亮。在正常的大田麥地裏，每一堆麥苗都因密集連成了一條線，只有行距間留着鋤地的落腳處。可在我這兒，他們每一株都像一棵稀珍的樹苗樣，這一棵和那一棵都有距離拉開着。

站在畦地前，我看見第二層畦地中間有兩株麥苗的顏色有些黃。小心地走過去，不僅發現那兩株苗的黃，還看見那苗下接根的麥葉開始乾起來。以為是麥苗的根部生了蟲，我爬在地上扒着苗根周圍的土，可畦裏埋的刺針扎了我的手，血像泉樣湧出來。我慌忙捏着手指頭，止了血，又用左手扒那苗根的土。在那苗土裏，沒有蟲，只見那麥苗把根朝着地下深扎時，地土沒有了，深處是那原本灰黃的沙。沙不保墒，我該給這兩株麥苗單獨澆些水。從菴後燒飯的小灶棚下提來半桶水，拿來我的吃飯碗，用碗舀着澆水時，我把右手食指上捏着血口的拇指順便拿開來，讓剛剛凝住的血口再次張開嘴，血滴再一次湧在指尖上，滴在水碗裏。每一碗水裏我都滴入兩到三滴血，每一株乾葉的麥苗我都澆了兩碗帶血的水。血滴在清水碗裏時，先是殷紅一珠，隨後又迅速浸染開來，成絲成線地化在水裏邊，那碗清水便有了微沉的紅，有了微輕微輕的血腥氣。我把這血水倒在麥苗周圍的澆坑裏，待水滲下去，用土把那澆坑蓋起來，並用手把浮土拍實穩，使曠風直接吹不到麥苗根部去，麥苗又可以透過那土的縫隙呼氣和吸氣。

第二天，再去觀察那兩株麥苗棵，黃葉乾葉沒有了。那兩株麥苗的肥壯黑綠比別的土質好的麥苗更為厚實和鮮明，且它的麥葉似乎也有些狂起來，硬起來。別的麥葉都含着隱黑弓狀地順在地面上，可它們，有幾片葉子如不肯倒下的鐵片刺刺地直在半空間。我知道它們接血了，那血生力了。我就這樣侍奉供養着我的麥，該鋤草了鋤草，該澆水了澆水。仲春間到了必施追肥時，我並不往地裏施追肥。我把我的那些小麥編成號，用刀削出一百二十個小木牌，在那木牌上寫上「1、2、3」，直至第「120」號，把這些木牌由西向東依着順序在每棵麥前插上屬它的號，看哪棵麥有些泛黃偏瘦、地力不足了，我就在早上我的血液最足時，用針扎破手指頭，把那血滴在水碗裏，瘦輕的麥棵滴幾滴，瘦重的滴上十幾滴，再把血水澆在瘦麥最根部，使那麥苗在一夜之間後，它就黃去黑來了，瘦消肥壯了。

回九十九區去領我的糧食時，孩子問我記沒記我在那邊種麥的言行來，説上邊的人總在催他要。於是間，我每天就把那一百二十棵麥苗的長勢、變化也記在稿子上，等着孩子催到急處時，預備把那些流水文字交出去，而把我竭慮而寫的《故道》的文字留下來，藏在枕頭下。日子就這樣一天一天着，每隔三朝或兩日，我都用針刺破或用小刀割破手指頭，在碗裏滴上血，去澆那該施追肥的麥。今天割破這個手指尖，明天割破那個手肚兒，輪番一次是

二十、三十天，剛好那第一個破的指尖將好時，又輪到去破這個手指皮肉了。就這樣到了四月底，天氣大暖後，除了晨晚，白天完全可以穿單時，我的那些小麥到了分岔分棵間，有天夜裏我躺在菴裏的地鋪上，聽見了來自地面碎細吱吱的響，以為那是來自大地和田野夜間必有的聲息和細語，尤其在星星高掛、月亮當空、萬籟俱靜的子夜中，月光和星光落在地面的遊移會有那水流似的響，還有這荒野間草長花開在夜時的神秘聲響和語音。這些聲音夜夜的到來讓我疏忽了小麥拔節分杈的那種聲音了。我沒有去分辨小麥撥節的聲音和來自大地春夜的聲息有什麼不一樣。在地鋪上翻個身，我就又去想我的《故道》明天要寫的一段話。我必須要在晚上把明天要寫的《故道》的情節、細節爛熟於心後，才可以安心睡入夢境裏。我已經把《故道》寫有幾十頁，將近兩萬字，它們齊齊整整擺在我的床頭上，散發着的墨氣在菴裏混合着油膩膩的血味和來自鋪下沙土深處的泥黃味。我不知道我的這部書可以寫出多少字，但在寫完這六十幾頁後，那本《故道》的故事已經在我腦裏輪廓清晰了。就是在這種清晰分明最終完全到來時，那一夜我聽到了和往日不一樣的地音與月息。我不知道這是上半月還是下半月，也沒有注意菴外是上弦月還是下弦月。在我準備睡着時，隱隱細細地聽到我的枕頭下有蛐蛐爬動的聲響走進我的耳朵裏。抬起頭，那個聲音沒有了。枕下去，那個聲音又水漫水流地回到我的耳朵裏。我把枕頭拿到一邊去，剝開床頭地鋪上的草，直接把耳朵對在地面上，我聽到來自麥田那邊麥棵和草根在沙土地下跑動的腳步聲，似乎還有你爭我奪的扯拽和不安，彷彿那些麥苗、草根在地下打架樣。穿上衣服從菴裏走出來，我輕聲輕腳過去蹲在我的麥田邊，沒有看見什麼也沒有聽到什麼響，再一次爬着把耳朵對在麥苗的行間裏，就聽到麥根麥棵在地面下的扭動和扯拽，似乎是有什麼要掙着身子朝着地上鑽，那青紫尖細的嘰呢聲，和靜夜竹筍要從石縫擠出地面的嘰吱嘰呢樣。

我不明白小麥為何會發出這樣的響，坐在田頭上想着盯着看，直到東方泛白時，荒野在晨裏先是灰白朦朧，後是悄然到來的一瞬間的暗黑過去後，田野突然之間明亮起來，和黃昏到來前會有一瞬間的寂靜和亮白如晝的光明樣。一瞬間的灰暗如一片雲影掠過後，我看見那些凡是我用血澆過的麥棵都已不再是一棵獨苗兒，而是分杈撥節成了幾棵和分不清棵株的一撮兒，如分不清主幹的一蓬荊。可那些還沒有太多吸我血水去澆的，它們還是一棵一棵豎在那，雖不瘦黃，卻在相比中顯出勢單力薄了。

我感到我有些對不住那些單棵單株的獨苗兒。我在它們的生長中有些厚此薄彼了。這一天，我用小刀劃破了我四個手指頭，讓血水成股大滴地落進了水桶裏，給多次澆過血滴的麥棵視情而定澆了半碗或一碗，而給那些喝我血水少的獨苗一口氣澆上兩碗或三碗。到晚間，再次夜深人靜時，根據麥棵的編號我挑選了十幾棵，有的是白天喝我半碗血水的，有的是喝我一碗的，還有是喝我兩碗、三碗的。我在這十幾棵編號麥上都蓋了舊報紙，把報紙的四邊用沙或石頭壓起來，待着子夜再次到來後，我站在麥田邊，聽到那報紙下的聲音吱吱喳喳如蟲蛾、小雀在紙下掙着身子要往紙外飛。至來日，天亮時再去看那些舊報紙，原來都是塌着蓋在麥苗上，可現在全都如傘樣被麥棵撐鼓起來了。那些喝了兩碗、三碗血水的麥，不僅把報紙撐成傘狀鼓起來，還有麥葉、苗尖扎破報紙鑽到紙外邊，碧綠碧綠如竹葉一樣又硬又厚地傲在日光下。掀開那些報紙後，那些獨苗的麥，已經不是單棵獨枝了，和別的一樣都分杈撥節成了一蓬野荊似的一叢一簇了。

## 4 《故道》p401–419

我的麥在瘋野似的長，區裏那大片的麥田都還剛剛離開地面硬起脖頸兒，它就完成分杈撥節了。別的麥準備撥節時，它就開始有了筷子那麼高。一百二十叢，葉掛葉地棚在田畦裏，碧綠烏烏幾乎把地面全蓋住。有一次我又回到區裏去，待着人都下地時，去食堂領我的的口糧和油鹽，碰到孩子在門口太陽下邊看他的連環畫。見了我他把目光不情願地從連環畫上移開來，「記住我們說的話，你種不出比穀穗還大的麥穗你該對我怎樣啊。」說了就又把目光落到新的一面畫頁上。我背着糧食站到他面前，見他看的那頁連環畫，是《聖經故事》上畫的聖母和一群孩子在一棵大樹下的納涼遊戲圖。「你放心」，我很肯定地對他說，「我一定能種出比穀穗大的麥穗來，而且不是三五棵，而是一片上百棵。」

孩子慢慢收起連環畫，站起來狐疑地盯着我的臉：「現在麥子怎樣了？」

「和韮菜芹菜樣。」

「你的臉色有些黃。」孩子忽然驚着說。

我笑笑，「就是這樣兒。」

「我可以讓食堂每月多分你半斤大油養一養。」

這之後，沒多久孩子果然從食堂提了一瓶豬油來看我，到田頭看見那麥子已經膝深時，黑油油鋪在地面上，他在田頭張開嘴，半響沒有說出話。待我從庵屋走出來，他又像驚喜的雀樣從那邊跳着朝我飛：「你是咋樣種出的？這沙地怎會這樣肥苗啊？」最後他站在麥前用手再次捋着麥葉兒，不等我說話，就自己歸結為這片小麥的瘋長是因為這塊田地不僅迎風朝陽，而且在去年之前的數百年間，這裏都生長着幾十棵的老柏樹，柏葉年年都落在地上枯腐積肥，存下地力肥力了，且松柏油多，那百年的柏樹也為這土地積存下了地油力。看完那些麥，孩子臉上掛了少有的笑，坐在田頭和我說了許多話。告訴我九十九區的那塊畝產萬斤的實驗田，長勢也好極，麥苗一棵擠一棵。說有位教授幫他算過了，計劃原來播種每畝只需幾十斤的麥種就行了，現在區裏在東邊那塊可水澆的一畝多地裏，初春時又補撒了麥種最少八百斤，加上原來的麥種單種子就是上千斤。孩子說：「麥種在那一畝地上一粒挨一粒的鋪了一層兒，和攤開曬麥一樣兒。」這樣不算麥苗分枝分杈一棵麥變成幾棵麥，就是仍然一粒種子一棵麥，一棵麥上一穗麥，到麥熟時一穗麥上最少結出三十粒，那一千斤麥種自然就成三萬斤的小麥了。三萬斤減去一半兒，讓一穗上長出十五粒的麥，那畝產最少也是一萬五千斤。可世世代代、平平常常間，哪有一穗麥不長出二十、三十幾粒小麥呢？說着這些時，孩子滿臉堆笑地望着我，也不斷地望着我的那片肥壯的麥棵兒，臉上的紅光如染上去的油彩般。

「有畝產上萬斤的試驗田，有比穀穗大的麥穗兒，下半年我說啥也要去那京城獻禮了。」說着孩子仰躺在地上，面對着天空望上去，臉上原來的紅光變成了迫不急待的期冀和亮堂。

可在半月後，我的麥子率先長出麥稈時，那些麥葉都又在一夜之間顯出了地力不足的黃相來。我知道我必須集中我的血液來供養這些麥，這不僅要哪棵麥黃了才單獨用血水去澆它，還要等有一天下雨時，把我的十個手指全都割破來，讓十個指頭都流血，然後站在麥畦的埂上把我的血液朝着空中灑，使血滴和雨滴一道落在麥葉上、麥棵上和麥棵縫間的田地裏。我就這樣等來了一場雨，果真割破我的十個手指頭，站在麥田四周借雨四處澆灑我的血。到了三天後，雨過天晴時，我的那些麥子又全都由黃變綠了，抽出的麥稈一天一節的往上躥。先開始，那麥稈只有正常的麥稈粗，幾天後那麥稈就變得有兩倍的麥稈粗細了，和春天新出土的小竹稈兒樣。為了嘗嘗那麥稈的味，我找了一棵長勢不旺的麥稈掐斷來，發現我的麥稈和往年他地的麥稈不一樣。別的麥稈是一從麥棵中撥出就是空心的，而我的麥稈內，卻是實心的，在硬的稈殼裏，灌長着一管柔白色的稈棵肉，如豆腐泥樣漿在麥管中。用指甲剔出那棵稈內的麥肉放在嘴裏邊，滿嘴都是濃香鮮甜的美味兒。

那一天，我奢侈地吃了三棵麥的棵稈肉，後來試着做湯時，把過分稠密的麥稈撥下剪斷放在鍋裏煮，發現用那麥稈熬下的湯，放些微一點鹽，一滴油都不要放，那湯的鮮味如滿鍋肉湯煮了山野菌。且山菌味中有許多土腥氣，而我的嫩稈鮮湯裏，沒有一絲土味和野味，純得如拿那白雲熬下的水。

可惜這樣的美味沒有持續久，二十天後夏天正式到來時，太陽的酷烈只在那麥上照了三五日，那白色的麥棵肉就在稈內消失了。不知是被太陽曬化了，還是被瘋長的麥稈吸收了。到了五月底，我的麥稈內沒了那柔肉白，卻長到了齊腰那麼深。還沒有到結穗的時候，那麥地的麥棵就和往年他地麥熟時的小麥一樣高低了，麥稈和長出窪地水面的蘆葦樣。我是應該預料到這麥棵會和半大的蘆葦一樣高低的，就像知道我能種出穀穗大的麥穗樣。可我疏忽這些了，被每天的風調雨順欺哄了。因為麥子長得快，要吸收很多地力和肥力，我必須每逢下雨就割破所有的手指頭，往那地裏灑上一遍血，或者半月無雨，就挑水澆地，要往桶裏滴流最少一碗半的血液澆在田地裏。緣於失血過多我開始有了暈眩症，常常會滴完血後天旋地轉，不迅速蹲下便會倒在腳下邊。我已經多次突然眩暈倒地了。為了補充營養我開始去很遠的池窪地裏捕魚捉蟹去。可在一次的捕魚中，在很大一汪野池的水草和葦子地裏撈着時，忽然起風了。風是從北向南吹，先是涼爽的小風，後就變成大風和陰雲，接着那水池汪地的水草和蘆葦都梳子梳過一般彎腰倒在水面上。就這時，我想到我的那些和葦稈一樣的麥棵了。丟下捕魚的水桶，我光腳朝着我的麥地裏跑。到路上下了雨，那暴雨和雷聲就炸在我頭頂。猛然間，暗下的天空和夜晚樣，而炸在眼前的雷聲閃電，震得我差點從地上彈起來。我就這樣瘋頭瘋腦地跑在雨天裏，幾里地後跑回到我的沙丘下，爬上沙丘到田頭，我哐的一聲站下來，人一下死死樁在了田頭上。景況如我一路急慌所料的一模樣，我的那些麥子沒有葦稈那樣的筋柔和韌性，它們全都斷倒在了雨地裏，像一片揉碎揉亂的綠氈蓋在田畦裏。明亮的水面把那斷落的麥棵、麥葉從畦裏漂出來，全都堆在丘地下邊的沙地間。我木呆呆地立在那，半晌功夫後，咬着嘴唇蹲坐在了雨水下，讓傾盆的雨柱從我頭上澆下來，放聲哭泣着，像一個孩子被遺棄扔在了荒野間。

天晴後，我把那些完全折斷的麥棵全部拔下來，把那些彎腰倒伏的麥子扶直後，找來許多荊條樹枝插在麥棵邊，用繩子把麥棵鬆緊適度地捆在那些荊條樹枝上，還在許多麥棵周圍搭了豆角、黃瓜那樣的架子和棚木，撐着、架着麥棵讓它們從殘斷倒臥中站起來。幾天後，我又一次數了數那些從殘斷中救活過來的麥，他們從一百二十叢、數百棵的麥，變為僅有五十二株了。原來黑旺林密的一大片，現在成為稀稀疏疏、零零碎碎了。從此我再也不敢離開我的小麥地，除了到泉池那兒擔水或有不得不做的事，我都守着我的幾畦麥田和五十二株麥。就是到了必須回區裏領取口糧和油鹽，也一定要選個好天氣，快去快回，一路小跑，如一個母親把她的孩子孤零零留在家裏外出的那份不安樣。我把那本《故道》的寫作停下來，專心於我的五十二株小麥的生長和看護。說到底，我只還有五十二株麥，除了用我的指血去澆灌，還把我從食堂領回的大油、菜油灌埋在麥根上。把天氣好時捉來的魚、蟹、青蛙、蝌蚪熬成湯，或者殘忍地把他們生生搗碎，弄成肉漿埋在麥棵下。這些蝦湯蟹漿雖然沒有我的指血能那麼好的改善地力、肥壯麥棵，卻也可以每一次澆灌都支撐小麥肥沃生長那麼一周三五日。到了六月初，別人的小麥剛剛過膝深，我的五十二株小麥已經長得和小樹樣，麥葉有一指那麼寬，一根半的筷子長，麥稈最粗的可以和指頭一模樣，高到我的肩頭上。

它們不是麥，它們是麥樹。

這些麥棵小樹在六月開始抽穗了。有天黃昏裏，我忽然發現第三畦的第二株麥，有個嫩黃透亮的麥穗像青蜓樣臥在麥頂上，用手碰一下，有柔嫩青藻的麥香滴滴嗒嗒落下來。再看別的麥，有十幾株的麥頂上，都有被綠葉包着的欲脹欲裂、小手指似的一柱圓。

我終於知道它們開始要提前結穗了。正夏裏，太陽火一樣燒在頭頂上，把那些麥烤得三天五天就得澆一次。說到底，我的八畦小麥是沙地，不保墒，缺地力，倘若不是我的血，它們早就旱死餓死在了天地間。為了讓小麥在抽穗中水足肥滿，我把那些不夠高、不夠結實的麥架換下來，用更長更粗的棍子給麥穗搭扶架，繩子從麥腿捆到麥腰，又捆到麥脖上，然後每天早晨灑一遍麥棵水，每三天澆一次透地水。灑水時我撿那已經抽穗的小麥讓它吃偏食，每次都在它的根部澆上半碗血液水。挑水透澆時，我把十個指頭最少割破五個到六個，讓所有的麥棵都能喝到十滴二十滴的血。現在破手指，已經不單單是在我十個手的指尖、指肚上。因為每天都要破一個、幾個血口兒，舊傷沒好就又不得不破新的口。我的十個手指上全都成了疤痕和血口。還因為總是用右手去破左手指，左手指上已經有了十幾個傷口化了膿，儘管破前破後我都用鹽水消毒洗傷口。後來又多用左手破右手，待右手的十個指頭傷口過多無處落刀時，我開始用刀劃破手掌讓血從手掌的刀口流進桶裏或麥棵下。可這樣，破了手掌後，我無法再幹任何別的事，不能握鋤把，不能握鍁把，連做飯時候菜刀也不能拿。最後我就決定要把手掌留下來，尤其右手掌。需要給小麥灌血了，我從我的左手腕開始由下而上一個一個血口破，待兩個手臂的血口一片一片再也無處落刀時，我去我的兩個小腿肚上破血口，把小腿架在水桶上，讓腿血自動流落水桶裏。這樣既不影響流血灌小麥，也不太過影響我幹別的活。雖然每次鋤地、拔草、擔水時，那些血口、痂疤都會掙着撕着疼，可真正活動開來那疼就由大而小，由濃轉淡了。

到了六月中旬間，我的五十二株小麥全部抽穗長出麥芒了。那麥穗一出麥頂就有指頭粗，先圓後方，幾天間，四方四正如一節一段的方木柱。可你當真用手捏摸那麥穗，發現那麥穗是軟的，如方木中間灌了水。我從一穗麥中剝開了麥穗的下一角，發現那麥穗裏還沒有硬的麥粒兒，都是一滴麥中兜着一滴綠白相間的水。我知道這小麥需要灌漿了。灌漿是最需要地力肥力的。我不再把血流進桶裏去澆地，而是對這五十二株麥，像對待五十二株花果樹。我一棵一棵去待弄，在他們周圍鋤草、培土和澆灌。在這個灌漿期，我給每棵小麥注血都已經不再分滴了。而是割開血口朝碗裏流出半碗、多半碗，然後注水澆下去。

天是少見的好，對別的莊稼和樹木，每天毒辣的太陽使莊稼顯旱了，可我這，正需要太陽那酷烈，使小麥每天都有充足的光亮和高溫。不知道那些天高溫多少度，只見午時候除了泉邊的水草，別處的綠色都成了灰白色，所有的草和荊棵都耷拉着頭腦蔫下來。黑沙煉鐵術把一世界的樹都給砍光了，整個黃河故道上，幾十里寬，幾百里長的沙道平原上，沒有一棵胳膊粗的樹。午時站在沙丘頂，瞭望四野，感覺整個世界都燒在火光裏。沒有樹蔭可躲的鳥，在天空飛一會，就落在地上鑽進地面的蒿草和荊枝間。在幾里外那野葦塘，經常看到有渴極的黃狼、狐狸去喝水和洗澡。看到有一群一群的野鳥鑽在葦棵間，躲着暴曬不出來。想吃肉我可以到葦塘那兒捕下很多鳥，可我一步也不敢離開我的麥棵了。五十二株麥，在兩次離開後，已經剩下四十八株了。那四株被鳥落上將麥穗壓斷了。我必須每時每刻都守在麥棵邊。麻雀為了我的麥穗，也為了麥穗下的蔭涼處，它們經常五十上百、成群結隊地飛過來。我在那一小片麥地中紮了四個草人兒，幾天後鳥就對草人熟如知己，敢落在草人的頭上、肩上喜地歡天地叫。麥穗按我預期的那樣灌漿、揚花着，先一天還和指頭一樣粗，再一天就粗過指頭了。先一天還和高個人的大拇指頭樣，再兩天就果真和穀穗一樣了。有兩株麥棵高到超了我的頭，怕風怕鳥，我把麥穗也用細繩繫捆在木架上時，得搬來凳子站上去。繫捆那些麥穗時，新麥的純香，清冽冽如混在油裏的糖水味樣朝我撲過來。我就這樣每天守着我的麥，用野草荊條重新搭出草蓆似的一塊遮陽棚。從菴裏端出一個小凳來，遮陽棚那一團陰涼轉到哪，我就把坐的凳子挪到哪，甚至到午時瞌睡也不敢打個盹。

終於的，那些麥的麥葉開始由下向上枯乾了。麥芒由潤變燥成了雲白色，單那麥芒的粗細就和細的荊枝般，長有二三寸。在它們的揚花灌漿期，我坐在田頭棚下趕着那些麻雀時，經常隱隱看到麥穗的半空有細微的紅點在舞動，以為是日光刺亮晃了我的眼，便搬出高凳站在麥棵間，讓我的頭高出麥棵朝着那些穗芒的頭頂上望，看見那紅點細細微微霧一樣，從哪裏飛過來，繞着麥穗的芒刺轉。那霧似的紅點紅絲上，有濃烈的草氣和刺鼻的麥香味，還有莊稼受孕的那種醒通透鼻的腥鮮味。

我從凳上下來了。

待在麥棵邊，猶豫一會，我把地裏最大的一穗小麥又剝了一個口。那只麥穗已經長得比穀穗大出一圈兒，從那穗下的底部我再次摳出一顆小麥粒。那麥粒和那麥穗脫開時，如從一穗玉米上剝下一粒黃色的玉米粒，望着手心外青內褐的黃粒兒，我發現麥穗雖然比穀穗還要大，麥粒和豌豆粒兒樣，可麥粒並不像豌豆一樣鼓脹和飽滿。那麥粒在我的手心裏，被日光一照曬，光亮能穿透麥皮射入麥粒內。麥粒內是醬色一滴、半黏半稠的液體物，它被太陽一曬很快癟下去，像一兜水在太陽下邊蒸發了，只剩下一個小小的皮囊兒。

我咬了那麥粒，醬黃色的液體在嘴裏有麥香也有很濃一股血味兒。也就站在那麥棵下，望着頭頂小麥灌漿時那粉血豔豔的花粉絲，我知道我對那些小麥還是小氣了。它們那麼高，麥稈和葦棵樣，一身寬闊的麥葉如發在春天的一棵樹，我灌流給它們的血液其實都被那些麥葉、麥稈吸走了，都被麥棵麥葉截留了，真正能從地下流入麥頂麥穗的血養並不多。風夠的，光夠的，可血養並不夠。我必須把多於原來幾倍的血液澆在麥棵下，那血養才會供到麥頂穗粒上。我不能再如往日那樣愛惜我的十指、手臂和小腿了，吝嗇算計我的血滴血流了。我必須大方慷慨地把我的血液供給我的麥棵們。夜裏是小麥吸養的好時候，白日是小麥吸光吸風的好時候。我毫不猶豫地選在這天黃昏裏，把水桶、鍋碗、臉盆裏全部盛滿水，擺在麥棵間，待太陽快要西落時，沒有那種強光毒照了，又把菜刀在石頭上磨了磨，在鹽水裏煮一煮，開始用鋤小心地挖開每棵麥的根部和邊緣，找到麥根的稠密邊圍處，將白亮的刀刃豎在麥根上，不管十指、手臂和小腿肚上有多少血口和傷疤，都要再次閉眼咬牙把刀狠狠割下去，尤其要把皮肉上的舊疤從刀上更用力地滑過去，紅血就立時汩汩地從刀口朝那麥根上流。不計算流了多少血，也不算計那麥到底需要多少血，一茶杯或者兩茶杯，小半碗或者大半碗，直到那血口疼到麻時不再流血了，我再用鹽水煮曬過的布條把傷口捆起來，開始往麥穗的血坑倒上幾碗水，待那濃稠的血水都滲進小麥的根，把這棵麥樹的血坑埋起來，再到下棵麥下去刨坑，去找麥根的稠密邊圍處，去劃破新的手指、手腕流出一杯或者小半碗的血。

為了這四十八棵麥，我在手指、手掌、手腕、雙臂和小腿肚兒上，一氣兒共劃了四十二個刀口兒。我不知道一共給那些麥棵流了多少血，到最後給十幾棵小麥澆血時，胳膊上的血不是流將出來的，是我用另一隻手扶着胳膊把血從刀口趕擠出來的。我的手上、腕上，小腿、小臂上，包的布條一層又一層。直到最後完全從手上、臂上擠不出一滴血，我只得用左手把右手腕上的動脈血管割出一個口，讓那脈管裏的血流進茶杯中，流進飯碗裏，流到一個小盆內，到覺得頭暈不止，人像要從地上旋着飄起來，我再用一根細繩把右手腕的動脈血管紮起來，止住汩汩潺潺、有漿有沫的流。把這脈管的血漿灌進最後幾個的小麥坑。我並不覺得那四十幾個傷口和右手腕上的動脈刀口有什麼痛，只是覺得整個身子都麻得不能打理和自持，軟得連一絲氣力都沒有。埋最後幾個血坑時，不是我用手荷鋤埋住的，而是我蹲坐在地上用腳蹬着沙土埋了那血坑。

太陽落去了，西邊地平線那兒除了一片潤紅連光亮也都不在了。沙土平原的開闊裏，靜溢中有響亮的神秘跳着腳步朝沙丘圍過來。望着西邊故道平原上最後的一抹紅色和黃昏到來前的亮，大地上除了蚊蟲的鳴叫聲，其餘什麼聲息都沒有。白天的燥熱正在消退着，蘊在地下的蒸燥朝着地上揮發時，把我澆在每一棵麥下的一杯、半碗的血味帶出來，麥棵間和這面沙丘上，彌漫着濃紅的血味和麥香。有蛐蛐從麥棵間跳出來，敢落在我的腳上咯咯咯地叫。我頭暈得很，渾身柔軟，虛得無法站起來。為了減少流血過多的暈虛和柔弱，我在地上反轉着身子倒躺在沙丘上，頭在坡下，腳在坡上，以求腿和下半身的血能儘快回流到我的上半身。

月亮出來了。餓像冷樣朝我襲過來，可我不想動，我就想這樣倒躺在坡上睡一覺。我果真睡着了。醒來時月亮水一樣灑在我臉上。在這空寂的荒夜裏，我聽到了麥棵的穗頂有從地下吸着血養青紅吱吱的叫，每棵麥都如通過一個細管朝着半空吸着水。我不再為聽到小麥灌漿飽穗的聲音高興了，甚至有些厭煩了那聲音。從地上翻個身，嫌厭地瞟一眼那幾十棵如同葦棵、高粱棵似的麥棵們，我朝我的菴屋那兒爬過去。我想我站起來是可以走回菴屋的，可我不想走。我想爬着回去讓小麥們看看我為它們的負出有多少，就像為了贏得兒女們的理解不得不放大自己病痛的父母樣。回到屋子裏，我喝了幾口水，從鍋裏挖出半碗剩飯吃掉就又睡去了。來日再次醒來時，是一片的雀叫把我吵醒的。那些野麻雀的叫聲先是隱約、後是清晰，再後來便如驟雨一樣落進屋子裏。我在地鋪上怔一下，揉一揉眼，迅速抓起一枝荊條從菴裏衝出來，尖叫着朝着麥地撲過去。待我到了麥地前，那上百隻野雀飛走了，可有整整一片三十穗的小麥不是掉在地上就是斷掛在麥頂上，如脖子被砍斷還有筋皮牽着的頭顱樣。

我的四十八株麥，現在只還有十八株。

我驚愕、懊悔地呆在我的麥田邊，一直木呆到太陽高照時，才茫然地到田裏拾起了喝過我動脈血兩穗麥，剝開來揉出麥粒兒，發現那麥粒只經了一夜動脈的血養就有些脹大飽硬了。粒兒也大到超過平常最旺最壯的麥粒兒，呈着醬紅色，和將要成熟的豌豆一樣大，一類顏色着。本能地把那麥粒放在嘴裏嚼了嚼，滿嘴的麥香和血氣，在我嘴裏一整天都沒有散淨和揮發完。

我把那三十穗嫩麥炒吃後，把鋪蓋從菴屋搬到了麥地邊的草棚下，開始日日夜夜陪着我那還僅剩的十八穗的麥。七天的烈日暴曬後，我的這十八棵麥樹成熟了，儘管麥棵的麥葉都還有三分之二是綠色，有的麥芒都還沒有枯乾和焦脆，可我用手去捏那麥穗時，發現那些麥穗都堅硬飽脹如棍棒一模樣。站在那十八穗碩大的麥樹下，我知道我把這些最小的也和穀穗一樣的麥穗交給孩子後，孩子會如何歡天喜地對待我。摸着第一穗比穀穗還大出許多的麥穗時，我心裏轟然跳起來，感覺麥粒兒如碎石子兒硌着我手肚上的肉。摸捏第二、第三穗比穀穗還要大的麥穗時，那麥穗的堅硬讓我完全心慌意亂了，及至我搬過高凳來，站在凳上去摸看那喝過我動脈血的個頭最高的兩穗小麥時，我的眼睛有淚了。

這第三畦最高最壯的兩穗小麥麥棵全乾了，麥稈和竹稈一樣粗硬着，捆架在三杆鼎立的木架上的麥穗兒，七天間由穀穗變得和玉米穗兒一樣大，六寸七寸的長，露在麥殼外的麥粒完全和豌豆、花生一模樣，甚至比豌豆、花生還要鼓脹和碩硬，在日光下發着暗紅的光，齊整整四排四行如碼齊的隊伍列在麥穗方楞的四角上。因為麥穗過大把麥棵的脖頸壓彎了，那碩大的麥穗半垂半掛的擱在架子上，像長怪變形的絲瓜一樣吊在半空裏。

望着那硬碩如棒的麥穗我莫名其妙地流着淚。

流夠了淚，從凳上走下來，我又忽然蹲在地上無淚哈哈地哭起來。先是小聲地嗚嗚咽咽，最後就索性坐在地上嚎啕大聲、痛痛快快地揚長哭泣了。待我哭夠了，嗓子哭啞了，我異常快活地又爬到沙丘頂上朝着半空灑了一泡尿，撕着嗓子朝着九十九區的方向喚：

「我要回家啦——我要回家啦——」

「我要堂堂正正回家啦——不亢不卑地自由啦——」

我不知道撕着嗓子對着東西南北叫了多少遍，最後我到炊棚那兒挖出了所有的麵，為自己奢侈地擀了一滿碗的乾撈麵，放了很多蒜汁油，脹着肚子吃了一頓飯，開始考慮我去喚叫孩子來向他獻這一片碩大的麥穗時，我憂心沒有人守麥看野雀了怎麼辦。我可以再讓那麥穗暴曬一兩天，把麥穗割下來兜着回去給孩子，從孩子手裏接過那獎給我的、讓所有九十九區和故道上的同仁都啞口無言的一百二十五朵小紅花，或者直接就給五顆大五星，可我又想回去把孩子請過來，把所有的同仁都叫來，讓他們看看我作家是如何種出這一片比穀穗更大、有幾穗完全如玉米穗一樣的麥穗來。

我想讓他們眼睜睜地看着我是如何掙到那五顆大星的，如何從他們的目光中光明磊落、堂而皇之地自由回家的。在那天下午裏，我開始用幾層的報紙把那些麥穗一穗一穗包起來，預防我離開這兒時，麻雀野鳥飛來吃了我的麥。報紙不夠時，我就用我的衣服和床單包，直到那片十八穗的小麥都被包嚴實，每株麥穗如受傷包紮後都舉起來的胳膊樣，我才踏實地離開那兒回到九十九區裏。回去時，我沒有忘記從麥穗上揉下十幾粒和豌豆粒一樣大的麥粒兒，捏在手裏預備給孩子一個天外天的驚喜和意外，預備讓見到我的同仁都看到這麥粒，驚得說不出一句話，不得不跟着我從九十九區到十幾里外沙丘來看我種的麥。一切都如我想的一模樣，我捏着一把如大豆、花生般的麥粒兒，吃頓飯的功夫後，在日過平南不久就趕回到了區院裏。那時候，人們都睡在午覺間，一路上我除了碰到飛鳥和螞蚱，沒有見到一個人。田野上的小麥，因為黃河故道這兒地窪水濕，都還剛剛抽穗，最少還得半月才會棵乾飽粒兒。狂野裏到處都還是漫無邊際的青綠和水潤，野草和膝蓋一樣深。去年留下的樹樁上，新發的野枝和我的麥棵樣高低和旺勢。回到區院時，空寂中宗教繫着褲子從廁所走出來，看見他我有意站在那兒等他走過來。待他走近了，看見我他又突然收住腳，把目光擱在我臉上，驚得說了一句莫名其妙的話：

「我的天，你生了什麼病？臉色黃白沒有一點兒血。」

我朝他笑一笑：「我種出比穀穗還大的麥穗啦。」

他依然盯着我：「你的手和胳膊怎麼了？人怎麼就黃瘦得沒有人的樣兒了？」

「你看看我種的麥。」我朝他走過去，把手伸到他面前。我手裏那一把豌豆色、花生狀的麥粒被汗浸濕了，伸開時許多麥粒黏在一塊兒。宗教望着我手裏的麥粒兒，繫褲子的手僵在褲前邊，張開的嘴要說什麼沒能說出來，就那麼半張着，像受了驚嚇永遠都無法合攏了。

「我要回家了。」我收回伸出去的手，「我要堂而皇之拿着五顆五星貼在木牌上，和去年實驗舉着五星牌子一樣離開了。」說着我離開宗教就往孩子的屋裏走過去，沒有敲門就冒然地推開孩子的門。孩子正在睡午覺，一把蒲扇從床上落到床下邊，臉上的汗和口水一塊流到他枕的石頭枕頭上。聽見門響後，孩子忽地從床上坐起來，不等他靈醒過來開口說話兒，我就把那碩大的一把麥粒伸到他面前，大聲喳喳道：「我種的麥熟了，每一穗都比穀穗大，和玉米穗兒樣，你快看看這些麥粒兒！」

孩子揉揉眼，在我手裏用指頭撚着那麥粒，不斷地抬頭看看我，又低頭去撚那麥粒兒。他臉上剛從睡中帶來的惺松沒有了，發出一種純樸單純的光，轉身就去床頭抓他的衣服穿，要和我一塊去那沙丘地裏看麥樹，收割那比穀穗還要大、和玉米穗兒樣的麥。我們從他屋子出來時，如我料想的一模樣，宗教已經驚叫了他屋裏所有的人，還有被吵醒的音樂、醫生和幾個女人們。大家十幾個，跟着我和孩子返身沿着我來的小路朝着沙丘去，每個人手裏都握着一粒兩粒我發給大家的和大豆一樣甚至比大豆還大如花生粒樣的淺紅色的麥粒兒，說着話一路急腳快步地走，將日欲西沉時，到了我種的那四層八畦的麥田地。

可一到那麥畦地，我轟然站下來，又箭一樣跑到我的麥地裏。我的那走時用報紙、衣服包好的十八穗小麥沒有了，一律從麥穗的脖間被人剪走割去了，只把那報紙、衣服淩亂地扔在麥棵間或掛在麥架上。那些沒有麥穗的麥棵們，有的被剪去穗後如斷頂的小樹一樣豎在畦地裏，有的被人踩倒和臥在地上的棍木麥架一道橫三豎四着。我「啊！啊！」地驚着跑進麥田摸摸被剪斷的麥棵脖，看看一株株的麥樹身，最後在第三畦最高的麥棵架上看到人家掛着留下的一張紙，哆嗦着雙手把那字紙取下拿到眼前看，見那紙上寫着很短一段話：

> 對不起了，這血穗今年要獻到上邊、獻到京城去，明年全國人就該像用黑沙煉鐵一樣用血去種小麥了。

再沒寫別的。字跡了了草草、龍飛鳳舞，寫在一張從筆記本撕下的白紙上，讓人認不出是誰的筆跡來。望着那一行字，望着那一片斷頸無頭，葦稈、竹稈似的麥棵樹，我渾身無骨無筋地癱坐在畦地裏，看見孩子和跟來的人群的臉，如十幾、二十張版畫木刻的人物般，愕異怪相的豎在落日間。這一次，我是真的悲天悲地嗚嗚大哭了。

# 第十三章

## 《天的孩子》、《故道》

# 1 《天的孩子》p340–350

事就這樣敗了。

孩子摔碗、摔盤，砸了食堂那飯鍋。孩子喚：「誰把麥穗交出來，我給他五顆大五星。」沒人把麥穗交出來。孩子取了槍，把槍口對着自己太陽穴：「不交出麥穗我就不活啦，是你們要了我的命！」

沒人把麥穗交出來。

孩子在眾人面前嗚嗚哭。連幾日，天上無白光。孩子臉上有晦色。麥熟收割後，又去鎮上總部裏，開了會，孩子沒有領到紅花和獎狀。更沒有，完成去年上報那，畝產一萬五千斤。種了一畝畝產萬斤實驗田，單種子，播下上千斤，計着一粒種子一穗麥，一穗麥上結出三十粒，畝產就為三萬斤。二十粒，畝產為兩萬。結十粒，約為一萬斤。可天下，哪有一穗麥只結十粒呢？就是麥粒癟，二十粒，也為一萬多斤麥。總以為，畝產萬斤是那輕易輕易的事。麥苗長出來，一棵擠一棵，可那麥棵膝深時，風雨稠一夜，那麥就，齊嘩齊嘩倒下了，再也沒有直起腰身來。

不停歇地澆水去，麥棵密，針插不進水流它不通。

三幾日，麥棵黃瘦乾死了。全部全部的。

沒有紅的花、紅獎狀，孩子傷下心。三天沒吃飯。瘦得如，實驗田的麥棵稈。去參觀，見他區和村莊，原來報的畝產數，一千斤，兩千斤，五千、八千斤，全都兑現着。人家那村頭、那田頭，新蓋庫糧房，一排排，庫裏碼的糧食麻袋垛到房梁上。上邊的，去查糧房庫，用削尖那竹筒，戳進堵在門口那麻袋。小麥粒，它從竹筒嘩嘩流出來。上邊的，總部的、縣上的、地區的、省上的，緣着九十九區為重點，上報畝產一萬五千斤，後為確保降至一萬斤，發明有黑沙煉鐵術，煉了純鋼五星鐵，差一點，代表全省進京去獻禮。上邊的，一干眾人馬，就到最遠那，九十九區去參觀。

參觀前，總部就來人，讓最前住的搬到後排去，騰出房子為糧庫。運來許多空麻袋，往那袋裏裝沙子。把沙袋往那房庫堆。堆到房梁上。又連夜，從別的糧庫往這運糧食。把裝滿小麥那麻袋，垛在沙袋頂，砌至沙袋外，堵在門口、窗口、外圍上。上邊的，檢查來參觀。開了車，小車坐了省上、地區的。大車坐滿地區、各縣的。打開糧庫門，人都望那堆成山的糧食驚得張大嘴。有人把竹筒插進門口麻袋去，嘩嘩流出的是麥粒。從窗口插進麻袋裏，嘩嘩流出的是麥糧。從麻袋縫裏爬到房梁上。嘩嘩流出的是麥粒。

上邊的，大聲感慨說：「天呀！——天呀！」

誇孩子。誇九十九區所有的。天空有亮光。

眾人列隊站在糧庫外。流出麥粒兒，一直鼓着掌。直到那檢查糧庫的，那個上邊的、起了疑心的，從糧庫頂上爬下來，終於去了疑，開懷笑着說：

「了不得！——了不得！」

事就這樣又成了。

上邊的人，在區裏吃肉菜，喝燒酒，慶賀孩子畝產過萬斤，為祖國做下大貢獻。在飯後，讓眾人站成三行列隊着，省上的、地區的，表彰孩子為國做的事，發獎狀，戴紅花。

孩子有笑容。天空發白光。

發獎戴花是在午飯後，酷熱天，陽光如火如那煉鋼爐。

上邊的，在房的蔭涼內。人眾立在太陽下，臉上曬出汗。

「天熱嗎？」上邊喚着問。

「不熱哪——有風吹。」大聲齊聲扯嗓答。

「你們有沒有決心把玉米種到畝產五萬斤？」

人又都沉默。

「沒有決心嗎？」上邊的，望着一片九十九區的，「你們不想為祖國貢獻嗎？不想讓祖國的玉米穗長得和棒錘一樣嗎？」

望着上邊人的嘴。看見上邊人，嘴是張圓的。上邊的，眼是瞪大的。去看孩子臉。孩子望着人，目光哀灰灰的傷。有人扭頭去拉身邊的。暗示傳過去，上邊的，再問能否畝產五萬斤，能否把玉米穗種得和棒錘一樣大，比棒錘還要大，玉米粒，比紅棗還要飽大時，就有人，舉起右拳伸在天空裏，揮着喚：「能！——一定能！」

就都喚：「能——一定能！」

學者、宗教、醫生和音樂，所有的，都振臂高呼着：「能——一定能！」

喚聲大，震飛落在房上的鳥。

上邊的，滿意了，臉上掛着笑。

孩子他，滿意了，臉上有笑容。

就給孩子掛那碗口大的綢紅花。把準備好的、蓋了章的、字都印着的——那獎狀——鋪在桌面上。取了準備好的、隨身帶的筆墨和鏡框，由書法好的把孩子名字填上去。省上的，就在掌聲裏、陽光裏、熱烈裏，給孩子戴了花，發了鏡框大獎狀。

人就走去了。

孩子又笑了。

列隊鼓掌去送上邊的，離開九十九區時，到門口，孩子跑進屋裏去拿出一把如葦稈一樣粗的麥稈兒，寬的乾麥葉，掛在麥稈上，如葦葉長在葦稈上。孩子說：「今年我們種出和穀穗大的麥穗了，可那麥，被人偷去了。」孩子把葦稈粗的那麥棵，一杆一杆發給上邊的，做證物，留記念，證明確鑿種出比穀穗大的麥，並說今秋種出玉米來，玉米穗一定比蘿蔔、棒錘還要大。和胖人的小腿一樣粗。和瘦人的大腿一樣重。玉米粒闊如葡萄和紅棗。玉米棵，真正和樹一模樣。怕那上邊不相信，就把麥棵發出去，做證物，留紀念。上邊的，都拿那麥棵，伏在稈上聞，望着孩子笑，都用手，拍着孩子那頭、那肩膀，笑着說：

「你種出和腿一樣粗的玉米穗，我們用十層紅綢包了抬着進京去。」

就走了。

小車、大車轟鳴着，路上有煙塵。日光紅亮，大地托着那飛轉汽車輪。走了後，都把手裏麥稈扔路邊。孩子沒見那扔的麥稈兒，落在草地間，經了雨，枯朽成野草乾枝着，散發下，淡的麥味和血味。

人都走了後，有人坐在糧庫門前發呆怔。是學者。他望着丟在地上竹筒兒，拾起來，朝門口一角麻袋扎，流出紅的沙。望那一堆沙，學者悵然坐地上，發呆怔，竟朝自己臉上打耳光。他也跟着去裝沙包了。他也在上邊面前鼓掌了。他也高呼秋季玉米一定能畝產五萬斤，能讓玉米長出比棒錘還粗和人腿一樣的玉米穗。

打了自己一耳光。學者又罵到：「他媽的，你也配叫讀書人！」

然後間，他就惘然望着糧庫望着天，輕聲自語說：「國要遭難了。國家早晚要有大災了。」

宗教、音樂和醫生，大多數，過來到那糧庫前，坐着或站着，惘然的，沉默的，圍着學者不說話。圍了後，有人笑起來，有人歎長氣，有人吹着口哨走回去。

孩子不在這。孩子回他屋，去往牆上掛那鏡框掛那紅花了。

## 2 《天的孩子》p391–396

秋天它，終沒長出和棒錘、人腿一樣粗的玉米穗。偶而成的玉米棵，終沒結出和葡萄、紅棗一樣玉米粒。在區院空地上，墾出處女地，下了玉米種，成為區的實驗田。玉米苗，長到筷子高，在那苗前插了木牌子，牌上寫有人的名，分由各個罪人負責一棵苗，要求三、五日，每人都得破下手指和手腕，往那玉米苗的根下流次血。

説好的，到秋天，誰的穗和棒錘一模樣，玉米粒兒如葡萄，賽紅棗，誰就可得五顆五星回家去。就都去放血。苗它很快長成棵。都見過，作家用血種的麥粒比大豆、玉米粒兒大。如花生。麥稈如竹稈。都相信，血可養異糧。整整秋天間，區院都是漫的血腥氣。那的玉米實驗田，半畝大，五間房的長方狀，一畦又一畦。土質好，足過人糞尿，出苗時，又追草木灰。苗一出，日夜吱吱叫着長，如嬰兒哭的鬧的要把自己長成大人樣。到八月，大田玉米筷高時，這兒的，玉米就深似人膝了。至九月，大田玉米齊腰時，這兒玉米高過人肩了。玉米棵青綠再粗旺，最大那棵稈，如孩子胳膊般。葉子又黑碧，亮得可見人的影。神是關照玉米的，讓它長成樹。神是遷怒人的狂妄的，讓玉米長成樹，卻不結穗兒。大田玉米九月吐出穗纓了，這裏玉米只長棵兒不結穗。每一株，都如寬葉大荊棵。神說話：「有人是好的。」有人並不在他的玉米棵下去灑血，如作家，如學者。作家是孩子允他不再破指流血種玉米。他流血過量的，臉上每日都是缺血那白色。可學者，他自上邊檢查過沙包糧庫很少和人說話了。吃飯沉默的。走路沉默的，連音樂，和他說話也是沉默的。只在孩子找他時，他才點頭和搖頭，或者開口答對幾句話。

孩子說：「你不服從嗎？」

他搖頭。

孩子說：「你為啥不給玉米滴血呢？」

他沉默。

「為啥兒？」孩子說，「你真想在這一輩子？」

他苦笑：「上帝睜眼看着我們哪。」

學者說神和上帝時候，宗教不提上帝了。

神是清明的。神說話：「人都狂妄了，讓他們白白滴血勞作吧。」區院的、靠西的、朝陽的、沃土的，每天都有人割破手指往那玉米棵下滴血的。每夜都有人，半夜去把屎尿解在棵下邊。破開動脈流血的，那玉米如樹林，卻在秋天該吐穗時沒有吐穗兒，只在腰上鼓出手指一青綠。

幾個月的人之手，都有割破手指包的布條和膠布。太陽依舊的，風也依舊的，雨是依舊的。可到九月底，萬象不再依舊了。連陰雨，曠日曠日下。世界汪洋了。黃河上游下來的水，滔滔浪浪捲過來。

孩子也種了一株他的血玉米，在區外，原來煉鋼那的燒爐間。煉鋼停歇了。作家去那看爐養身體，孩子就在那爐間，種了一株血玉米。隔三錯五着，孩子去那依着作家的經歷破指流血養玉米，以防那，院內玉米秋熟時，有人壞那棒錘似的玉米穗。倘是這兒還有一穗大如人腿的玉米穗，依舊可以用紅綢包着大腿似的玉米晉獻到京去。作家看守空煉爐，以備農閒上邊要求再煉鐵。自然間，也把孩子那株玉米鋤草養護着。偶見玉米葉子黃，也替孩子忍痛流血澆玉米。這玉米，長得和院內玉米一樣高，一樣壯，一樣旺黑青綠色。一樣在秋天，玉米都該飽穗成熟了，它腰上，只鼓出大青蟲的一條兒。

作家回到區院吃飯去，人都豎着破了血口、包滿白布的手指問他道：

「為啥沒有結穗兒？」

作家去那地裏看，血氣養的蚊蟲比蒼蠅大。蒼蠅如小鳥。都用破血手指指着作家鼻子問：「為什麼？」有人吐口水，「為什麼？」有人把痰吐到作家臉上和身上，從背後朝他扔石頭。

孩子見着了，問作家：「你解釋 —— 為啥這玉米喝了人的血，棵和樹一樣，可連指頭粗的穗兒都不結？」

作家答不出。眾人在他面前吐口水。

神就見着了，嫌了人的狂妄了。下大雨，發大水。一夜雨水後，來日醒來時，所有的，都往他的那株玉米棵前跑，見那胳膊粗玉米樹，倒在了雨水裏。漂在水面上。寫着各自人名掛在玉米樹上的紙牌子，小船樣，蕩在雨水裏。人們並不怎的悲，橫豎已知結不出和人腿一樣壯的玉米穗。只可惜，幾個月，不斷割破手指流出去的血。只有孩子哭。悲天憫人，傷如雲樣罩在他心裏。哭着喚：

「我怎麼去京城？」

「我還怎麼去京城？」

沒從屋裏出來的，他就在屋裏。出來的，他就在，孩子周圍立着看着孩子嗚嗚哭。悲地傷天，長年累月哭着時，孩子突然不哭了。孩子想起一樁事，踩着雨水朝區院外邊奔。獨自奔到區院南的煉爐旁，去看自己那棵血玉米。那棵也斷了。也和胳膊一樣粗。葉子也如芭蕉葉兒寬。高有三米多。一棵真的玉米樹，同樣沒有結出玉米穗。粗大青烏玉米棵，漂在水面上。作家站在雨水裏，雨從頭上、臉上澆到身子上。他看着，雨裏漂的玉米樹，扶起來，靠在一座煉爐上，回過身，見着孩子跑過來，立在他身後，要說什麼時，又嗚嗚蹲在雨裏哭。

悲天傷地，日久天長哭。

「我知道為啥這玉米只長棵兒不結穗兒了，是因為這地不是王的陵」。作家說：「沙丘那兒不僅是王陵，有可能，還是古時皇帝墓。你放心，秋天之後該種蘿蔔、白菜、紅薯了。我到那陵地，給你種的蘿蔔保準比人的大腿還要粗。種出那紅薯，一窩不知結出多少個，但保準，有一個會和藍球一樣大。人抱紅薯如抱起一個大的鵝卵石。」

孩子不哭了。望着作家不說話，眼裏放亮光。

作家說：「入冬前，我把這些種出來，你把五顆大星發給我。我回家，你帶着這些進京去。可我離開九十九區時，你得護着我，把我送到鎮上送上車。」

孩子眼裏放亮光，如被雨水沖洗過的玻璃片。雨就那麼下，嘩嘩下，一下許多日，隆隆把黃河兩岸和整個天下汪洋了。

# 3 《天的孩子》p397–406

這個雨，連下四十日，天下汪洋了。

挪亞堅持造方舟，才得救留下人和動物們。

黃河氾濫水。水從去冬在堤岸挖沙煉鐵的坑洞透出來。黃河大決口。原來黃河那故道，鹽鹼灘地全都成災了。莊稼全淹死。玉米倒下去。豆類、瓜果、蔬菜在那水面漂。各個育新區的屋，全都進了水。鞋在水面漂。書在水面漂。人囚水裏邊。雨停了，太陽斜出來，水面閃金光，漂的麥垛、房梁、死畜和船一模樣。

又七天，水退了，太陽炎炎烈。

沙灘地，七天七夜水退淨。人就可走在地面上。烈日炎照又七天，地上的，淤泥翹起一層殼。裂口指頭那麼寬。二指那麼寬。一寸那麼寬。人都沒有糧食了。上邊供給糧，原是粗糧細糧各一半，每人與每天，一斤二兩重，每月三十六斤糧。當真有災了。上邊供應的，由每人每天一斤二兩減為每天每人為八兩，六兩粗糧紅薯乾，二兩細糧為白麵。育新區，由此一日三餐改為兩頓飯。

三個月，之後天下更難了。冬天到來時，人的細糧除滅了，每人每天只供粗糧紅薯乾。或者玉米粉。

糧食不夠吃，鬧天鬧地鬧饑荒。

上邊說話節儉糧，讓人冬天貓在屋裏不動彈，每人每天一頓飯。一頓飯，每天只吃一個二兩黑窩窩，喝一碗，能映下人形的玉米糝兒湯。快捷着，所有的，走路都要扶牆壁。臉上、腿上餓得起水腫。冬天太陽出來時，腫腿發水光。人在日光下邊曬暖兒，臉上發水光。一日間，人都曬暖兒，一片腫的水亮孩子走來了。孩子的臉上沒有腫，只是眼窩陷下去，臉呈半青色。「上邊通知了，」孩子說：「從下月，每人每天減為只有二兩糧，糧食由我管，食堂解散去，各自想法燒飯弄吃的。」人都曬暖兒，目光蒼白和無望。學者沒有曬，他從哪弄來一張地圖看。地圖兩本書的大，紅的、綠的和黃的，顏色彩在那紙上。他把那圖看久了，走過來，站在孩子面前問：「給大家，說句實話吧——這饑荒，是僅着黃河兩岸，還是全省和全國？」

孩子搖着頭：「反正上邊說，人餓死都得守原地，不得行到別的地方去。去了就是反國罪。」

宗教、作家和別的許多人，都全圍過來。他們有幾天，沒見着孩子了，猜想孩子是去上邊開了會，知道許多事。

問：「發洪水的地方有多大？乾旱地方有多大？」

孩子搖着頭。

「總該知道去冬煉鋼有多少省了吧。」

「全國都在煉。沒有不煉的。人說中南海裏也有煉鋼爐，天安門下也築煉鋼爐。」

學者他，把手裏的地圖捲起來：「鬧天鬧地大煉鋼，那是全國的。舉國之力的。凡大煉鋼鐵的，都把山上、河邊、村頭的樹木砍光了。凡砍光樹木的，沒有不發洪水、不遭旱災的。凡遭水災旱災的，沒有能逃過這場饑荒的。現在每人每天還有二兩糧，不過今年冬，這二兩，可能就沒了。是死是活沒人再管我們了。眼下每人每天二兩糧，各自怎麼吃，就都各自計劃着。」學者說着話，望那一片同仁們。可同仁，沒人信着他的話。都信孩子的。把目光都重歸到孩子臉上去。都看見，孩子長高了，唇上有了毛毛鬍，頭髮也枯長，像逃難回來哪個村的年輕人。都看見，孩子把目光在眾人面前掃一下。

「挖吃野菜吧，」孩子說，「從前我們餓了都是挖着野菜過冬的。」

事就這樣成下了。

成了又敗了。

人都貓在屋裏不出門。不種地。不幹活。多都躺在床上節儉身上的力。沒有食堂了，人都去孩子那兒領糧食，自己燒飯吃。有人結合用鍋燒。有人用自己那的搪瓷飯碗燒。或用刷牙瓷缸到那火上燒。不知又都從哪兒，弄出了搪瓷茶缸和瓷碗。

已經很久沒人刷牙了。沒刷也就沒刷吧。

沒人洗衣服。沒洗也就沒洗吧，

一個冬天不洗腳和襪。不洗也就不洗吧。

太陽出來時，群而股之的，都去乾草地裏找野菜。反正都活着。誰和誰，很少說話兒。有人一天一頓飯，有人兩天才一頓。撿野菜，把牙缸、瓷碗用那石頭架起來，點上火，倒入水，抓一把紅薯黑麵攪進去，再把挖來的乾野菜洗一洗，放進去，以煮一煮就吃了。

沒死人。

一個冬天這麼過。

可冬天，冷比餓讓人受不下。煉鋼把樹燒盡了，世界上，連燒飯的柴禾都沒有。燒那野草和樹枝。冬天冷，沒人敢烤火。都把自己撿來的柴禾，珍惜珍惜放在床下邊。還有人，放在床上腳頭那一端，睡覺能取暖。發的糧，沒人知道誰的藏在哪，就像沒人知道別人的紅花和五星藏在哪兒樣。

一天一天過。

偶爾前排的，見了住在後排的，會驚得站下來，指着他的臉，「呀——你臉色蠟黃，別發的糧食藏着不吃呀。」後排的，指着前排的：「你才藏糧呢——看你腳脖子，不藏不會讓腳脖餓得腫起來？」沒有餓死人，天好地大一樁事。有人去挖乾野菜，去撿野柴燒，看見別的育新區，和荒野村莊裏，有人餓死着，用門板抬出來，挖坑淺淺埋下去，又被野狗、野狼吃去了。

九十九區沒死人，天好地大一樁事。

可上邊有話說，國家有難了，是被外國人、西方人，勒了國家脖子才饑饉大餓的。國民和國人，都應恨那外國的——西方大鼻藍眼的。都應為國家——度難把褲帶束緊一圈兒。育新區，由每天二兩供給改為一兩了。孩子管着糧，每周發一次，一人一牙缸的紅薯麵，約為六、七兩。有這每人每天一兩糧，人就餓不死。餓不死，也決然難活成。冷得很，屋裏如曠野。風可捲進人的骨髓裏。捲進人的心。冷又餓，有人就出來，看那沒有光的天。天上只有雲，陰的冷，人把所有衣服穿身上。有人披被子，走到哪，都把被子裹身上。因為餓，格外冷。因為冷，格外餓。冷餓到極時，就有人，活過今天不說明天了。明天死，今天也不願冷餓到極處，把半牙缸黑麵取出來，到一個避風無人的地方全煮了。煮成糊，全喝了，用指頭去刮碗裏留的糊漬湯。又用舌頭去舔碗。吃了這一頓，身上暖和了，到來日，別人煮湯他就只能看着了：「教授，你借我一口吧？」這樣哭求着。那個煮糊湯的教授扭頭看着他，收回脖子和目光，不說話，如同沒聽見，卻是自己吃得狼吞虎嚥了，生怕那人會過來，搶奪他的麵糊碗。

又一天。

又一天。

餓到第三或者第四天，有人從屋裏揣個東西走出來，左右看，去區院大門口，敲那孩子門。見孩子，屋裏有火烤，有股香的麵糊味。來人進去跪在孩子面前就磕頭：「我給你一本書，能換一兩黑麵嗎？」書從他懷裏抽出來，是線裝，發黃又發脆。「這是我家祖傳的一冊《文獻大成》啊，傳到今天五百五十年，我到哪，都把它藏着帶到哪。」

說着把書遞過去，見那書，都是毛筆抄寫小楷字，紙又柔，輕飄飄。孩子不知《文獻大成》是什麼書，但知它是好的物。接了書，給人挖出半瓷缸的紅薯麵。不只是二兩，約為三兩麵。來人六十歲，是那國家歷史研究所的人。歷史學家他。接了麵，像端着歷史樣，沉沉的，小心的，又磕頭感謝把麵藏在懷裏退走了。

這一天，到晚上，又有幾個來。月亮冰在天空裏，乾的風，呼呼呼地吹。孩子有柴烤火取着暖。五六人，都跪孩子那的屋，見孩子，烤火撕了一半引火的，是《神曲》，書頁的餘紙扔在桌腿下。他們一律手裏捧着書，先認罪，說當初沒有把書交出來，是因為，這書確實不反動，但也是那上邊文件寫着的、本就不該看的書。有一本，是五十年前引進外國來的《物理學》；另一本，是更早引之英國的《天體論》。還有幾本書，都是祖先的。其中幾冊是線裝古本的《史記》、《三國志》。獻書的，都說那書是絕版，一個國家眼下只剩一本、幾本了。孩子不知那書到底多珍貴。孩子接了那書，每人給他們一兩二兩紅薯麵。

又有很多都到孩子面前來獻書。先是一本換二兩或一兩，最後一本只換一把或半把。半月後，沒人再來獻書了。所有的，徹底沒了書。可孩子，又有很多書，都被弄進從來沒人進的屋。烤火了，就去裏邊取幾本。這一日，孩子點書烤着火，宗教走來了。宗教是在這天下雪時，人們都貓在屋裏被窩取暖時候出來的。他什麼也沒拿，進來也沒跪，直直立在孩子屋正央。屋裏充滿紅的光。孩子在光裏，看那連環畫，手裏還有熟麵餅。餅如一張紙，薄的、脆的，吃起來咯咯嘣嘣的。雖是黑麵餅，糧香味在那屋裏彌天蓋地飄。

盯着黑麵餅，宗教咽了一口唾液水。外面落了雪，光是陰的和灰的，卻是明白的。孩子放下手中連環畫，把一片麵餅擱到一本撕過頁的書頁上，看那宗教臉，在光裏亮成一片水。宗教把褲腿拉起遞給孩子看。孩子看那腿，粗得亮得如豎的一柱水。

孩子說：「老天呀！」

「我快餓死了，」宗教說，「我有四天除了喝水什麼都沒吃，來你這兒是扶着牆壁走來的。」

「我給你一兩麵，」孩子說，「但你不能讓人知我憑白給你半瓷缸的麵。」孩子進屋去，用書紙給宗教包了一捧麵。宗教打開就把生麵往那嘴裏吞。噎住了，孩子又給宗教倒水喝。吞了一口麵，有着力氣了，宗教包了麵，放在桌角上，用舌頭舔了上唇和下唇，伸長一下脖子道：「我不憑白的。」卻從口袋又取出一張和先前交的一樣的聖母瑪利亞的像，鋪在腳下邊，用腳去踩聖母的頭。去踩聖母臉。還特地，用腳尖，去聖母的眼上踩着擰一下，把那眼珠擰碎了。眼給擰瞎了。擰成黑洞了。把那一張畫像踩得七零八落然後間，把紙拾起來，揉成團，如撿拾垃圾紙，跪下來，朝孩子磕個頭，拿起桌上那把包的黑麵扶牆出去了。

孩子這才醒過來。這才明白剛剛生發的，看着宗教用腳尖擰下的、一片紙上的、留在屋裏聖母黑亮揉沙的眼珠兒，孩子臉上大愣然。又去看宗教。宗教出去了。外面下着雪，鵝毛鵝毛飄，想要關門時，看見作家蹲在屋門口。宗教出去時，作家看他手裏有紙包，眼裏放着光，可他想要站起進到孩子屋裏時，眼前一片黑，就又蹲下來，蹲着挪進孩子屋，隨手關下門，仰着頭，輕聲氣短說：

「你讓我活着，我還寫那《罪人錄》。今冬我，把所有人的言行寫下來，明春我依舊到那沙丘給你種出比穀穗大的麥。我考證，那沙丘下果真埋過古皇帝，我把小麥種在皇帝墓的正身上，全用我的動脈去澆血，保準所有的麥穗都如玉米穗，小麥粒比花生還要大。你拿着那麥進北京，住進中南海，我不要那五顆大的星，一輩子在這跟着你。這輩子，你讓我幹啥就幹啥——可你得讓我今冬活下來。」

孩子感動了，先把桌上放的黑餅給作家。他吃着，孩子進屋挖出滿滿一瓷缸的麵，最少一斤二兩重。作家臉上掛了黃的笑，眼前一片光明亮堂了。「越是這時候，」孩子道，「上邊説，越是要知道每個人都在想啥、説啥、做些啥——不讓你餓着，你一定，要把所有人的言行記下來；一定在明年，再給我種出一片比穀穗大的麥。」

點了頭，作家當天就開始，又那《罪人錄》的書寫了。

# 第十四章

## 《故道》

# 1 《故道》p425–431

莽莽野雪停下了，黃河兩岸的世界是一望無際的冷白色。去年大雪天，人都冒雪煉鋼鐵，忙累得每個人都狠不得長出四條腿和八隻胳膊來。今年的這個雪天裏，九十九區的人都貓在屋裏鑽在被窩中，誰也不動不說話，怕費了力氣添加了餓。唯一活動的，是學者會不斷扶着牆壁到各個屋裏走來走去着，到這個床邊推推被窩的人：「你還活着嗎？」見那人動動身子了，或睜着眼睛看他了，他便說：「咬着牙，一定要活着，上邊不會讓我們活活餓死的——讀書人全都餓死了，那這個國家也該餓死了。」不管床上的人聽沒聽到他的話，願不願去聽他的話，他邊說邊走就又到下個床鋪了，扒開蒙住頭的髒被子，看床上的那人閉着眼，他把手指放到人家鼻前試過一會兒，又去推那睡着人的肩：「醒一醒，你還活着嗎？一定要活着。」

再到下一個床：「你還活着嗎？——一定要活着，活着就能看到上邊讓我們到這兒育新懊悔的事。」

學者如是這九十九區的上邊樣，召喚同仁要活着，千萬要活着。不知他是不是這兒學問最大、職務也最高，可他肯定不是這兒年齡最長的。沒有人推舉他是要活着的組織者，去做和孩子一樣大家上邊的人，可他就這樣自己一個床鋪、一個床鋪，一個屋裏、一個屋裏去走說。都知道他曾經給北京最最上邊的領袖起草過哲學講演稿，翻譯、修改過最最重要的書，於是除了聽孩子，也聽他的了。

都望着他的臉，很疑惑地問：

「上邊不會不管我們吧？」

他搖頭：「絕不會。不出半月上邊一定會來人看我們。」

又到女的屋裏去，問一句「都還活着嗎？」看見女的都在床上翻身看着他，他從口袋取出幾個紙包兒。「野草籽，跟麵摻到一塊煮煮吃。」給每個女的一包野草籽，最後到音樂面前把紙包放在她的枕邊上，摸了她的臉，捏了她的手，爬在她的耳朵上，「起床去吃吧，給你的是麵和小麥粒。」然後轉身扶着牆，大聲地：「都活着——上邊不會不管我們的，雪化有路了，上邊一定會有人給我們送糧食——說到底，國家還需要讀書人！」

就都信了他的話，把每人每天一兩的黑麵裏，摻野草，摻樹葉，也摻一些鹽鹼田地的淤泥土，和成麵，烙成泥土野草餅，餓了吃幾口，用開水、生水順下去。泥麵黑餅吃多了，人都屙不下，學者又組織同仁們，一對一，你拉屎時我趴在你的屁股上用筷挖，我拉時你趴在我的屁股上用筷挖。女人也這樣。外面冷，學者怕大家一冷一餓去廁所時候死在院裏或路上，就通知大家都在屋裏解，小便可尿在屋門口，或有多餘的碗瓶兒，尿到碗裏、瓶裏倒到屋外去。人都依照學者說的在屋裏大小便，所有的屋裏便塞滿了屎尿的臭味和騷味。這樣過了十天後，雪化了，通往區外的馬路上有了乾地和路形，果然就從上邊來了人。人們都在各自門口曬暖兒，捉蝨子。有女的給男的補衣服。到了午時候，太陽暖到可以不穿棉襖也不覺太冷時，有人指着大門外空寂無人的大道說：「快看呀！快看呀！」就都看見一片鱗白鱗灰的曠野裏，有一輛吉普駛過來，像一葉小舟顛在風浪水面上。待那吉普到了九十九區大門口，從車上走下幾個人，最前的穿了灰制服，頭髮花白，呈着偏分，瘦高個，刀條臉，牙很白，卻是微微地向唇外掙着牙身子。他走在最前邊，人都圍着他，推開孩子的屋門走進了孩子的屋裏去。

大家已經一周沒有見過孩子了，都想孩子是去鎮上開會吃喝了，不想這時孩子還在屋裏邊。他們在那屋裏呆了半個時辰後，又從那屋裏走出來，一旗人朝着曬暖的人們慢慢走過來。孩子跟在人後就像一隻羔羊跟在幾隻聚在一起的頭羊後，到了前排房的一片日光中，最上邊來的穿制服的瘦人臉上先是有些興奮的亮，及至看到日光下的人們全都腫着的臉和水亮浮腫的腿，瘦人臉上的光亮沒有了，成了灰白色，不說啥兒話，只扭頭看着身邊的人。身邊跟的就低頭，嘟囔着説了幾句啥，上邊的瘦人眼圈就紅了。他讓孩子把所有的人都集中到前排太陽下。孩子就跑着到各個房間去，大喚着説，「集合啦——上邊來人看望大家啦！」喚到有些喘氣時，所有的都從屋裏出來了，全都扶着牆，或相互攙扶着，到了前排空地上。日光黃黃爽爽，像透明的液體灘在地面上。上百張全都腫脹透亮的臉，在陽光下如吊在半空的一片水袋子。午時的區院裏，雖冬天，因為沒有風，溫暖就在地上漫軟軟地流。院外曠野地裏未及化的雪，在太陽下映着刺眼的光。人都餓得頭暈目眩，不敢朝着遠處望，就都望着腳下半乾半濕的灰沙地，看見上邊來的人中那個最最上邊的，穿了尖口布鞋，鞋面是黑色，鞋底是手針納成的，白得和雪樣，沾在鞋底邊的紅沙粒如人們擠破蝨子的血。他穿的是灰色呢褲子，褲紋直得如尺子立在他的褲腿上。人們站在他面前，沉沉默默一大片。他望着大夥兒，大夥也都望着他。我、學者和音樂，站在最前邊，知道他是上邊上邊的，不知道他是地區還是省裏的，就都那樣望着打量着。靜得很，每個人都能聽到自己因為飢餓過度引起的或輕或重的耳鳴嗡嗡聲。還聽見陽光在地上觸碰沙子微弱吱吱的響，還有在那靜中人們和上邊們相望時彼此目光的磨擦聲。就在這奇靜細微的聲響中，大家等着上邊的開口説話兒，可在忽然間，最上邊的卻眼裏流了淚，猛地朝大夥跪下來，說了句和學者說的一模一樣的話：「國家需要你們啊，你們餓死了，國家也就餓死了，無論如何你們都要想方設法活着哪！」說完後，他跪着朝人們磕了三個頭，又說了一句「國家對不起你們了！」起身擦了淚，最後看了日光下那一片吊在半空如水袋一樣浮腫發亮的臉，擦着淚轉身朝大門那兒走去了。

跟來的，也都跟着走去了。

一旗人馬跟着那最為上邊的瘦人回到大門口，從吉普車上搬下來兩袋麵，瘦人拍了拍孩子的肩，由孩子把麵搬到自己屋裏去，又對孩子說了幾句話，就都又上車，轟轟哢哢朝別的育新區裏開走了。雪剛化，吉普車跑着甩起了許多雪泥水。在他們走了後，人們的臉上都有興奮的紅，都看見有兩袋麵搬進孩子屋裏了，就都圍過來，在孩子面前站下一大片。等着孩子給大家分麵時，學者好像終於想起了什麼了，他擠在人群裏，有些驚訝歡快地大聲問：「你們知道那剛才來的是誰嗎？——我想起是誰了，竟然是他從北京來這看望我們這些人！」

所有的人，就都扭頭望學者，圍着學者等他後邊的話。

「他是國家領導啊——一個國家的事務都由他管啊！」

全都愕然了，半信半疑着。可凡從京城來的卻全都恍然大悟了，明白那個瘦人、分頭、穿制服和中式鞋的上邊的，確是來自京城上邊上邊的國家領導人，是國家大執事。國家除了偶或有人領導他，他就是頂頂上邊了。於是間，便都又慌忙把目光從大門口追到門外通往世外的馬路上。而那馬路上，除了在雪泥裏留下的兩道車轍痕，別的什麼都沒有，就都在臉上留下喜悦和憾事，重又把目光收回來，便見着孩子手裏拿着分麵的牙杯兒，盯着學者的臉，半是埋怨半是怒惱地說：「你認出他是京城上邊的，為啥不讓他給我發一張獎狀戴一朵紅花呢？為啥不讓他給我戴一朵紅花呢？」

說着話，孩子失落的站在那，臉色灰灰有淚從眼裏悔急悔急流出來。

# 2 《故道》p431–438

以為最最上邊、上邊的國家領導來看了育新區，所有的事，都會一了百了，迎刃而解，如一團亂麻被國家的領導抽出了最有序的繩頭兒。至少飢餓該到此了結，重新恢復到原來每月給大家供給的糧數上。可那最最上邊的走了後，除了他留下的兩袋麵——一袋細糧小麥麵，一袋粗糧玉米麵，每袋一百斤，其餘別的事，都和他沒來樣。都依然還是白茫茫的無奈和絕望。

雪是大都融滅了，只有低窪和土堤沙嶙的背陰下，還有白色和凍死的土。二百斤的麵，每人分了不到二兩一牙杯，幾天後，麵盡了，人又開始餓起來。更為可怕的，是每人每天供給的一兩粗糧沒有了。上邊説，人民都沒吃的了，還管什麼育新區。就都挨餓了，在荒野要自己尋食養着自己的命。時入臘月間，有個同仁餓死了，明明昨晚還有人看到他在床上翻身子，來日他就死在了被窩裏。他是省會農科院的研究員，專門研究糧種培育的，也是他領着人們種那畝產萬斤的實驗田，可卻首先餓死了他——這老天。學者帶人把他埋在區院後的空地上，收拾遺物時，發現他的枕頭下藏着再次掙的一把小紅花，共有七十朵，裝在一個信封裏。要換五角星，已經可以換到三顆了。

同屋的，把這一信封小花燒在他墳前。有人說燒掉可惜了，學者瞪了那人一眼睛，也就燒掉了，讓小紅花伴他到了另外一個世界裏。九十九區也終於有人餓死了，活人自然也都更加心慌了，和他同屋的，就都搬到別的屋裏睡。學者又一個一個屋子扶着牆去說：「別睡了，不能活人活餓死，都到野地去找吃的吧。」就都慢晃慢晃到區院周圍的田野裏，扒草根，找那秋天留下沒有枯腐的玉米棵，去荒草地裏如剝豆一樣尋那草棵上的野果和草籽。上午太陽升上來，地上暖和了，人都走出去。有人走不動，就如狗一樣在地上爬着走。在那曠野裏，人們蹲着、爬着找那草籽野果時，像放荒在曠野的一群羊。到了日落時，人再走着、爬着回到區院裏，如羊在日落時分依時歸圈般。可就在這天黃昏裏，人們又都挪着、爬着從荒野回來時，有人看見埋在區院後邊農科院的研究員，他的墳被扒開了，那席被裏的屍肉被人挖走了一塊又一塊，大腿上、肚子上留下的洞，如黑土泥地被鍬鋤用過了力。

人已經開始偷吃人肉了。

落日帶着冬寒在曠野微暖一會後，紅亮被陰雲遮蓋住，風從北邊灰嗚吱吱地吹過來。不知是誰先看到了那被挖開的墳，待學者、宗教從後邊趕將過來時，大家已經在那墳坑圍了一大片，像看一樁奇異驚恐的事，臉上都掛着驚愕和雪白，不敢相信他們中間有了人吃人的事。音樂、醫生幾個人，她們看着那被挖開的墳坑和切割過的屍，蹲在地上哇哇地吐。學者是拄着一杆樹枝拐杖從後邊趕來的，他深陷的眼窩裏呈着黑，到那扒開的墳前看一眼，把拐杖樹枝朝地上猛一丟，臉上有了噴血的暗紅和鐵青。「我操他奶奶，敢吃人肉你還算他媽的讀書人！」罵着回過身，把目光朝後邊的人們掃過去，像要從那些人中找到是誰扒吃了研究員的屍。然就在他掃這一眼後，人們都在他的目光裏驚着時，學者卻收回目光不看了，開始大步地朝着區院走回去，腳下的風，快如他從來沒有飢餓過。可沒有幾步後，他卻又不得不扶着區院的青磚圍牆喘着粗氣兒，不得不停下，一把一把擦着滿臉亮白虛飄的汗。

宗教領着大夥兒，也都快快慢慢跟在學者身後邊。原來爬在地上挪動的人，也都不再爬着了。似乎都知道將要發生一樁什麼事，都腳下生着力氣了，跟在學者和宗教後邊追着去看那將要發生的事。

歇下一氣後，學者開始走着朝南拐，走進了區院的大門裏，再歇一會兒，又徑直朝着最後一排房子走過去。一切都如學者料定的樣，他到後排房裏推開最中間的房屋門，人一下就轟隆呆在門口了。在那中間的屋子裏，有兩個同仁這天沒有和大家一道去荒野地裏尋找野菜和樹根，他們留在了宿舍裏。他們一個是省裏的文化處長，另一個是國家教育部門的副廳長。本來說，他們該是管着人的上邊人，可他們管着管着也自己到了育新區，成為罪人了。因為吃了人肉他們不再飢餓了，就有力氣並肩用一根繩子把自己上吊在了屋裏的房梁上。他們衣着潔整，梳理索利，吊在房梁上，盯着進門的學者和跟來的人。而在他們身邊的窗口下，用石頭架了一個破邊的鏽鐵盆，盆裏還有半盆煮過肉的水，盆下是柴還未滅的灰火燼。學者走進去，用腳踢了那煮肉的鏽臉盆，看見了窗口桌上放着一個紙包兒，過去打開來，見那紙包裏包着幾十朵他們倆掙的小紅花和兩枚五角星，而且在包紅花、五星的一張白紙上，用鉛筆寫着一封他們留下的信：

> 對不起，是我倆吃了這農科員。肚子吃飽了，我們有力氣上路先走一步了。人死如燈滅，再也不用育新造就了。你們誰想多活幾天就把我倆吃掉吧。唯一懇求的，就是你們吃了我們後，把我們的骨頭隨便埋在哪，將來通知我們的家人把我們的骨頭帶回去。
>
> 謝謝同仁們，把這些紅花、五星留給你們吧。

看着那管過人的上邊留下的信，學者臉上的青紫沒有了。他有些平靜地立在那，宗教問他寫了啥？他把那信遞給宗教看。宗教看了又把信遞給別的人。那信從屋裏傳到了屋子外，到末了不知是誰看了信後説：「把他們卸下吧。」就把這兩個死前吃飽了肚子的同仁卸下了。

「該讓孩子來看一眼。」欲要去埋時，我看着學者説，「不然孩子還以為他們丟了是他們逃走了。」猶豫着，學者就把這兩具死屍放到他們自己的床鋪上，到孩子屋裏去告訴孩子説。日色已將淨盡去，最後的一抹紅光像浸在地上的血。學者踏着這紅血走着時，像餓蛾飛在血面飄乎乎的搖。他聽到了自己肚子裏嘰咕咕的飢餓聲，似乎有水在肚裏流動要把他的腸胃都給沖帶走。不光餓，因為餓還讓他的腸子拽着疼。他把手扶在肚子上，用力朝下按，這樣擠着就把身上的力氣都壓到了腿上和腳上，就有力氣朝前走去了。有一隻野雀落在孩子門口的地上覓食兒，學者看見那野雀，很想把那野雀吞進肚子裏。他咽了一口唾液後，立下腳，撿起一塊石頭瞄着野雀擲過去，結果那核桃似的石頭離野雀還有很遠就已經落下來。他連擲一塊石頭的力氣都沒了。野雀看了學者一眼，譏嘲地叫下一聲朝向天空飛走了。學者就慢慢走過去，在野雀刨過的地方找，他看見那刨過的沙土地上有兩粒乾的麻雀屎。望着那米粒似的麻雀屎，學者沒有猶豫就撿起放在嘴裏了。不知他嚼沒嚼那屎，臉上顯出一些怪異的表情後，伸一下脖子，他把那雀屎咽下了。

「能吃嗎？」宗教和音樂、醫生從後邊跟來問。

「能。」學者説，「麻雀在冬天是吃草籽過冬的，草籽又不髒。」

他們就到孩子門前了，先爬在窗口聽了聽，沒聽出動靜來，又到門前去敲門，直到從屋裏有個細微的聲音傳出來，學者才一把將孩子的屋門推開來。和推開那兩個上吊的同仁屋門樣，學者、宗教、音樂一行人，都叮噹一下在門口呆住了。不是看見屋裏有了死人那驚冷顫慄的呆，是火紅彤亮發光的呆。孩子沒有像人們那樣餓得只還有一氣兩氣兒，他眼窩陷下去，可臉上還有光。滿屋都是光。黃昏前的光亮洩進孩子屋子裏，大家看見他躺在床鋪上。而他的床邊、床頭和床裏的牆壁上，別滿、掛滿了他那被燒掉、上邊又如數補發給他的獎狀和紅花。四方光亮的獎狀一行行排着貼滿他床裏的牆，而那些大大小小的紅花，綢的、絹的、紙的、大紅的、深紅的，豔淺粉淡的，都繫在一棵細繩上。繩子從床頭開始懸着繞在床旁走了一圈兒，那紅花就開滿了床頭、床旁和床腿。孩子的整個床鋪都被這紅色鮮豔夾纏着，加上他床上鋪的織染的紅床單，暗黑深紫的紅被子，孩子就完全被那彤紅包着了，使那床鋪如同燃着的一蓬火。孩子如從火裏新生的一個聖嬰樣。他躺在那一片紅花光亮裏，被子蓋在身子上，床頭的邊上放了一把椅，椅子上放了半碗炒黃豆和半碗燒開水。炒黃豆的香味因為飢餓而顯得粗壯淩厲，一股一股擰着飛在屋子裏。孩子在床上半坐半臥着正看一本小人書，他邊看邊伸手去椅子上摸那碗裏的炒豆吃，豆子吃多了，還欠身起來端碗喝口水。孩子就是在看書、吃豆、喝水時候，學者、宗教幾個進來了，他們先把目光怔在那紅上，之後又都把目光擱在那碗炒豆上。

「又餓死兩個人。」學者說，「都餓得人吃人肉了。」

把小人書放在床頭上，孩子坐起來，「我前天去了上邊啦。上邊說我們第九十九區餓死得人最少，獎給了我幾斤炒黃豆 —— 你們也吃吧。」說着又把目光落在那半碗炒豆上。

「有人偷吃人肉了。」學者繼續道。

「上邊說」，孩子望着宗教的臉，「最重要的是不能讓人離開區裏跑出去。」

「再不下發糧，所有的人都會餓死的。」

「我知道 —— 餓極了就會有人跑。可你往哪跑？上邊說一世界都鬧饑荒哩，滿天下就我們這兒人稀地廣，咋樣也要熬過這個饑荒的冬。」

學者盯着孩子的臉，「總不能讓人吃人吧？」

孩子把手裏的畫書又朝後邊翻一頁：「世界在早年也有過大饑荒，人死了滿天下。還有大水災，差不多全都淹死了。只活了挪亞一家人。」

學者還想說什麼，可他卻只是在那一屋紅裏站一會，又木然地走將出去了。走出門後又回頭望一下，示意讓跟去的我和宗教、音樂也都從孩子的紅裏走出來。

就都跟着出來了。

然在都走到屋門口，宗教把音樂讓到屋門外，自己淡下步子卻又轉回身，站在孩子床前的凳子邊，瞟了那半碗炒黃豆，用鼻子深吸了一下豆香味，又把目光落在孩子手裏的小人書上，只一眼就看見孩子看的仍然是那本《聖經故事集》的連環畫，於是乾笑着，把手伸到自己的懷裏摸索一陣子，掏出一個鼓鼓的信封來，從信封中取出一張疊為長方形的彩紙展開後，又一張聖母的彩像就亮在了孩子的一屋紅色裏。「這是最後一張了。」宗教有些難為情地淡笑一下子，「真的是最後一張了，你給我一把黃豆吃，我不僅可以把聖母的像放在腳下踩，可以把聖母的眼珠摳出來，把聖母的鼻子和嘴撕爛嚼嚼吞進我的肚子裏，讓聖母在我的肚裏變成糞，我還可以聽你的，對着聖母的臉上灑泡尿。」說着宗教瞟着孩子的臉，右手去聖母的亮眼珠上摳起來，且果然把聖母的眼睛又摳出一個洞，使聖母的又一個眼珠成為一個紙片落在了地面上。可就在宗教摳下聖母的一個眼珠去摳第二個眼珠時，孩子臉上的紅黃成為黑青了，他扭身抓起一把碗裏的豆 ，一下朝着宗教的身上、臉上打過去。宗教未及把聖母的第二個眼珠摳下來，那炒黃豆就飛來擊砸在他的臉上和身上，落滿一屋子。

孩子不說話，雙眼死死盯着宗教的手。

怔一下，停着摳眼珠的手，宗教又瞟一眼孩子的臉，稍稍遲疑後，慌忙蹲下撿拾黃豆了，且邊拾邊往嘴裏塞，嚼豆子的聲響像一片錘子敲在石板上。

# 3 《故道》p439–457

當九十九區餓死到第八個人，區院四圍三五幾里地的草根、草籽和偶然留下的一株小樹上的皮，都已淨盡沒有了。再想扒些草根、捋些草籽吃，必須要到遠遠的幾里外。有人提着做飯用的瓷缸、瓷碗和火鐮日出時分朝外走，落日之前趕回來睡。他們誰也不跟誰説自己朝哪去，從床上起來就走了。散到遙野的曠荒裏，找到一片野茅草或者狗尾巴草，把那茅草根兒扒出來嚼，把狗尾巴草上的穗籽揉在一張紙上或者衣襟上，待草籽夠了一把或半把，弄來水，把火鐮在一塊白光石上敲，火星濺到用棉花擰的火繩灰頭梢，嘴一吹，着火了，便就地生火煮一碗草籽湯。草籽湯是黃綠的黏稠狀，喝下有一股腥草黏土味。為了遮掩那濃烈的草腥味，有人把地面呈白的鹽鹼硬殼揭下幾片煮進湯碗裏，那草籽湯就有澀滯的鹹味了，草腥氣就淡到可以忍受了。可那黃綠的湯，喝多了人就拉肚子。這一拉，人就不能走路了，便活活拉死、餓死在了這個冬天裏。為了不拉肚，就要把地上的殼鹼多放些，可那地鹼吃多了，人的肚裏、心裏會燙得如着火，燒得鬧騰，人就晚上睡不着，來日腿上飄忽，就有人在去找草根、草籽的荒路上，忽然倒下去，再也沒有爬起來。

也就隨地選個窪坑把他埋掉了，在墳頭放塊石頭或者插根棍，做個記號記住某某死後埋在了哪，以備將來把他的死屍繳給他家人。可在第二日，那插在墳頭的木棍不見了，那堆着的石頭也沒了，大家就忘了把他埋在哪兒了。

到了臘月間，當九十九區的人們餓死到第十八個，有一天，大夥在去捋草籽之前，都在院裏討論究竟該在草籽湯裏放多少地鹼時，我發現音樂的臉色和大家不一樣。所有人的臉上都是臘黃或者人至將死的鐵青色，可音樂的臉上還有淡淡紅潤的光。死就像風來風去樣，說吹來也就吹來了。男人女人們，早已經沒人洗衣、梳頭和刷牙、洗臉了。可音樂的頭髮卻是梳得齊齊整整，辮成一個獨辮兒，髮梢上還紮了結成花的暗頭繩，那淺紅的女式制服上衣，也穿得乾淨利落，疊下的衣紋都還橫豎在她的胸腰間。

我開始對音樂存下疑心了。她站在一堆人的人群外，我站在人群外她的正對面，透過每個人都如乾柴般的瘦脖子，小心地瞟了音樂一陣後，我朝她的身邊挪過去，竟還在她身上聞到了淡極如絲的一股雪花膏的香。我有些驚異的站在她身後，心裏有竊竊的訝異和自喜。從饑荒到來後，我每記下一頁人們的言行，孩子就給我一把麵。到後來，大夥都絕斷供給，沒有糧食了，我每上繳五頁，孩子給我一把麵。再後來，孩子沒麵了，我每次去繳我的記錄時，孩子都給我一捧半把炒黃豆。九十九區裏的人，人人浮腫無力，隨時都會死，可我或多或少沒有斷過糧。

我也餓，可我不會死——只要我每天都能偷偷記下一些人們的言行來。然在這些天，因為人人都分散到遠處揀拾草籽煮湯了，我已經很難再聽到、看到他們的言行了。我已經有五天沒給孩子繳過《罪人錄》，沒有得到孩子獎的炒豆了。我決定從這天開始就跟在音樂後，把她的一言一行記下來，弄清她吃了什麼臉上還有潤紅色，然後我就也有吃的了。說不定臉上會和她一樣也有活人氣色了。九十九區已經餓死了十八個，她卻還穿着齊整，洗嗽乾淨，身上還有散散淡淡一股香味兒。議論完了一碗草籽湯中該放多少地鹼後，人都如往日一樣朝着區院外面走，拄棍的拄棍，扶牆的扶牆，走出區院院落時，如天色放亮後牧羊人開了圈的門，羊群都各自散開地朝着圈外的野地去。有的東，有的西，有的三二結伴，有的一出門就獨自朝着某個方向孤影着。

太陽已經高到將懸頭直正的位置上。慢慢泛白的荒野裏，鍍上了一層薄黃的光。走去的人影兒，一個個由大至小，最終都成為黑點消失在了荒漠裏。我站在區院大門外的一邊等着音樂走出來。她就果真走回屋裏取了捋草籽的袋，和醫生一道出來了。在門口，不知她們說了啥，醫生東，音樂朝着東南的方向走，不快不慢，像有目的地朝着那兒去取一樣東西般。我賊在她身後幾十米，一樣手裏拿了裝草籽草根的一個袋，以備她發現我了能有一副去找草尋食的樣。就那麼跟着走，太陽把我的影兒投到左側像倒下飄移的一段枯樹杆。走了一段後，飢餓讓我氣喘嘘嘘如跑了十幾里的路。而沿着小路一直向前走着的音樂，卻是腳下越來越快了。到了下一個路口上，在我蹲下喘息時，她剛好轉過身子打量起什麼來，見身後和四野沒有人，便把腳步放慢了，拐個彎，沿着正南的土道往九十八區正前走。

她在土道上，我在野荒地裏隨着她，到七、八里外九十八區的一片房子南，她不再向前了，而是從路邊拾起一根一人高的樹枝插在路邊上，然後朝九十八區向西一里外的一排煉爐走過去。

事情是約好在先的，音樂把那樹枝插在九十八區路邊沒多久，從那區裏走出一個中年男子來，穿了泛白透黃的舊軍服，過來把那路邊的樹枝撥下放在田頭上，也朝着那排舊的煉爐走去了。不一會的功夫後，音樂從煉爐出來看了看，對走來的男人笑一下：「捎來沒？」男人從腰間取出一個比拳頭大的小袋兒，朝空中舉一下，兩個人就都鑽進那個煉爐裏。

我爬在煉爐不遠處的一個土坑裏，把頭伸在一蓬野草間，模模糊糊看着這一些，有些明瞭了事情的原委與曲直。日已平南，從黃河故道吹過來的風，在轉暖的日光中，變得溫和如拂在天空中的絲。

原來的冬寒在正午時候淡下去，曠野中鋪了薄淡一層暖。從還硬凍的土坑爬出來，我開始朝那豎着的煉爐悄悄走過去。那煉爐是去年冬天九十八區煉鋼燒鐵留下的，現在成了音樂和穿舊軍服那人的姦房了。那排煉爐裏不知煉出過多少渣子鐵，一年後外爐壁的浮土都被風吹去後，留下光禿禿的焦紅黑褐裸在天底下，一排爐像一排豎在那兒碩大生銹的鐵垜子。他們是鑽進了那排煉爐的第二個爐，我到那爐前門口在地上蹲一會，豎着耳朵沒有聽到一點動靜後，又朝那爐後走過去。從兩個爐煉的縫間爬到爐頂上，原來爐頂熄煉澆水的洞眼如井口一樣對着天。我開始爬在爐頂上，屏着呼吸朝那爐井爬過去，一步一步靠近及至到了那爐井口，朝煉爐下面望一眼，慌忙又把我的目光從爐井下邊拽着收回來，一下呆坐在了爐頂上。遠處有人在草地捋草籽。有人已經開始在那兒點火燒煮草籽水湯了。坐在煉爐頂，看那遠處升起的煙，我就那麼木木地坐了幾秒鐘，讓自己狂烈跳動的心緒緩平下來一點兒，又悄悄爬在爐洞口，把目光再一次朝煉爐裏邊伸下去。那煉爐裏有半間房的空間大，在靠北佔一半的地面上，鋪了很厚一層乾野草。乾草上有一床很髒很舊的粗布被，被子破了幾個洞，露出的舊棉絮如埋在土裏過了幾年的腐草紙。音樂和那男人的衣服都脱下堆在被旁邊，兩個人身子鑽在被窩裏，頭和肩裸在被外邊。男人正在音樂身上豬一樣氣喘噓噓地忙着他的事，而音樂，把頭從那男人的身下掙出來，半仰着盯向斜上方。斜上的爐壁那兒有個小窯洞，那洞裏放着一個黑窩窩，距音樂的眼睛二尺遠，像一盞燈吸引着音樂的臉和眼。男人不讓音樂現在吃那黑窩窩，讓她專心他們身子的事，可音樂望着那窩窩，眼珠瞪得將要爆出來。這樣過了一陣後，男人在她身上不動了，停歇一會，欠身去他的軍褲口袋又摸出半個白麵饃。他把那黑的窩窩放到一邊去，將白饃放在窯洞口，像把一盞燈的光火撥大了，對音樂說了三個字：「純細糧」。然後用手搬了一下音樂的肩，音樂便慌忙從被裏站起來，爬在地上如狗樣，讓男人從她的後邊朝着裏邊進，而她卻更是抬着頭，拉着自己本就瘦長的脖子死死盯着那半個白麵饃。

男人是愈發的瘋顛張狂了，從音樂的後邊進進出出時，發出嘶啞快活的尖叫聲。而音樂，一絲不掛，裸爬在地面，一隻手扶了煉爐燒紅的壁，把她的身子弓着撐起來，另一隻手，伸出想要去拿那半個饃，被那男人打一下吼：「等一會！」音樂便慌忙把手縮回去，重又直勾勾的盯着眼前那半個白麵饃，如在黑死的屋裏盯着一團兒光。這當兒，男人說着更快的動作着，像瘋了一樣歡快和猛烈。我爬在爐頂的井口上，目光僵直了，眼角有了火辣辣的疼。我不知道他們在那爐裏做了多久這偷情通姦的事，直到男人發出一聲狂亂的嘶叫聲，從她身上癱着坐在被子上，才自言自語了一句話：「痛快死了，真得大謝這饑荒。」而音樂，則慌忙用雙手去抓起眼前的窩窩和那半個白麵膜，一樣一口地輪換吞起來。

到音樂快要把饃吃完時，男人有些難為情地說：「我那也沒多少糧食了，我們隔一天到這一次吧。」

音樂怔一會，忽然上前一步抱住男人親一下：「你是上邊的人，可以去上邊要。明天你不用給我白麵饃，你只要給我一個窩窩就行了。」

「你們城裏的讀書人，就是比鄉下人弄着好。」男人最後笑着說了這一句，開始去提着自己的衣服穿。

到這兒 ，一切也就安靜了。我開始把頭從井口慢慢縮回來，坐在煉爐頂上的太陽下，腦子裏嗡嗡嗚嗚一陣了，不斷想到音樂雪白的肉身子，想到她在男人身下盯着窩窩的眼和狼吞虎嚥那半個白饃的樣。天空裏潔淨曠闊，遊雲在高遠的日光下，發出絲絲微微向前移動的腳步聲。前後左右，又多了幾處煮吃草籽湯的煙，擰成麻繩狀豎在天空後，然後凝下來，似乎不動了，卻又慢慢散開消失在天空間。說到底，這是正臘月，空氣中有很厚的冷氣在漫散，只是夾有薄薄一層午時陽光的溫暖味。沙地和草根，在這冷暖相間的氣味中，發着灰黃的光，把自己乾沙枯草的味道揉在陽光下，變成水草在日光下風乾後的原野味。就在這七雜八亂的味道中，我辨別出了從煉爐飛出來滯留在天空下那半白的饃香和炒黃豆那焦燎閃亮的豆味兒。望着遠處升起的煙，我伸長脖子吸了一口那饃香和豆味，隨後聽到了身後煉窯裏有了腳步聲，本能地把身子朝爐背腰間縮了縮，扭回身，爬下來，看見音樂和那男人從爐窯走出來，左右望一陣，各分東西了。

待他們走遠後，我從爐上走下來，到爐窯裏看見她們蓋過的被子疊成一個方塊兒，放在窯裏的一個背風避雨的凹窩裏，上邊蓋了一蓬草。我把那乾草撩下去，掀開被子，聞到了被子裏有股污髒的腥臭味，可在那腥臭裏，我把被子提起抖了抖，撿到了抖掉在地上的幾粒炒豆和饃花。慌忙把那些饃花、炒豆撿起放進嘴裏吞下去，把抖開的被子重又疊好後，將那些乾草重新又蓋在被子上，從煉窯爐裏走出來，我看見那穿軍裝的男人朝九十八區去，音樂朝着九十九區的方向走，她那件淺紅的小領制服上衣在路上，如一蓬燃後不熄文文的火。

我也朝着九十九區的方向走。

回到九十九區裏，出去捋草籽煮湯的人們都還沒回來。院裏的靜，和城裏荒廢的一個陵園樣。孩子的屋門還關着，門上落了鎖，不消說，他又到鎮上總部了。朝那瞅一眼，我很想儘快見到孩子對他說了我今天所見的事。我知道對他說了他會給我半把炒黃豆，可寫出來他會給我一把炒黃豆。我真的很想對誰去說我所見到的事，告訴他為何音樂臉上還有人的氣色和紅潤。可以的我年齡和經驗，我明白音樂和那男人的事情還沒完。明白我看到的音樂和那男人只還是一場大戲拉開幕後的一場墊場戲，是故事的開始和序幕，我應該沿着故事的線索神鬼不知地走下去。只要跟緊故事的線，我也可以和音樂一樣弄到窩窩、白饃和炒豆。

太陽已經西偏了，很快會有人從野外撿捋草籽走回來。站在區院內，讓沉靜在我四周積壓一會兒，我本能地朝女宿的門口走過去，可我拐過牆角時，卻看見音樂從學者的宿舍那邊走回來。迅速地閃躲一下後，待音樂走進她的屋，我朝着學者的宿舍走過去。因為幾乎沒有外人走進區院裏，因為人都飢餓到吃草吃人肉，誰都沒有值得被人偷的東西了，所以除了孩子外，大家外出都不再關屋門。我徑直進了學者的宿舍裏，徑直到了學者的床前邊，一眼看見屋裏大家的床鋪被子都沒疊，只有學者的被子疊得四方四正放在床頭上，而且樣子是剛剛疊過的，被子被抖後的蓬鬆還沒塌下去。我猜測是剛才音樂進來把學者的被子疊了疊。將目光落在那疊好的洋布藍被上，把手朝被裏伸一下，不出所料地我從學者的被裏摸出了一個胳膊粗的布袋子，解開布袋口，那袋裏有一捧炒黃豆。我抓了一把吞進嘴裏後，又一邊把一捧黃豆往我口袋裏裝，一邊把學者的被子抖開弄亂，和別的床一樣早上起床沒有疊的樣。

從學者的屋裏走出來，我快步朝我的宿舍走去了。

第二天，我又跟着音樂朝那七、八里外的九十八區走，又見她豎起路邊的樹枝在田頭，那穿軍裝的男人就又從區裏出來了。他們在煉爐完事後，我跟着音樂走回去，竟又在學者被音樂疊好的被裏找到了半個白麵饃。我已經有半年沒有吃過細糧了，已經忘了細糧白麵是什麼味。抓住那半個白饃時，我未及仔細看一眼，就把那白饃往嘴裏塞，乾硬的饃塊在我嘴裏先是噎一下，接着我的口水把那硬饃化開一層兒，那股呈灰呈白，如炒芝麻般香的饃味，跌跌蕩蕩，突然捲在我嘴裏，撞得我的牙床、舌尖和渾身的腸胃都哆哆嗦嗦着，使我沒有顧及細細品味那饃香，就把那乾饃一口一口吞進了肚裏了。直到把半個白饃吃完後，留在牙縫的饃花才讓我感到了那饃味不是芝麻香，而是小麥麵那澱粉和花生油混合一塊的雪白鮮紅的香味兒。品着那味道，在學者的床前癡呆一會兒，吃完饃如有樣珍貴東西丟失般使我遺憾着，把學者的被子重抖成早上沒有疊的樣，我又從他的床邊走開了。

站在空寂的院落裏，回憶着饃香味，我想起了我種的比穀穗還大的十八穗血麥兒。我想誰有那麥穗兒，誰就可以聞着麥香度過這饑荒。

第五天，所有的罪人又都出門去捋草籽時，我和他們一塊出門了。大家朝着西北走，我獨自朝着東南走，到一塊鹼窪地裏蹲下後，等着音樂從區院走出來，去把路邊的樹杆豎在九十八區的路邊田頭上。可是直到太陽高至半空時，也沒見音樂從女宿走出門。擔心是我的疏漏讓音樂從我的眼皮下邊過去了，我裝出尋草捋籽的樣，到了那一排他們通姦偷情的煉窯裏。第二個煉窯爐，裏邊的草和被子被移到了有日光的那一邊，可那被子齊齊疊在草鋪上，上邊又蓋了乾草和樹枝，完會是一堆沒人動過的樣。

音樂和那中年男人這天都沒到煉爐來。

回到區院後，徑直到女宿的第二個門，進去看見音樂正在洗衣服，而且是洗她穿的那個我親眼見過的機織粉色褲頭兒。「有針嗎？」站在門口我這樣問一句，音樂慌忙甩甩手上的水，去抽屜給我取出了她的針線小紙盒。「哪破了？用我替你縫補嗎？」把用藥盒改的針線小盒遞給我，我清楚的看到音樂臉上的潤紅了，雖不是三月桃色的紅和豔，可確是正常女人的粉潤和水色。

「你沒去捋草籽？」

「我今天身子不舒服。」

「我去給你捋些回來煮煮吧？」

朝我搖一下頭，音樂很感激地說她前些天捋的草籽多，還夠煮一頓。事情就這樣敷衍過去了。她沒有問我為何去捋草籽回得這麼早，我自然也不會問她為何不去煉爐約會的事。可在第六天、第七天，她仍然沒有去煉爐約會那男人。她又開始和大夥一起去荒野捋籽煮草了，然在端起那加了樹皮和土殼鹼的青黃草湯喝着時，我看見她喝了幾口後，忽然朝一塊窪地躲過去。在那窪地的一個避人處，她把喝進去的草湯全都吐將出來了。我想她不是懷孕了，就是因為有那男人每天供她糧，她已經吃不下這在大饑饉中的救命草湯了。躲開那到這葦草邊上煮湯的另外幾個人，我遠遠的望着獨自嘔吐的音樂，看她爬在地上像弓着的一隻蝦，很想過去在她的背上捶幾下。可最終，我沒有朝她走過去。

嘔吐後，音樂在地上坐一會，望着遠處曾經有過無數火龍煉爐的黃河堤岸那方向，想了一會，她倒掉煮在大茶缸中的草籽湯，朝區裏那邊回去了。人都已經餓到將死未死的境地裏，自己能活着是天大一樁事，至於別人怎樣大家都已不再關心了。都看見了音樂倒掉草湯回去了，但沒有人關心她回去幹什麼。只有我，為了弄清音樂為什麼突然不去和那男人約會的事，為了記下她的行蹤與秘密，交上去領些獎糧和食物，我在音樂走了後，匆匆喝了我的如鋸走喉的草籽湯，找個理由也跟着回去了。

到區院我又看到了更令我意外的一樁事，就像看到了一場大戲最不該有的情節樣。可那場大戲就那樣開場了，就那樣演出了。孩子這天從鎮上總部回來了。他門上那把落下有幾天的鐵鎖不在了，門鋦鏈兒如往日無二地垂在門板上。不知道是臘月末的初幾日，該是公曆的一月或二月，但這天的日光格外好。這是一個少雪的大旱冬，每天太陽都如期而至地走來掛在天空上。滿天下燒鐵煉鋼砍完了樹，饑饉裏尋食也都把草根吃盡了。大地上的沙土裸在天底下，稍稍起風就有塵土滿天飛，遮光避日如厚極的黃沙棉絮懸在天空間。可是天好時，沒有風，天下的透亮能讓你看到天空間飛的草葉、羽毛掛在天上的樣。這一天是個好天氣，從區院頂上撒下的光，如清淨的溫水池在院落內。人都出去了，只有溫暖和空寂在區院堆砌着。看見孩子門上沒有落鎖時，我腳下淡了淡，想要走進去，告訴孩子他走這幾日，九十九區發生過的事。不消說，孩子去上邊回來是要帶回糧食的，因為孩子終是上邊的人。只要我告訴了孩子區裏發生的事，他準會給我糧食吃。只要我把我記下的音樂和那九十八區的男人偷情通姦的幾頁稿紙交出去，孩子一定會給我更多的糧食或炒熟的豆，足夠我三天兩天不喝籽湯也不會餓死在區裏。可就在我要拐彎走進孩子的房間時，驚異閃現在了我面前。

孩子的屋門吱呀一聲打開了。音樂從那門裏走出來，像一個演員從舞會後面走上前台出場樣。我不知道她先我一步回到區院發生了什麼事，剛剛從草荒的野地回來時，她還是穿着平常的深藍舊布衫，布衫的袖口爛後補了一塊綠補丁。可就在這丁點的功夫間，她那深藍的舊衫不在了，身上換了件她每次去煉爐約會才穿的粉淡小領的扌卡腰女制服，褲子是斜紋的洋織布，鞋是平絨的方口綴帶黑布鞋，走過去留下了的雪花膏的味，如八月的桂花開在我面前。不知道她在孩子的屋裏和孩子說了啥，做了啥，可她出門時，手裏提着一個手絹包的兜袋兒，從那手絹兜袋散發出的饃香味，讓我很遠就一鼻子捕着逮到了。

愕然地站在大門口，音樂瞟了我一眼，提着用手絹兜的那饃走去了。扭頭抓緊往孩子的門裏瞅去時，在音樂順手關門的瞬間裏，我看到孩子花紅如火的床上又堆了一堆用紙剪的大紅花，而孩子單瘦的背影，在那床邊晃一下，他的屋門便輕巧順勢地關上了。我的視線也如刀割一樣被截斷在了門外邊。再看走去的音樂苗瘦的身影兒，在日光下如豎着遊走在水面泛紅的一株水柳樹。

我沒有拐進孩子的屋。我疑懷孩子已經不是先前的孩子了，他已經長大了，唇上髫鬚從茸茸的汗毛已經有些黑的直硬了。也還許，在女妖音樂那兒他已經變成了一個男人了。說不出是對音樂的恨，還是忌妒她年輕妖精，總有饃或糧食吃，可望着她消失在前邊牆角的後影兒，我心裏雜陳的味道如盛夏發酵後的糞坑一樣酸臭和濃烈。

忽然間，我很想追着她到她宿舍去，告訴她不把孩子給她的蒸饃給我一半吃，我就把她和九十八區那男人在煉爐賊歡的事情不僅告訴給孩子，還要告訴九十九區所有的人。可好在這個惡念在我腦裏只一閃，我身後又有了腳步聲。是別的同仁從野荒回來了。他們的腳步制止了我跟着音樂走過去，或直接走進孩子的屋裏去告密，但卻讓我更要決計死心盯緊音樂了。只要把音樂盯死在我眼裏，我想她用身子換的糧，早晚都得分我一半兒。

這一夜，別人都在屋裏鑽在被窩躺着時，我是在區院的寒冷裏邊度過的。我每隔一會兒，都要到孩子和音樂的門前走一走。我料定音樂會在晚上去找孩子的。果然就在半夜時，上弦月懸在天空間，黃河故道上的冷，冰刺刺鑽進人的骨縫那一刻，音樂從她的宿舍出來了。她先裝出上廁所的樣，朝女廁所那邊走了走，看前排、後排的人們都睡了，區院裏的靜，如汪洋一片死去的水，然後她就在女廁所門前站一會，咳一下，又折身朝孩子的房前走去了。

我是閃在區院大門外邊的。至死音樂都不會知道這一夜，那個總在偷記《罪人錄》的作家始終躲在門外盯着她。溜牆風把我的雙腿雙腳吹麻了，寒冷凍得我的雙耳要從頭的兩側掉下來。我不斷地輕輕跺着腳，並把雙手對搓後捂在耳朵上，借此證明我沒有被活活凍死在這一夜。也就在月亮由灰白變為下半夜的冰青時，我聽到了來自院內的腳步聲，逮住了音樂在院裏假東真西的身影了。到孩子的窗前邊，她輕輕敲了孩子門口的窗，沒有動靜後，她又敲得重了些。不知她統共敲了多少下，也聽不到孩子在屋裏説了啥，但我清晰地聽到了音樂在窗前説了句「你把門打開。」又不知孩子在屋裏答了啥，音樂接着很固執地連説兩句「你把門打開，我有要緊的事情給你説。」

短暫的沉寂後，孩子屋裏的燈亮了。隨後孩子一開門，音樂就從那門縫擠進了屋子裏。

我迅速從大門外的牆邊朝孩子的門前溜過去，生怕有一瞬間音樂和孩子的事情沒有被我掌握和看見。可到孩子門前時，我又猶豫了。擔心孩子會突然開門發現我，於是我又退回去，等了一陣子，沒有見到孩子開門觀察門外的靜動和風聲，才又朝孩子屋前靠過去。為了能在突然之間閃到孩子屋的牆角後，我不再去孩子的門前聽動靜，而是爬在孩子屋的窗檽上。窗檽離那個可閃躲的牆角只有兩步遠，能進能退讓我的膽子放大了。我把我的下巴撐在窗台上，把耳朵貼在孩子糊了牛皮紙的窗戶上。窗台是由燒磚砌成的，擱上去的下巴有許多沙子揉在我的下額皮膚裏。窗子的檽撐不知是什麼木，光滑冷硬，如冰一樣寒着我的耳輪廓。我就那樣賊着耳朵聽，終於聽到了音樂那幾句讓我渾身發熱心跳的話：

「你是嫌我年齡大還是長得不夠好？」音樂問着停頓一會兒，開始用明明白白的聲音說，「我不能白吃你的炒黃豆。在九十九區裏，沒有哪個女人再比我年輕漂亮了，算我求你你就把我要了吧。」

不知道孩子有什麼反應和動作。沒有聽見孩子說什麼話，只聽見屋裏有了孩子的腳步聲，隨後音樂就又說話了。

「你要了我，我只讓你給我一牙缸兒炒黃豆，有這一牙缸黃豆我就能吃三天或五天。熬過這幾天，我就有別的糧食了，再也不會來找你。」說完這些後，不知屋裏究竟發生了什麼事，但有床響的聲音傳出來。那床不是柳木就是榆樹木，乾裂的聲響彷彿有斧子要把一段木柴劈開來。可隨後，突然寂靜了，屋裏屋外連一點聲音都沒有，在那很長一段時間的寂靜裏，突然間不知什麼聲音響一下，從門縫、窗口傳出了孩子沙沙啞啞的乞求聲，像一個十幾歲的男孩受了委曲有求母親那樣說：

「算我求你了，我就想這樣子。」

「算我求你了，我做夢都想這樣子。」

我無法把他倆的話用想像串在一塊兒，可那話中誘人的熱慾在我身上溫開水樣浸泡流動着。我不再感到寒冷了，好像手上還出了一絲黏稠的汗。伸出我的舌尖兒，我像鄉村愛偷聽別人牆根的人，終於把那窗紙用舌尖舔了棗似的一個洞，將目光貼在那洞上，屋裏景況的意外，讓我如走在路上碰到了一條橫在路上的蛇。孩子的馬燈是擱在桌角的，在那黃光裏，床腿邊依舊擺着那個泥火盆，火盆裏還有許多火燼在柴禾灰裏閃着金黃的光。而孩子的床鋪邊和床裏牆壁上，原來稀疏的別花、掛花處，現在全都被孩子從上邊帶回來的各樣的大紅紙花填滿了。且床鋪用草蓆棚着的頂棚上，竟也又掛了一朵一朵的大紅花，紅天紅地，孩子的床像蕩在紅水紅浪裏的一條船。可在這紅帆船似的床鋪上，躺的坐的不是孩子他本人，而是赤身裸體的年輕音樂家。她渾身上下，一絲不掛，渾圓的肩頭和乳房全都懸在紅的半空間，流水似的黑頭髮，多半在背後，少半順着耳邊流在臉前的左肩上。因為屋裏有那一盆火，因為燈光和滿屋掛的花，似乎音樂沒有那麼冷。她坐在孩子的床中央，用孩子的被子蓋了她的下半身，只讓自己上身的乳白紅在的半空裏。因為那赤烈烈的紅，她的身子和臉也都掛着紅色了，像染了紅粉豔水樣，整個上半身都被浸泡成了杏桃色，而且在那桃色裏，她望着面前也令她深感意外的孩子的表情和舉動，使她臉上有了很濃的尷尬和不知所措的樣。孩子竟然是跪在她的面前床下的，依舊穿了他日常間穿的褲和襖。從窗口這一眼小洞望過去，看不見孩子的臉和表情是什麼樣，但卻清楚的看見孩子面前的床邊上，被子角，幾朵大紅花的花葉間，擺着去年孩子到上邊省會獻五星純鋼贏回來的那把槍。手槍還是油光黑亮着，槍柄對着床頭那一邊，槍口斜斜的對着孩子的胸。孩子就那麼跪在槍前和赤裸的女人音樂前，半是哀求、半是明明白白道：

「我真的求你了，我就想這樣子。」如此說着時，孩子的目光是擱在音樂的臉上和胸上的，可他說話的聲音和語調，卻像什麼都沒看到樣，嗓音裏有些男孩兒長大成熟變聲時的粗拉拉的啞，又有些哀求人時的傷感和疼痛。「我去過很多地方了，見過了很多世面和上邊的人，現在我就想這樣兒。」孩子說：「你下來，讓我坐在床上的一堆紅花裏，你對着我的正胸開一槍。我就想這樣兒，做夢都想坐在一堆花裏有人朝我開一槍，讓我向前倒在花堆裏。」

「你朝我開一槍，那一袋麵，一袋炒黃豆，就全都歸你了。」孩子說：「我早就聽說學者有稿紙，存疑學者也和作家一樣在寫書。你朝我開一槍，我不究學者也寫書。」孩子說着又瞟了音樂身邊和頭頂紅天紅地的花，「並再給你五顆大的星，有星有糧吃，你就不用在這挨餓了，就可以自由回家了，可以想和哪個男人結婚就和哪個男人結婚了。」

說完這些後，孩子變得比先前平靜了，他把目光盯到音樂的臉上去 ，還把面前的手槍朝音樂身邊推一把，等着音樂的決斷和舉措。可在這時候，音樂從剛才的尷尬中間醒將過來了，她又盯着孩子看一會，咬了一下自己的下嘴唇，最後用目光逼着孩子問，「你真的不要我？你不會真的是個不正常的男孩吧？」問着看着孩子的臉，不知他從孩子的臉上看到了啥，過一會，孩子沒說話，她就忽然從那被子的一邊拉過自己的上衣穿起來，接着又坐在床上穿着褲子站在床鋪上。待她三三二二很快地穿好衣服，繫上褲子從床上繞着紅花下來時 ，她站在孩子身邊上，有些睥睨地對着孩子道：「起來吧，我沒想到你原來不是一個正常的人 —— 以後餓死我都不會再來找你要糧了。」

說完這幾句，音樂並不管孩子跪着起來沒，也不去幫着孩子把他從地上扶起來，就扣着脖下的扣兒朝着門口走過去。

在屋門響的那一刻，我一閃，退着躲到了孩子的牆角後。

## 4 《故道》p457–463

又幾日，來了一場寒流和大風，天冷到零下三十度，地上所有的水濕全都凍乾了。水從區院裏的井裏提出來，不馬上倒在鍋裏架上火，在桶裏它就很快結成了冰。有人頭天還睡在被窩裏，來日他就死在床上了。不知是餓死還是凍死的。人都徹底沒有力氣走路了，死了人也不再到區院後邊的荒地挖坑埋。沒有人有力氣能從凍土上刨出一個墳坑來。活人也都不怕死人了。誰死了，就把他抬在一個屋裏擺在床鋪上。開始是一個死人一張床，後來是兩個死人一張床。再後來，就把屍體集中到兩間屋子裏，將三具五具屍體堆在一張床鋪上。人一死，屍體就成冰柱了，抬起來如抬一段木樁樣，放在床鋪上，把床鋪砸得咚咚響，碰着別的屍體後，也響出冰撞冰的嘭嘭聲。

因為冷，人都不出門去荒野尋草捋籽了，怕到野地風一吹，人就飄着倒在荒野裏。怕倒下就再也爬將不起來。從黃河邊上吹來的風，白天是嗚嗚嗚的灰白聲，如男人悲天悲地地哭，夜裏是尖利刺哨的叫，像女人在墳頭撕着她的嗓子樣。孩子把他的屋門從裏邊閂上了，把窗子找來鐵釘釘上了，他已經三天三夜沒有在門口露過臉。學者去找我：「我們不能就這樣餓死凍死在屋裏呀。」我說：「把多餘的床鋪烤了吧。」學者就在一天午時暖和一些後，從屋裏出來站在每一排的房前喚：

「晚上睡覺男人摟着男人睡，女人摟着女人睡——騰出來的床鋪都在夜裏生上火。」

學者又和我商量：「你説各自屋裏的沙土能吃嗎？」我用疑惑的目光望着他，他朝我苦笑一下子，又到門外各排的房前喚：

「有皮鞋的吃皮鞋，有皮帶的吃皮帶——可你們千萬千萬別吃人肉啊！」

風大到能把樹從地上拔下來，可地上沒樹了。風能把地上的草根吹出來，可地上方圓數里的草根也都被人吃盡了。風只能把地上的沙土捲起來，像巨大的一鋪被褥在天空飄飛着。太陽沒有了，月亮也沒了，人的嘴裏時刻都是沙，都得喝水漱口，呸呸呸地吐。搬過來，挪過去，為了男的摟着男人睡，或者兩個人睡在一張床鋪上，彼此抱着對方的雙腳雙腿相互取暖兒，就都開始和自己相熟有話的結成一對兒。我便和學者、宗教與一個法學專家，三不搭五地睡在了一個屋子裏。把那些死過的被褥抱過來，鋪在蓋在自己的床鋪上，再把那多餘的床鋪騰出來，拆了腿，砸了床鋪板，夜裏就把這些柴禾架在地上生着火，讓它通宵不熄地燃。那法學專家獻出了一雙他的豬皮鞋，學者從腰上解下了他已經吃過一段的牛皮帶，把這鞋和皮帶割成細條兒，放在火上煮，誰到餓得不行時，就撈出一條兩條在嘴裏嚼一嚼，拉長脖子咽下去，把餓壓下了，便鑽在被裏不說話，不動彈，省着力氣取着暖，就這樣大家在挨着那寒流和風沙。有一夜，睡到半夜時，屋裏的柴禾燒滅了，可大家誰都不願起床把另一張空床拆開添柴燒，怕拆散那床費力氣，累倒下就再也爬不起，便就把被子死死掖在身子下，聽着窗外的北風哐哐哐地推着門窗和房檐下的椽，還有沙子打在牆和門窗上的吱嚓聲。睡不着，就聽到宗教在對面床上翻了一個身，對着我們這邊道：

「喂——睡着了？」

學者答他一句說：「沒有睡。」

「我感覺上帝是要收人了。」宗教說，「就像人初到世界上的那場大洪水。」接下去，宗教似乎還要說什麼，以佐證他上帝收人的結論和判斷，可學者咳一聲，宗教不說了。屋裏立刻寂到除了風沙聲，就如墓地裏棺材不言的靜。我知道學者的咳是針對我。是對我的不信任。於是便把抱着學者雙腿的胳膊鬆開來，不再讓我胸口上的體溫傳到他身上，翻個身，裝出我早已睡着的樣。可我翻身時，我忘了學者也是抱着我的腿睡的，他的體溫也從他的胸口傳到了我的雙腿上。然而已經無可挽回了。我已經鬆了學者的腿，也從他胸口掙出了我的腿。我不能再翻身回去把他的雙腿抱起來，那樣就證明我壓根沒睡着，剛才翻身是假的。雙腿離開學者的胸脯時，有股寒冷從被窩的縫裏襲到我的雙腿上，就在我猶豫着用不用雙腳把被子掖在腿下時，學者忽然又把身子朝我的雙腳邊上挪了挪，把我腳邊透風的被子掖一下 ，又把我的雙腿雙腳抱在他的懷裏了。

有一股暖，迅速從他的胸口遞到了我的雙腳上。就那麼靜一會，我睜着雙眼，看着從窗口過來的昏花花黃泥水似的光，待那光亮明將上來又暗將下時，我忽然從床上爬起來，把我睡的這頭被子捲掖了一下後，爬到學者那頭和他抱在一起悄着耳朵道：「給你說個事。」到這時，我才發現原來高大的學者，瘦得除了骨頭身上完全沒肉了，隔着當做睡衣的秋衣和秋褲，我感到他的骨頭頂在我身上，像一堆木棒頂在我的胸口和大腿上。「知道音樂為何臉上還有潤紅嗎？她在外邊有男人。那男人給她糧食吃。」

學者突然從床上坐起來：

「你見了？」

「我有幾次跟在她後邊，他們就在九十八區的第二個煉爐裏，每次偷情時，男的都給她糧食和窩窩。」

學者望着窗口那兒不說話。

「那男的當過兵，是九十八區上邊的人。」

學者依舊不說話，沉默像一塊黑色的布。

「那幾次音樂都給你捎了吃的塞在你的被子裏，可又都被我偷走吃掉了。」

扭頭望着我，我看見模糊裏學者的臉像一塊懸在半空的板。

「我會還你的。」我也從床上折起身，很肯定地道，「就在這幾天，吃你半個饃，我還你一個饃或半斤炒黃豆——我有辦法從那九十八區的上邊手裏要到糧。」

「不用了。」學者慢慢躺下來，用很淡的聲音説，「這年月只要不餓死，誰做什麼都可理解的。」説着又拉一下我有兩個月沒有換過洗過的睡衣示意我躺下：「睡到一塊吧。睡到一塊肯定不會被凍死。」

我就再次躺下了，兩個男人摟在一塊兒，我大他一歲半，抱着他像抱我家孩子樣。他高出我一頭，摟着我像摟他的一個弟弟樣，彼此柴瘦的骨頭頂在對方的身子上，體暖如溫水一般朝着對方流過去。對面床上的宗教和那法學專家因為冷，他們把頭都包在被子裏，使得他們的鼻息泥泥混混，彷彿從石縫流出來的渾濁的水。他們睡着了，遲滯粗重的呼吸也催着我和學者慢慢睡去了。

這一夜，雖然火滅了，可我和學者都睡得極暖和，來日直到太陽從窗口照射進來很久才被法學專家把我倆推醒來：

「還睡呀，宗教死掉了。」

「你倆還睡呀，宗教死掉了。」

怔一下，披上衣，趿上鞋，過去到對面床上晃宗教，如晃一根石柱樣。學者把手放到宗教鼻前試着時，法學專家有些不耐煩：「我都試過了，連一點鼻息都沒有。他是天亮以前死掉的，天亮時候我用腳去挑被子，才發現他翻身把被子翻掉地上了。被子一掉就被餓死凍死了。」

我和學者立在宗教床邊上。宗教的臉是一種冰青色，如深水潭處結下的青冰凌。「怎麼辦？」學者望着我。我看了宗教說：「抬到屍屋吧。」就開始把宗教用被子裹着朝那屍屋抬。每一排房子最西一間屋子裏，因為不朝陽，西北風總是吹着這間屋角的牆，就都被定為那排房的屍屋了。我和學者沒有想到中等個的宗教活着時瘦如一把穀柴草，可死後卻重如一條青石碑，我搬腳，學者抬着宗教的肩，共有二十幾步路的遠，可累得我倆走到中途還歇了一息兒。把宗教抬進屍屋後，有一股冰冷刺骨的寒氣朝我倆捲着襲過來，如我們突然進了一間冰庫樣。在那冰寒的屍屋裏，把宗教橫擺在一張靠窗的床鋪上，讓他和另外七具蓋了被的屍體並了肩，學者一個床鋪、一個床鋪數屍體，數到十三後，他抬頭看着我：「還好，」學者說：「沒像我想的那麼多。」然後法學專家拿着宗教的牙缸、牙刷和兩雙舊鞋子，還有一本最最上邊那國家領導人的紅皮書，過來把那些東西都放在宗教的被裏邊，到我倆面前笑了笑，伸開手，露出一把二十幾朵小紅花：「統共二十七，我仨平均分了吧。」

法學專家看着我的臉。

「你都要了吧。」我很大度地說，「我覺得我也熬不過這場饑荒了。」

法學專家就笑笑將那一把小花裝進了自己口袋裏，然後手從口袋取出時，又掏出疊成信封狀的一張紙，「在宗教的枕頭下邊找到的。」說着展開來，原來是一張彩繪的聖母瑪利亞的像。那彩像已經有了褪舊的色，四邊完整，色彩柔和，可聖母的雙眼已經被他摳掉了，那眼睛像一對看不到底的黑洞兒，且在那黑洞雙眼的像邊上，有宗教用鉛筆寫的一句話：「我恨你 —— 是你把我變成罪人的！」法學專家舉着那畫像，看着我和學者說：「這個還放在宗教身邊嗎？」學者想了想，接過畫像吱喳吱喳撕掉後，把碎紙隨手丢在宗教的頭前邊，又去宗教的被裏摸出那本紅皮書，掰開宗教僵凍的手指頭，讓他握住那本紅書長眠了。

然後，我們從屍屋走出來，聽到後排房的牆角上，有女醫生在那尖着嗓子、用盡力氣卻和沒有張開嘴樣半大聲地喚：「男人們 —— 你們誰來幫我們抬抬屍體吧，我們實在抬不動！」

我和學者彼此看一眼，就順着那喚聲走去了，兩個人的腳步都像被線牽着飄飛閃閃的風箏般。

# 5 《故道》p464–475

那場寒流降溫共七天，七天後太陽忽然從天空透出來，像一團文火穿過一層泥水發出虛弱模糊的光。氣溫回升了，區院裏又有了人的腳步聲。我是聽到有腳步的聲音才從屋裏出來的。鍋裏煮的鞋和皮帶已經吃盡了，連煮鞋和皮帶的黑水也差不多快要被我、學者和那法學專家，一口一口喝完了。好在這時候，太陽出來了，人可以出門接着尋草刨根了。是上午剛剛到來時，太陽升至半空後，吱吱喳的腳步聲，從區院後邊慢悠悠地響過來。我喝了兩口鍋裏的皮鞋、皮帶水，循着那聲音走出門，一落腳，感到飛落在地上的沙土有半尺那麼厚，踩上去如踩在棉被上。站在屋門口，突然看到太陽時，我的眼前飛着一片金星兒。揉揉眼，把手棚在額門上，我看見第一個從屋裏出來走出九十九區大門的，竟然是音樂。她依然穿了她那淡紅豔色的襖，到區院大門口，四處瞅了瞅，看見在區院門前的路邊上，直直地插着指頭粗、半人高的一段小竹稈。音樂看見那竹稈淡下腳，朝四處望了望，又快步朝那竹稈走過去，到對面路邊把那段竹桿撥下來，看了看，扔在地上，就朝她原來約會的九十八區那兒走去了。

事情真的和舞台戲的情節樣，曠野間的寂靜深遠遼闊，幾天間的大風後，天空中連一隻飛鳥都沒有。田野和路道都被鬆軟的塵沙覆蓋着。通往九十八區的路，路面上平整暄虛，走過去的腳印有二寸那麼深，鮮明的腳痕如扣在大地上的一行印。一瞬間，我覺得腳下比先前有些力氣了，知道那豎在大門前的竹桿是九十八區那個上邊豎在那兒的，是告訴音樂可以見面約會的信號竹。從區院走出來，遠遠地跟在音樂的身後邊，我看着她就像在空曠無人的荒野裏走動着的一團火。她已經不管身後跟沒跟着別人了，一路快步地走，連頭都沒有朝後扭一下，就是到走累得不得不停下歇息時，也沒有回頭看看我。

一切亦如我料定的樣，音樂沿着那只還有隱約路形的小道朝着前邊去，歇了三、四息，到那九十八區她往日插樹枝的田埂邊，因為找不到那杆她不知插了多少次的樹枝了，就開始在灰沙土地裏重新尋找樹枝插。為了能儘快讓九十八區的男人看到她插的樹枝走出來，她從田埂下找來了三根胸高的樹枝兒，從口袋取出自己的方手帕，用牙咬着撕成布條後，把三根樹枝接在一塊兒，用力高高地插在田埂上，使那有丈餘的樹枝立在那如一根旗杆般。到做完了這一切，音樂搖了搖豎着的樹枝杆，確信它不會倒下來，最後向四周看了看，朝煉爐那兒走去了。

音樂走去時，是一邊用手梳理着自己的頭髮，又一邊拉整着自己的衣襟和衣領走去的。這次她調向朝着煉爐那兒走，腳步放慢了，不時地回頭朝着她豎的樹枝和九十八區的方向看，似乎生怕那枝杆倒下來，生怕那個男人不從區裏走出來。然而，音樂的擔憂多餘了。她剛鑽進煉爐沒多久，那男人就從區裏出來了，好像那男人就躲在哪兒等那田頭豎起的枝杆兒。我是躲在田埂不遠處的一個土坑裏，那土坑因為風沙快要填滿了，跳進去我不得不爬在沙土上，把頭露出坑沿一點兒。我看見那男人從九十八區裏出來時，仍然穿了他的舊軍服，手裏提了一個麵袋兒，炒豆的味兒從麵袋嘩嘩落下來，讓人的鼻子、喉結跟着那豆味不停地抖。那男人走一步，那半袋炒豆就在他的腿上擦一下。可儘管那炒豆絆着他，他還是腳步快捷，一點也不像大饑荒中的人。到那插着的樹枝下，他有些迫不急待地把樹枝撥下來，扔在田埂邊，轉身就要朝音樂走去的煉爐那邊時，我從田埂下的土坑忽地站起來，很快朝他走過去，突然站在了他面前。我的出現讓他有些措手不及的慌。他猛地怔一下，臉上顯出很厚的驚愕呆下來。就在這一刻，我立在他面前兩步遠，看見他最少比我高出半個頭，肩膀寬得和門板一模樣，而那寬肩闊胸托起的紅紫臉膛上，有明顯十幾個的麻坑兒，而且大嘴巴裏的前牙已經沒有了，鑲了一顆黃亮的大金牙，在日光裏閃着黃燦燦的光。我沒有想到他會長得這麼醜，這讓我忽然變得有些恨下音樂了。她竟和一個這樣醜的男人通姦偷情着，讓我心裏的酸腐一瞬間發酵生出一團嗡嗡飛的蒼蠅來。盯着金牙穿的舊軍服，看他胳膊肘和褲膝上都有的大補丁，我有些睥睨地朝他看一眼，半冷半嘲地對他說：「你在煉爐的姦事我都看到了，要想讓我不對別人說出去，你最少把你提的糧食給我一半兒。」

金牙眯眼盯着我：「你是誰？」

「九十九區的，和音樂一塊兒。」

「你他媽的也是罪人吧。」金牙忽然朝我笑了笑，把手裏提的糧袋朝半空舉一下，臉上、身上又顯出了輕鬆的樣：「想吃嗎？你過來讓我在你身上踹一腳。我一腳不能把你活踹死，這半袋炒熟的黃豆就給你。如果一腳把你踹死了，你也算壽終正寢不用挨餓了。」說着話，他又把那黃豆在我面前晃一下，有股油黃的豆香味，泥泥濘濘流在我面前。「聞到香味沒？吃一把就可以救活一條命。過來讓我踹你一下吧，踹一下你不死你就有了這半袋豆。」明明是說讓我過去他踹我，可他卻說着朝我走過來，臉上顯出了怒氣和殺相，像一面牆壁要朝我倒下砸來樣，使我不得不慌忙朝後退過去。

「我也就是說一說，哪能真的就把你們的事情說給別人呢。」我說着，愈退愈快，想要轉身快步走去時，他卻又笑着立下了。

「害怕了？」

我不語，又立腳望着他。

「你知道我是誰？」他輕蔑地看着我，又看看身後的九十八區的房，「實話對你說，我是九十八區上邊的。當兵時，打死個人就像踩死一隻螞蟻樣。你要還想活着就從我這快些滾到你們九十九區裏。」

到這時，他說話的聲音宏大傲慢，看我的目光如上邊的人批鬥罪人般。說完後，他嘴角掛了一絲笑，在我面前很戲要地吐了一口痰。我就從他的笑和冷傲的目光裏，在那痰要落地那一刻，抽着身子走掉了，如一個人低頭走路時撞着了一面牆，不得不猛地回轉過身子來。回走了幾步後，我覺到他也轉身朝煉爐那兒等他的音樂走去了，於是我的腳步慢下來，長長出了一口氣。可這時，從我的背後又傳來了他的一聲喚：「喂——等一下。」

我再次驚恐地站住回過身。

「你要不要跟我一塊去煉爐再看一次我是如何日弄你們城裏那讀書女人的？」他立在一塊荒地裏，仰着脖子大聲對我喚着說：「你們這城市的讀書人——這個年輕漂亮的女老師，她說她是鋼琴家。我日弄她就像彈琴樣，舒服得很，讓她下身的水順着她的大腿不停地流。」

沒說話，再也不敢多站一會兒，我像一條挨了痛打的狗，在他狂野的笑聲裏，溜着路邊朝九十九區回去了。

回到九十九區的院落裏，我發現院落大門口，不光再是我和音樂留在虛軟沙土上的腳印兒。那兒凌凌亂亂，有許多腳印都從院裏走出來，朝着門外的田野伸過去。我知道是那些還活着的人，都又到曠野尋草覓食了。孩子的屋門還是那樣關着的，有兩行腳印朝孩子的門口和窗下試過去，不知是那尋食的到他門前和窗口窺探什麼去，還是去和他交道說些什麼了。我已經有十幾天沒有給孩子送去我的那些《罪人錄》，因為這十幾天我實在餓得沒有力氣握起筆，而且孩子也對我越來越小氣，有時我給他密密麻麻十幾頁，他最多給我一小把十幾粒的炒黃豆。我用盡心力寫那麼一頁紙，幾百字，只多可以在孩子那兒換來幾粒豆，這讓我對《罪人錄》沒有那麼興致了。朝孩子似乎歲歲月月都是關住的屋門看一眼，我默默朝我的住屋走過去。院落裏的靜，像被風襲後的亂墳樣。絕望從四方八面圍過來，讓人覺得從心裏能擠出死屍腐爛的水。在屋門口呆着望一會，走進屋子時，我忽然看見學者沒有去野外尋找草根和草籽，他靜靜的坐在床鋪上，見我進來欠了一下身：「回來了？」他這問，彷彿知道我去了哪，使我不得不尷尬地朝他點了一下頭，苦笑一下子：「看來我還不像偷吃你的東西了。」

「音樂又去那煉爐了？」他目光傷暗黑黑地盯着我。

我朝他點了一下頭，然後坐在死過的宗教床鋪上。他不再問我什麼話，我也不再向他解釋跟着音樂的遭遇和見到。已經是太陽近頂時，七天來沒有的溫暖在這天又開始出現在黃河故道間。屋子裏有股陰冷氣，可畢竟外面太陽出來了，雖然冷，但不烤火不圍在被子裏，人是可以坐下的。我和學者都把雙手插在襖袖內，都不時地把縮在破棉靴裏的雙腳在地上跺幾下。這樣靜了一會，學者抬頭瞟了我一眼睛：「你說音樂回來還會給我們帶些吃的嗎？」我也看了學者的臉，見他的表情木然誠實，沒有挖苦嘲弄的樣，便很肯定地說：「會。今天那男人帶給音樂的不是一把一捧炒黃豆，而是半袋子。」學者眼睛亮一下，又把頭在自己雙腿之間勾了一會兒，好像思索了一陣終於抬起了頭：「只要她回來能給我們一捧半碗炒黃豆，以後自由回家了，我就打算和我老婆離婚和她結婚了。」

我有些意外地看着他。

「難道你會把音樂當成妓女看？」

我搖了一下頭。

「就是嘛」。學者道，「在去年煉鋼我為她去掙五星時，她說過想和我結婚的話，可那時我沒有答應她。」

我不知該接着學者的話説什麼，只好跺着凍冷的腳，像個學生一樣聽他説，也不時地瞅瞅門外邊，希望音樂會儘快從那煉爐的男人身下掙出來，回到區院裏，徑直到我們門口，給學者一碗兩碗炒豆子。雖然她是把黃豆送給學者的，可學者他不可能不給我一部分。我又聞到炒黃豆的油香了，一股一股蒸騰着，從我的腸胃裏朝着我的喉嚨口裏升。喉嚨乾得很，可腸胃裏卻有呼嚕嚕的響。把目光從門外收回來，看見床頭煮皮帶、皮鞋的臉盆斜斜靠在床頭上，有點兒黑水在盆底結了冰，我過去拿起臉盆在地上磕一下，黑冰從盆底脱開來，我撿起那黑冰放在嘴裏化着水，學者又不冷不熱地問我一句話：

「以你的經驗，你説這饑荒到底是地區性的還是全國的？」

我想了一會兒：「最少得是半個國家吧，不然上邊不會不給我們一粒糧。」

學者又低了一會頭：「我們可能真的對這個國家沒用了，」説着抬起頭，他疑疑慮慮着：「需要有人餓死了，怕上邊首先想到的就是我們了。」

再也沒有話。我起來跺腳取着暖，他也起身跺腳取暖兒。跺了一會兒，學者從他床頭拿起捋草籽的布袋準備出門去。「你不等音樂了？」我這樣問學者。學者站在床邊對我苦笑一下子，「她要真的能來送一把糧，你今天或多或少給我留一些。」說了這句話，學者就朝着大門那兒彎腰擠着肚子走去了。

我不知自己該不該和學者一樣去野外捋籽尋草吃，就那麼在屋裏猶豫着。站起來，坐下去，似乎總有一件讓人不甘的事情在等着。

然就這樣過了許久後，穿過門框望我看見從大門外走進院裏一個人，不是九十九區的同仁們。他從大門外進來在院裏四下瞅，彷彿尋找什麼樣。我慌忙從床上彈起來，幾步就走到門外邊，一下子僵在門口如死在門口了。來的那個人，正是和音樂通姦約會那男人，他手裏還提着那半袋十幾斤的炒黃豆，看見我，他從大門口徑直朝我走過來。越來越近的熟黃豆的味，在日光中漫溢着如蕩漾在天空下的祥雲飄過來，待他提着黃豆走近了，我能清楚看到他的臉色和腳步時，我的目光集中到了他的胸口上。還是那件有補丁的舊軍裝，可他去和音樂約會時，那軍裝上除了髒的垢灰什麼也沒有。可現在，他的胸前別滿了最少有十幾枚的戰功章。那些金黃的證章一律都是五星形，只是有的五星是在太陽的圓盤裏，有的沒有圓的盤，然金色的五星裏邊有着呈亮的紅。那些戰功證章在他的胸前發出叮叮噹當的響，如音樂一樣絆着他的腳步和表情。到我面前後，他瞟了我一眼，咚地一聲立下來，把手裏的半袋炒豆扔在我面前，對我撇了一下嘴：

「我太善良了，不該讓她吃 —— 你怕餓死就去把那她埋了吧。」説着他用手拍了拍自己滿胸口的軍功章：「知道我是誰了吧？想去告我了，我明天給你們送些紙筆你們寫狀子。」

再也沒有多餘的話，説完他就又轉身朝九十九區院外走去了。待他消失在區院門外的牆角後，我把地上的半袋黃豆拾起來，回到屋子裏，解開黃豆袋，抓一把塞進嘴裏吞嚼着，又開始往我的口袋裝幾把，就急腳快步地朝區院南邊八裏處的那排煉爐走去了。

在路上，我是走着吞着黃豆的。因為要往煉爐那兒趕，因為氣喘噓噓，每走幾步都要歇一息，還因為炒豆太過燥乾，沒有水把它從嘴裏順進肚子裏，咽豆時也要停下腳，把脖子斜出四十五度探在半空裏，咽下黃豆後，才可以重新邁着雙腿快腳走幾步路。這樣兒，待我到了那排煉爐走進第二個爐窯裏，日正平南的陽光從爐頂直直通通照下來，爐窯裏光明亮堂，沒有一絲兒風，存聚的濕暖如人在被窩般。就在那窩亮暖裏，音樂死在靠東那邊的爐壁下邊了。她是跪在那些草和被上死去的，褲子脱在腳脖上，赤裸的臀部翹在半空中，從臀下流出的血，沿着她大腿的內側一直流至褲上和腳脖，而她的頭，則擱在地面上，臉微微地向外歪側着，露在半邊臉上的嘴，到死都是滿嘴嚼碎和沒嚼啐的炒黃豆，而且她用胳膊肘撐在地上抬起的雙手裏，還緊緊抓着兩把炒黃豆。

她是在月經期裏用跪姿侍奉着那個男人吞着黃豆噎死的。那醜陋的死姿無論如何讓我與那個年輕水秀的鋼琴家對應不起來。站在爐窯的日光下，我本能地把手伸到音樂的鼻下試了試，然後把她的褲子提起來，將她放平躺在那灰土被子上，開始用指頭去她嘴裏把吞進去的黃豆一點一點摳出來。在很大一陣的功夫裏，從她嘴裏摳出來的碎黃豆差不多有着一大把，直到她的嘴可以合攏了，因乾噎而瞪大的眼睛可以微微閉起來，我讓音樂稍微舒展地躺下不動了。

窯外又有了淺淺的風，而窯裏則安靜和暖，如同加了底火的籠。在音樂的身旁，我半坐半倚在爐壁上，似乎是躲在土裏冬眠的蟲。風從窯頂窯口吹過去，留下的哨音捲在煉窯裏，使那靜越發顯出一種幽深來。從窯門口飛過去兩隻野麻雀，過一會那麻雀似乎聞到了煉爐窯內的豆味兒，它們又試着飛進窯內落在窯道口，叫着慢慢朝我從音樂嘴裏掏出的一地黃豆跳過去。這一會，我看見一冬和人爭食的麻雀們，因為少了往年的野草籽，它們也餓得嗉子曝在胸下邊 ，落了毛的兩根瘦骨從胸下高高跳起來。也許它們認為我和音樂一樣都死了，才任由它們到那黃豆前，肆無忌憚地叫着歡啄着。為了證明我是活着的，在一隻麻雀跳到我的腿上時，我一動腳，那兩隻麻雀從窯頂飛走了。可在一會後，又有一群麻雀從哪飛來落在窯頂和窯口，都要試着飛進窯裏吃黃豆，嘰喳的叫聲如雨滴一樣從外淋進來，然看到我又都不敢落，就都只能在外面飛着旋着嘰喳着。

我把目光投到窯頂望着天，望着那飛來飛去餓瘋了的麻雀們。又過一會兒，我朝音樂身邊坐了坐，把音樂的頭搬起來放在我腿上，讓她的頭髮流水樣冰冰地從我的手背流過去。使我感到有一種男人、女人靠在一起的溫暖從音樂的死屍上通過我的大腿流遍了我全身。這時候，天色有些暗下來，爐窯裏是一種昏黃的光，有麻雀大着膽子飛下來，我動了一下腳尖把它們趕走後，又用手去音樂臉上輕輕撫摸着。她的臉在昏黃的窯光裏，是泥黃帶青的淤泥色，摸上去像摸水濕結冰的綢緞樣。我就那樣在她的臉上、髮上摸了一陣後，又把她的身子朝我身上抱了抱，讓她的上半身全壓在我的雙腿上，就這麼靜着享受了和一具女屍的愛，到日將沉西時，我背着音樂出去了。

# 6 《故道》p476–487

無論是為了音樂死後給我帶來那一點女人的愛，還是因為她死給我留下的那半袋十幾斤的炒黃豆，似乎我都不應該把她背到區裏各排房的屍屋堆木樁樣堆起來。就是僅僅為了那半袋炒黃豆，我也應該把她背回去，埋到區院後邊的荒地裏。

我就背着音樂的死屍走，路上歇了八、九息，直到日沉西去，才到那已經埋過十幾人的荒地裏。有鐵鍬和鎬扔在一個教授的墳邊上。那十幾個墳頭因為幾天沙塵，現在如隨意堆在那兒的十幾團兒土。把音樂放下來，讓她倚着同仁的墳頭半躺着，我坐下吃了口袋裏最後的一把豆，到就近的死水坑中扒開浮土，敲掉一塊污冰在嘴裏化了化，開始替音樂挖起了墓坑來。我知道，最該來這替音樂出力挖墓的是學者。她愛的是學者，不是我作家。可為了在學者面前，我把炒黃豆吃得理直氣壯，我沒有立馬去找學者報告音樂的死。我就那麼在兩個墳堆間的一片暄虛處，把那一層沙土清埋開，把地上的凍層刨鬆動，然後一鍬一鍬挖着凍層下的土。待墳坑有二尺深淺時，我在那坑裏，因為每撂一鍬土，都要扭一下身，就都能看見半躺半坐的音樂面對着我，臉上雖然是一層硬青色，可眼裏卻是迷惑混沌的光，且她盯着我，看似想和我説什麼。於是我就每撂一鍬土，扭身和音樂説句話：

「我對起你了吧？」

這樣問着她，我又彎腰挖一鍬，撂出去，望着她：「你別急，一會我就替你去找學者」。再彎腰挖一鍬，又向着她説到：「你真的那麼愛學者？」慢慢的，我就那麼自言自語着，一鍬一鍬地撂，和音樂説了很多我都不知什麼意思的話。到坑有三尺深，我累得精疲力竭時，自己又躺在那坑裏歇了一會兒，試了那坑的長短平整後，起身把坑頭鏟了鏟，在坑的中間墊了鬆軟的土，我從那坑裏出來了。太陽開始在西邊地平線上往下沉，把那兒濃密的雲彩染成金黃色，讓半個天空都透亮如燒，紅紅彤彤。這再一次讓人想到去冬在黃河岸上一片火龍煉爐那景況。我朝着西邊看了一會兒，有溜地刺骨的冰風刮在我的腳脖上。故道平原的半空間，還殘着一絲日光的暖，而地面的寒冷已經開始隨着日落酷起來，為了不讓音樂遭這地面的冷，不讓她的死屍凍得太厲害，我想先讓音樂躺在那坑中取會兒暖。可當我把音樂往那坑裏搬抱時，竟發現音樂變得重得讓我抱不動。一手托着她的肩，一手托着她的腰，三次彎腰，我都沒能把她從地上搬起來。想到我能把她從八、九里外背回來，又用吃頓飯功夫為她挖了墓，現在把她往墓裏搬抱時，她竟重得讓我從地上壓根抱不起，這使我心裏有了蠕動的驚恐和疑惑。盯着音樂臉上的冰青色，我看見音樂這時的牙是緊緊咬在一起的，彷彿她咬牙太過用力了，還從牙縫響出了吱吱切齒的響，而且她的臉，原來橢圓，現在成了長瓜狀，完全如一個青瓜結成的冰。終於的，我從她的臉上看到了許多抱恨和愁怨，如同有太多她不解的事，活着時她不言不語，現在死掉了，又全都寫在了她臉上。這讓我心裏冷一下，身上莫名奇妙的緊縮一陣子，好像她臉上的那些疑問都是在問我。對着她那張扭曲變形的臉，看着她半閉目光中那混沌迷惑的光，隨着心裏的寒冷和緊縮，我的腿上有些莫名的哆嗦了。

「我不是要埋你，」我對音樂説，「我知道你和學者還沒見面呢。我是想讓你躺在那坑裏暖一會。」

對音樂説了這幾句，我覺得心裏有些踏實了。

實在説，我作家不怕死，也不怕死屍什麼的。九十九區活着的，除了怕飢餓，沒人再怕死屍和死亡。可音樂，硬在那個墳堆上，沒有讓我拖動抱起那一刻，看到她臉上成為瓜青那一刻，我心裏不知為何有些驚怕哆嗦了。我就那麼木在音樂的死屍前，待了一會兒，説了幾句安慰她的話，感到黃昏前的那冬冷，隨着太陽的西去，讓我再次想起了我壓根不願想的事。本能地伸手又去口袋裏摸黃豆，希望再吃一把黃豆給我些力氣可以把音樂抱起來，然我連一粒黃豆都沒能摸出來。我只能孤孤地呆在落日的靜寂裏，望着音樂，硬着頭皮，過去把她被風吹捲的黑髮理了理，把她那被風捲起的衣服從上往下拉了拉。可是這一拉，當我的手碰到她如冰柱冰條的手腕手指時，我又本能地站起來，朝後退了大半步。

我明明知道是我的手腕掛着她的手指指甲了，可我就是覺得她的手在動，好像她用手在猛地抓着我。

「我連一點力氣都沒了。」我對音樂說，「我得回去吃一把炒黃豆，再拾收了你的遺物和學者一塊來埋你。」

說着我就撤着身子往回走。以為是自己確實力氣耗盡了，想走回去的路上，一定得扶着區院院牆走。可路上，我只大喘了一路的氣，沒有扶牆就回到了區院裏。孩子的屋門還是那樣長年累月地關閉着。院裏的地上，也還是那樣一片淩亂的腳印和塵土。從身邊過去的冰寒和寂靜，如音樂那青色光滑的臉。我又看到了音樂的那張臉。我是計劃着要先到我的屋裏吃些黃豆等學者回來後，和他一塊去收拾音樂遺物的。然到區院間，我卻徑直地朝着第三排女宿音樂的屋裏走去了。

一切都如我事先知道樣，都如音樂的什麼東西放在那，我了如指掌般。我在她的床下木箱裏找到了她常穿的幾件衣；在她抽屜裏的一個紙盒中，找到了和針線盒放在一起的一個還沒用完的雪花膏的瓶；在她用幾件衣服疊塞平整的枕套裏，找到了幾本音樂家的傳記和那本她看了幾遍的《茶花女》。就在那本《茶花女》的小說裏，完全如我預感的一摸樣，猛地就找到了十幾頁我寫的《罪人錄》。這十幾頁的《罪人錄》，全部都是我寫後交給孩子的——音樂和與音樂相關的人或事。比如初煉鋼鐵時，我發現的她與學者約會的地點、規律和暗號。正是這一頁半的罪人錄，她和學者被上邊帶走了。還比如，有一天她和學者在一塊爭論孩子的年齡時，她說孩子的年齡是孩子，心裏是大人；孩子的生理是常人，心理肯定不正常。再比如，在她和學者被帶走懲處後，回到黃河邊集沙煉鋼時，她總是給學者偷偷送些不知從哪來的鹹菜和辣椒。

音樂的床鋪是放在進門後靠裏牆下的，從窗口過來的光，泥黃淡淡鋪在她的床頭上，照着那些我慌忙驚亂打開的十幾頁的《罪人錄》。盯着那十幾頁的《罪人錄》，我猛地明白音樂為什麼突然變得重得讓我抱不動。為什麼總是用那清冷的目光看着我，還要用她的手指去拉我的手腕兒。我把目光擱在那由孩子發給我的橫格紅線的稿子上，看着我那些公公正正、不草不潦，扁魏體的字跡。那些原來深藍的字跡，現在已經成了墨綠色，每個字在那紙上都如我按在供狀上的一個指紋手印兒。我就那麼盯着看，腦子裏嗡嗡亂亂，有風過樹倒的聲音時大時小着。原來音樂完全知道我作家是九十九區的告密者！她知道，學者自然也知道。想到音樂和學者對我什麼都知道，而我每天還依舊去偷記他們的言行時，我忽然覺得自己是被音樂和學者扒光衣服的人。想到接下來，我必須在黃昏之前面對音樂和學者時，有一個想念如一片草中突兀出來的尖刺扎在了我的腦子裏，使我腦裏刺疼一下兒，渾身又哆嗦一陣子，緊跟着，我的雙腿彷彿抽了筋般顫抖脹裂得讓我無法直直地站在音樂的床鋪前 —— 我的天！—— 當我想到我曾經割破十指、雙腕、雙臂、雙腿和動脈去澆血麥時，我竟又想到我應該從我的身子上 —— 雙腿上 —— 割下兩塊肉，煮一煮，一塊供在音樂的墳前，一塊請人吃掉，由我看着那人一口一口嚼着我的肉。

我真的想那樣。我知道那樣會給我帶來一種輕快感。

那一刻，我想過我可以在音樂的床前面對那十幾頁稿紙跪下來。我想跪下也就一了百了了。可那想割下兩塊肉煮煮的念頭一經出現，就如刺一樣扎在了我的腦子裏，而跪的念頭無法替代它，無法把它拔出來。我知道我該對着音樂床上、桌上的遺物跪下説些開脱、解釋的話，可我沒跪也沒説。那從自己身上割肉的念頭從無到有、由弱到強控制了我，讓我就那麼木然呆站着，體味着從自己身上割肉的巨疼和隨之而來的從疼痛中出生的説不出的輕快在我身上湍急地流動和蔓延。我知道，我沒有必要照着那個突然跳進腦裏的血念去狠手。那雖然血念糾纏牽拽得我雙腿脹裂和顫抖，可這顫抖之後的快感和輕鬆，也如寒冬的暖光一樣融在我心裏。讓我的心裏和渾身，都有說不出的渴求和想念。那血念引領着我朝一個慘烈苦深的方向走過去。到最後，當我拿起那十幾頁《罪人錄》的稿紙離開音樂的屋裏時，因為頭疼腿抖，我不得不扶着門框走出她們的女宿屋。然隨着這血念到來後的輕鬆和莫名的舒適感，也讓我的腳下有如吃飽了肚子一樣有着力氣和急切。

區院裏從西邊過來的白光斜落在東院這一邊，和地上的沙土混合在一塊，讓人分不清哪是土色哪是日光色。有一個年輕人——也許就是在黃河邊那夜暴打我後又率先朝我頭上尿尿和用生殖器敲着我頭的那個體育學院的副教授，他不知在前排房子做什麼，晃了一下又和另外一個講師慌慌朝院外走去了。腳下的快，像他們剛剛吃了一頓飽飯般。在他們走了後，院裏重又歸回的深寂裏，可以聽到日光在塵沙間流移的響。我就踩着那靜響朝前排我的屋裏去。想到黃昏前，我因為必須面對音樂和學者產生的那血念，它一出現就再也不肯退回去，如刀刺一樣從我頭頂正穴位上扎進來，梗在橫在我的腦漿裏，不斷的攪動和翻轉，不僅使我覺得頭痛欲裂，而且連帶反射到我的雙腿上，讓我走路如同飄在半空樣。兩個小腿肚上的哆嗦和僵硬，使我真的不扶着牆壁就無法朝前走。然而，那念頭帶來的解脫的輕快和急迫，也讓我的雙手上有了熱熱黏黏的汗。

進到屋子裏，坐在宗教留下的空鋪上，一下我就聞到了藏在對面我床下的黃豆味。可這時，我連吃一把炒豆的願望都沒有。我總是想那要從我身上割下兩塊肉的慘烈和急迫。屋裏的清寂和冷靜，除了那豆香有淡淡一股暖味兒，這屋裏和各房最西的死屋一模樣。面對我和學者通睡的那床鋪，望着那兩團未疊的灰草棉被和床下學者的一雙鞋，還有桌前被拆掉燒火的半把椅，牆下架在磚上煮過皮帶和皮鞋吃的黑瓷盆，盆下沒有燒完自己滅了的柴禾和黑灰，還有扔在邊上法律專家從食堂翻找來的劈柴用的舊菜刀，那個因為要面對音樂和學者，我應該割下自己的肉還給他們的慘念橫梗在腦裏，再次使我的雙腿緊一下，又有一股輕鬆的熱液溫暖流遍了我全身。坐在那兒沒有動，我本能地把雙手隔着棉褲扶在了雙腿上。棉褲和腿膚在我按扶了一陣後，腿上起初那冬寒的冷硬淡薄了，開始有粉淡的溫暖從我的腿上，透過棉褲朝我的雙手傳過來，在我的眼前如粉色的日光一樣飄。這讓我又一次看見半年前我在十五里外沙丘堆上獨種小麥時，遠處日光灼照，而我的沙丘這兒風調雨順，太陽雨在乾旱的空隙繞着沙丘周圍下個不停。我就在那溫和柔順的雨水裏，割破十指，割破雙腕，借着雨勢在麥畦地裏揮着血，讓我的動脈和靜脈都在開門張口中，朝空中噴着揮灑着。那時候，遠處的陽光明亮而又金黃，而我頭頂的雨水呈着珠子般的白色和青色，彷彿一片玉瑪的顆粒，從空中接連不斷地落下來。太陽照在那顆粒上，我能看到那透明顆粒中，有液珠變形流動的波紋和曲線。而我在田畦埂邊走着舞灑起的血，先是噴流的幾線、十幾線，如揮動的兩個噴頭朝空中時左時右、時上時下地灑着殷紅的水，落下又成了四散開來的血滴血珠兒，完全是珠紅的瑪瑙色，有的和雨滴撞在一起交逢匯合，成為一灘紅色的液片落下來；有的在雨滴的縫隙升到半空中，又尋着縫隙垂下來，一路都是珠瑪的粒狀和凝紅，接近太陽那一刻，閃着的亮光如早晨太陽升起時，從太陽上碎落下來的火粒兒；遠離太陽快要落地那一刻，彷彿紅色珠玉在月亮光下閃的那種晶瑩和透明。我就在那血雨中，臉和天平行時，看到天上血雨漫舞，如半銀半紅、一絲絲透明的細柱扭着身子豎在麥地間。臉和地面垂直時，穿過那紅白相間的雨簾雨帳朝前看，能看到雨外晴天處的太陽光明彤照，金黃燦然，如燃在大地漫捲在遠處的火。而我低頭時，則看到麥葉上掛着的紅珠和雨滴的交孕，畦地裏血水和雨水的匯流，一處淡紅，一處深豔，如準備彩染的湯液灘在我的麥田間。我看到了頭頂的麥粒在血水中如嬰兒吃奶的咂咂聲，麥葉在那紅雨中把血水撩過來、撩過去，撥出琴嘩嘩的響。濃稠的血味在甜潤的雨中釋淡後，和絲連的麥味混在一塊兒，變成了鮮豔的香味在我的周圍捲着流動着。

我終於那樣對我自己狠手了。

也終於血流淨盡了。我再也不能支撐自己的身子了。軟軟地坐下來，閉了一會眼，再次睜開時，落日從窗口的下部透過來，如紅雨從那兒流進灌滿了屋子般。窗台下架在幾塊磚上煮過鞋和皮帶的瓷盆裏，在咕嘟嘟地響着、燉着我的肉。因為鹽在夏天會化開浸在鹽罐裏，我就在我自己對我自己狠手前，去區食堂把那裝了幾年的空鹽瓦罐提回來，打碎後把罐身的下部和罐底全都一同煮在了瓷盆裏，使那蓋着的盆裏響出一串串帶有肉香鹽味的碰撞聲。癱坐在火邊上，不停地往盆下加着柴，也讓自己滿臉的虛汗，從頭上沿着臉和脖頸流下來。借着日光和火光，再看這屋裏時，我不再覺得這屋和墳墓一樣了。我已經把梗在我腦裏的那根尖刺快要拔將出來了，猶如把那帶血帶肉的骨刺放在盆裏煮着般。身上有了輕快和溫暖，屋裏沒有了那墳墓般的冷，只有虛脱的大汗止不住的從我渾身朝着外邊流。一切都因為那將要拔出的梗在腦裏的尖刺使我渾身變得舒展和自然。還帶着血跡靠在牆下的那把舊菜刀，它無故無奈地沉默在那兒，像一個人失手後蹲在牆角的老人樣。那被藏在床下的半袋炒黃豆，現在也大大方方立在床鋪上，張着袋口兒，像誰餓了都可以去抓一把。我已經又吃了炒黃豆，喝了盆裏煮肉的水，心裏沒有那麼餓得饑荒了。看着透過來的落日和火光在屋裏溶在一塊時，我想要的那股坦然與溫暖，從我的心裏慢慢升上來，漫溢在整個屋裏和九十九區的院落內。打開蓋在瓷盆上的木蓋看了看，我看見我的那兩塊腿肉在水裏翻着和跳着，像我要掐着他脖子的那個對手在瞪着眼睛呼喚救命的樣，那復仇後的輕快和精疲力竭讓我無力地重又把蓋子蓋上去，擦了一把臉上的汗，癱着把頭仰在牆壁上，我覺得我終於可以面對這個世界了。

對那些到了音樂手裏的《罪人錄》，終於有所交待了。

試着從地上站起來，我覺到了兩個腿肚上有着撕裂刀剜的疼。咬牙扶牆站一會，最後把柴禾從盆下退出來，慢慢挪步到了床邊上。

我坐在床鋪上，用力吸了一口氣，又很長很慢地呼出去。學者和九十九區的人，快該回來了，因為太陽已經從窗口過來由大變小，朝牆底退下去。我等着學者回，就像等着另外一個人來配合我的一場演出樣。我一直把目光從門口望着區院裏。先看到一個人，拄着棍子從我的目光中走過去，接着學者就如我所期的那樣回來了。他和往常一樣沒有拄棍子，而是把手按在肚上擠着力氣慢慢從區院大門那兒走過來。和所有的人路過那兒都要扭頭看看孩子的屋門樣，他也扭頭朝那屋門望了望。接下來，他邊走邊瞅着地面上。不知道在地上拾了什麼塞進嘴裏去，嚼了幾下又吐將出來了。捋籽尋草的那條空布袋，裝着他的碗，提在他手裏，在他的腿上碰來碰去着。

我在看到學者時，起身慢慢去把盆裏的一塊煮肉撈在一個碗裏邊，又盛了一滿碗的煮肉湯，端過來放在桌角上，並把我的一雙筷子擺在碗口上。到這時，我才清楚的看到，那手掌大手掌厚的一塊鮮肉煮熟後，縮成了半個手掌樣，變成烏紅色，如一塊烏紅色的瓦片沉在碗底裏。清水肉湯上有透亮的油滴在漂着。望着那煮肉和油滴，我感覺到了我的後脊柱有了發緊的哆嗦和寒冷。如刀割般的鹽味、香味從我的喉腔、胃裏掠過去，彷彿是食鹼、辣椒厚厚鋪了一層兒。很慶幸法律專家這天沒有提早趕回來。我猜測學者是擔心什麼提早回來的，就像我擔心什麼從音樂的屍旁經直走到她的宿舍樣。學者回來了，快到屋門口時腳步快起來。一切都如我想的一模樣，他在進屋時，忽然把彎着的腰身挺直起來了，站在那兒用力吸了兩下鼻，又快步朝我和那碗煮肉走過來，最後把目光停在那半袋炒豆上，收住腳，臉上閃過一層興奮異樣的表情後，又立刻變得平靜而實在。

「音樂換來的？」他用半淡半冷的語氣問。

我瞅了一眼桌上冒着熱氣香味的碗：「快吃吧，你趁熱。」

他讓目光從那碗上過一下，坐在了宗教的床鋪上，閉嘴沉默一會後，又突然朝自己臉上狠狠抽了一耳光，然後站起來，很肯定地對我說：「我説過會和她結婚就一定和她結，除非她又不願意和我在一起。」説了這樣的話，學者一步跨過來，抓一把黃豆塞進嘴裏邊，嚼着又去端起桌上的碗，沒有細看就喝了一口湯，然後僵在那兒看着我，等咽了黃豆驚着大聲道：

「天——肉湯還有鹽！」

我坐着，朝他乾乾笑了笑，又一次感到了後脊柱的冷。他不再和我説什麼，也不拿眼睛來看我，就那麼拿着筷子蹲在床腿旁，像一個從監裏苦逃出來的犯人樣，抓一把黃豆又喝一口湯。可這一把黃豆沒吃完，他就又把黃豆丟在了袋子裏，專心地吃着碗裏那塊絲絲紅黑的肉。咬下去，細嚼着，兩個太陽穴上的筋脈因為專心用力，呼呼地鼓起又落下，如時脹時癟的兩道脈管兒。我的雙手不停地冒着汗，拳頭緊捏着。學者吃嚼喝湯的聲音如燒開的滾水從我的耳朵灌進去，沿着我渾身的血管燒着燙着流。而他專心嚼着那肉時，我感到了梗在我腦裏那刺正被一點一點拔出的疼痛和舒展，身上的每節骨頭都如原來錯開現在重又對正了。我挪到學者的對面盯着他，看到他頭髮蓬亂，但沒有一根白，仍然烏黑有力，密密蓋在頭頂上，那個旋兒也鮮明如一片草地被刨過樹的坑。他就那麼嚼着肉，喝着湯，又往那碗裏泡了一把炒黃豆，不顧一切的吃相，再也不是他的學者的模樣了。我盯着他的嘴，看見他把我的肉絲從他的牙縫扯下來，有殷紅的聲音響在他和我中間。他不停地嚼動的雙唇使我的眼角有些疼痛了。從眼角開始，那剛才淡去的疼痛，又從他的牙間傳遍我的全身落在我的雙腿上，讓我的雙腿冰冷寒徹，後背的脊柱上再一次有了被人扯筋斷骨的血疼感。

我渴望學者停下筷子和嘴抬頭看看我，和我說句話，讓我臉上、耳根和渾身都脹緊到欲要崩斷的筋脈緩鬆一下子。可他就是那麼蹲姿吃着不抬頭，彷彿他的眼前本就沒有一個人。

我終於忍不住問了一句話：

「好吃嗎？」

開口問話時，我才知道那時我是咬着我的下唇的。是嘴唇上的疼痛讓我開了口。

學者聽到我的問，彷彿是我提醒他什麼了。他忽然把扭着低蹲的姿式正了正，起身坐在床邊上，抬起頭，讓自己儘量恢復到往日的儒雅裏，朝我有些難為情的笑了笑：

「讓你見笑了」。

我又問：「好吃嗎？」

他點了一下頭：「什麼肉？腥氣有些重。」

「是豬肉。可能鹽少了。」

他又笑：「這年月，能吃肉還敢嫌鹽少。」

再次開始吃起來，他變得細嚼慢嚥，喝湯的聲音也沒有原來那麼響。屋子裏日光的遊移與抽動，如有人把床單從床上揭去樣。窗台下的火，也徹底滅盡了，只那厚厚的灰裏還有一層兒紅。當學者快要吃完喝完時，我渾身的哆嗦、緊縮放下了，後脊柱上的冷和扭動也隨之淡下來，身上輕鬆如洗了一個澡。到這時，我知道我腦裏的那根梗刺徹底拔下了，明白我這樣並不是為了學者和音樂，而是為了借着他們拔掉那根梗在我腦裏的刺。我對他們開始有了一種感激和溫暖，覺得是他們救了我一樣。又一次把手隔着棉褲放在我的雙腿上，我又看到了那場彩色斑麗的紅血雨，它美得讓人抽搐、哆嗦和想要癱倒在地上。讓人不敢睜眼看。待血雨之後睜開眼睛時，我看見學者吃完了，他用手擦了一下嘴。

「還吃嗎？」

他搖了一下頭：「你沒吃？」

「吃過了。這是兩塊豬頭肉。」我又抬頭瞟瞟他，「你可以再喝一碗豬肉湯」。

他猶豫一會兒：「剩下的留給法學專家吧，畢竟同住一個屋。」

看他起身把碗放在桌上時，我也從床上站起來，終於輕聲說了那句話：

「音樂不在了。」

他一怔，回身僵在桌前邊。

「她沒捨得吃這些，自己餓死了。現在在院後荒地裏，有了坑，我沒埋，我想該由你去最後安葬她。」

學者聽着我的話，目光一直擱在我臉上，如剛才他吃肉時我目光一直擱在他臉上。說着話我去打量他，可並沒有從他臉上看出多少震驚和疑懷，反倒是從他臉上看出了一些釋然的樣。「我一直覺得今天會出一些什麼事。」他這樣輕輕說一句，像他一直預感等待的事情終於發生了，反倒把懸着的內心放下了。吸了一口氣，又長長歎出來，他開始朝屋外走過去。因為吃了豆子和煮肉，喝了熱肉湯，他腳步快而有力，如要去趕一趟末班車。

我是隨後端着盆裏的另外一塊煮肉，又去收拾了幾樣音樂的遺物走去的。一路上都扶着牆壁走，開始還能看見前邊學者的背影，末了就和他拉開不見影兒了。黃昏將要到來時，故道的平原上，滿是塵沙的土味和落日的沉鬱味。無邊空曠的靜寂間，遠處的洪荒裏，有人影朝區裏晃回來。到院後荒地那一片墳堆時，有隻飛鳥從我挖的墳坑飛走了。走過去，看見學者並沒有動鍬埋音樂，而是坐在那個墳堆下，把音樂的凍臉抱在他的懷裏暖，見我到了後，他抬頭看着我，很肯定地對我說：

「她不是餓死的。」

我說了我所經的和見的。

學者閉着嘴，把目光從我身上收回去，從懷裏把音樂化開的凍臉搬出來，讓她變形的青臉周正些，開始從我抱的一堆遺物中又給音樂穿了幾件衣服後，扭身熱切地望着我：

「算我替音樂求你了，她的事你誰都不要說，尤其不要記到《罪人錄》上去。我們得留她一個好名聲。」

我沒有再說話，也沒有點頭和搖頭，只是用我變得硬而有力的目光盯着學者眼裏對我的不信任，這反而讓他的目光有些無法直直應對我，不得不把目光望到別的地方去。過一會，他把目光收回來，開始把音樂的屍體抱進我挖好的坑，將我抱來的音樂那破了洞的藍綢花被蓋在她身上。然後他又瞟了一眼我，從口袋取出幾張白色的紙，蹲下來，疊來疊去着，最後斜着折去撕一下，撕出了一個巴掌大的白色五角星。這樣五次折疊撕出五顆白五星，把這五個白色五星放在音樂用紙盒改做的梳妝盒，那盒裏有梳子，雪花膏，小剪刀和一個針線包 —— 還有這五顆白色的星。把這紙盒放在被下音樂的手邊上，學者從坑裏爬上來，開始一鍬一鍬往那坑的被上輕輕填着土。

由我從那坑裏挖出的土，全都由學者重又填回到坑裏堆在坑上方，攏起了一個圓形的堆。學者埋着音樂時，我沒有過去幫什麼忙，一直蹲在不遠處。夕陽要去了，寒涼變得更加濃起來，從曠野四面吹來的風，讓我的雙腿冰疼得狠不得從我身上脫開去。埋完了音樂後，學者拍了拍手上的土，似乎準備離開時，我端着那煮肉走過去，在音樂墳前站了片刻後，也從口袋取出了十幾頁的紙，是我從音樂那兒拿到的那關於音樂的《罪人錄》。把那些罪紙擺在音樂的墳墓前，我從那盆裏撈出了如學者吃過的一模一樣一塊肉，跪下來，又從盆裏拿出那把舊菜刀，把那煮肉舉在音樂的墳前沒說一句話，用菜刀把那殷紅的手掌樣的一片煮肉割成一條一條兒，讓那一條一條的煮肉全都落在那些《罪人錄》的稿紙上，最後趔趄着站起來，對身邊的學者說：

「我們回去吧。」

學者盯着我，盯着音樂墳前那些《罪人錄》的紙和那紙上的肉條兒，他突然走過來，蹲下把我的棉褲腿向上扒了扒，看了看我用床單布裹着的兩個小腿上那浸出結冰的血，慢慢放下棉褲腿，緩緩站起看了我一下，沉默了許久後，對着天空和曠野，大聲地哭着喚着說：

「讀書人呀⋯⋯讀書人⋯⋯」

這之後，他臉上的淚，就蒼濁蒼濁地流將出來了，流得和年月與飢餓一樣不可擋。

# 7 《故道》 p487–493

學者説的是對的，這一天註定有許多事情要一浪推着一浪跑過來。

黃昏裏，我倆離開音樂的墳墓時，他是扶着我離開的。可走了沒多遠，剛到區院圍牆的東北角，我倆發現東北的圍牆下，所有的同仁都在那兒生火煮什麼。有一股股的炊煙升起來，零零散散，相距很遠一個野荒灶，又相距很遠一個野荒灶，幾乎沒有兩個灶是相臨相靠的，彷彿那灶裏誰煮的什麼都不想讓對方知道樣。

學者和我都站在區院圍牆後邊呆起來，望着那一股股炊煙下蹲着的一個一個的九十九區的人，疑一陣，他便丟下我，快步地朝着最近的一股炊煙走過去。到那兒，正在彎腰吹火的一個五十幾歲的教授前，他還未説話，那教授抬頭瞟了他一眼，又看看跟着拐來的我，忽然把手用力按着他架在幾塊石頭上做鍋用的大茶缸的蓋子上，彷彿怕我們突然彎腰打開他的茶缸蓋。

又朝離他二十幾步遠的另外一股圍牆下的炊煙走過去，那只有二十幾歲的一個中學教師，忽然用身子擋住他架在火上煮的陶瓦洗臉盆，對我倆嘟嘟囔囔說：「大家都這樣，又不是我一個。」

再慌忙朝下個土坑走過去，女醫生在那土坑裏正用石頭砌着野荒灶。她平常煮草熬根的瓷碗放在石頭炊邊上，瓷碗上用一片圓形硬紙蓋着做鍋蓋，圓形硬紙的中間還有一段繩子穿過去，以便掀開蓋子了用。看見學者和我時，醫生不慌不忙，把手裏剛點着的一把柴禾放在野灶石頭間，一屁股坐在沙地上，不冷不熱地看看我們倆，不亢不卑地問：

「想看看我煮的什麼嗎？」

誰也不說話，只是把目光擱在那碗口的紙蓋上。別處已經有人把煮火熄掉了，正端着他那當鍋的茶缸或瓷碗蹲在地上吃起來。呼呼的吃喝聲，如從遠處傳過來那時斷時續的流水般。醫生把目光朝那吃聲瞄一眼，又收回來很平靜地說：

「都在吃人肉。七天的風沙把黃河灘上的野草全都沒埋了，今天沒有誰能刨出幾根草。」

說着時，醫生又往灶裏加了一把柴，把瓷碗鍋放在火上後，再也不看我們倆，爬在地上吹着她的火，像我倆壓根就不在她的面前樣。最後的落日把黃河灘地染成了醬泥色，大地上由黃變成紅的水，遙遠地站在黃河灘九十九區的圍牆下，可以隱隱聽到落日息去那如水潤沙地的吱吱聲。在區院東北圍牆避風的這一邊，還有灘地避風的坑窪裏，一團團燃起的野火間，在這昏花的寂靜中，有劈劈啪啪的響聲流蕩着，如同那炊煙綢旗一樣在半空擺動着飄。空氣中有煙火的灰白味，還有一片淡紅煮肉的腥香味。沒人説話兒，也沒有人彼此在一起，分開來就像誰也沒有發現誰在燒火煮人肉，誰也沒有惡罪記下來。看着那股股片片、升起的炊煙和在大地上燃着的一團團煮人肉的火，我扭頭把目光擱到了學者的臉上去。學者站在醫生的火邊上，臉上並沒有多少驚奇和意外。他表情木然，呈着和死人一樣的灰白和淺青。他把目光打量在面前一叢叢的野灶火光上，在我想要説話時，學者倒先開口對我説：

「回去吧！」

我們就走了。

孩子的屋裏已經點起了燈，從他的窗口泛出淺黃的光。回到大門裏，我倆朝那看了看，淡下腳，我想對學者説，應該讓孩子去外邊看看那一片煮人肉的鍋和火。可學者只往那邊瞟一眼，就徑直朝前走去了。他沒有朝住的屋裏去，而是徑直地朝第一排堆放死人的屍屋走過去，就像一個倉庫的保管發現庫門大開了，腳下快起來，喘氣聲哧哧呼呼，到那屋門口，他哐的一聲推開門，遲疑一下走進去。黃昏最後的一抹亮，在堆屍屋裏如夜間水面的光。在那屋裏站着靜一會，慢慢可以看清了屋裏的輪廓和景況。

就在這間屋子內，幾天前我還進來擺放過宗教的屍。宗教的死屍是和另外三具屍體並排橫在一張床上的，就像一排麻袋齊齊整整擺在一起樣，可僅僅幾天後，那張床上又堆了幾具別的屍，彷彿一堆凍肉堆在一塊兒。而且是原來那兩個床鋪堆不下，又散散亂亂堆在另外的床鋪上，如一堆一捆的穀稈在秋後隨意地擱在田野間，有的用草蓆捲起來，有的用他的被子蓋起來，有的就索性隨死隨扔，死後還是他生前的穿戴和模樣。屋裏冷得很，從死屍上生出刺骨的寒氣逼進活人的毛孔和骨縫。我跟在學者的身後走進屋裏時，有幾聲白嘩嘩的哆嗦又從我渾身的骨頭關節響出來，彷彿無數的鈴鐺在我的骨縫裏邊敲碰樣，使我不得不在屋裏再次放下腳，穩了一下情緒和打着擺子的腿，才跟着學者朝那屍床走去了。

屍床還是原來床鋪擺着的樣，四個高低鋪，以窗口為中界，一邊擺兩張，床鋪間有桌子擺在牆下邊。那些原來桌下的凳，都被人拿走烤火了。有兩張桌子也被搬走烤去了，還有上下床鋪的上一層，也有兩鋪被人劈開拆去烤了火，白啦啦的木楂卻還亮在那，屋裏完整着四個下鋪和一張桌。離門口最近的床鋪上，因為可以讓人少走幾步路，床上就一下堆了六具屍，有的頭向門這邊，有的腳向門這邊。離門口最近靠裏的床鋪上，卻只寬寬鬆鬆橫了兩具屍，如他們死後還享有尊貴才寬鬆佔有那張床。就在那張窗下的桌子上，也堆着三具穿了棉襖、棉褲的屍，兩具屍臉正對着窗口那一邊，在光亮中呈着暗紫和冰青，頭髮亂得如野荒裏的一蓬鳥窩兒。站在門口六具屍的床頭上，老遠我看清了桌上有具屍體是誰了。他是幾年前有次單位要開個教育討論會，那遲到了幾分鐘的語言學家。上邊問語言學家為何遲到了，語言學家說他突然雙腳疼，路上走得慢。上邊就低頭看他的腳，發現他把左鞋穿到了右腳上，把右鞋穿到了左腳上。於是間，上邊就笑笑，讓他到了育新區。到了九十九區裏。語言學家六十八歲了，全國人用的字典、詞典是他用幾年時間主持修改編纂的。現在語言學家躺在這兒了，再也沒有語言了。學者和他同過屋，所以學者從進門開始掀着被角、衣服和草蓆一具一個辨認着死屍向前走去時，看誰的死屍哪兒被人切去挖走煮了時，到窗前語言學家的面前他額外多站了一會兒。他以他的多站和沉默為憑弔，看見語言學家頭下的桌子上，丟着有輪廓的一樣什麼東西兒，如枯捲的一片紅薯乾。他試着用手去碰了一下那片紅薯乾，慌忙把手縮回來，呆了幾秒後，再搬着語言學家的頭扭着看一眼，我和學者就都看見語言學家的頭下沒有耳朵了。那桌角紅薯乾似的輪廓就是他的左耳朵。因為天太冷，死屍凍透了，他的耳朵被人切割身子時不慎碰掉了。

從語言學家的桌邊退到屋中央，我説別看了。學者遲疑一下兒，又朝最裏床上的死屍走過去。剛至那床下，我認出那二人獨佔一床享受的死屍是宗教和一個年輕副教授。宗教原來不在這張床輔上，可他現在卻被擺在那兒了。心裏慌一下，我過去把宗教身上的被子掀開來，只瞟了他一眼睛，便有股要吐的噁心從喉嚨朝着嘴裏急湍湍地翻。宗教沒有胳膊和腿了，他變成一個屍樁躺在那被裏，像一具多少年後從墳裏挖出來的爛屍一模樣。慌忙把宗教的被子蓋下去，我忍疼快步退着從屍屋走出來，蹲在門口乾乾連連地嘔，如喉嚨裏塞着一團腐爛的草。

「宗教怎麼樣？」學者也跟着出來了。

我扭了一下頭：「能吃的地方都沒了」。

學者就立在我身後，又默一會，丟下我獨自朝後排的幾間屍屋走過去。已經有人從圍牆外邊提着他煮過肉的鍋碗走回來。落日盡淨，最後夕陽的餘光也從大地抽去了。院子裏是黃昏後日光褪去而黑暗還沒跟來那一瞬間的靜寂和昏花。蹲在地上，我能看見從院外回來的人，沒有誰是因餓爬着回來的。他們都是站着走，而且腳步似乎都比以前抬高了，腳下有些力氣了。先前走路，每個人的腳下都是分不清腳步的拖拉吱喳聲，可現在，那腳步一聲是一聲，有間隔也有了緩慢的節奏感。又有腳步跟進來，絡絡繹繹地，彼此都如從野外煮完野菜回來的樣。他們朝着院內的裏邊走，學者從裏邊的屍屋那兒朝着外邊來，不知他們彼此見面說沒說話兒，相互看沒看一眼，就見學者從裏邊出來到我面前時，他的腳步也和回到院裏的人一樣，比先前有力了，腳下有了一下是一下的腳步聲。到我面前後，學者站在那兒低頭盯着我，小聲而清晰地說了一句話：

「音樂留下那半袋黃豆你要嗎？」

我從地上慢慢站起來：「那是音樂給你的。」

「你去提來給人分了吧。」黃昏裏，學者把他模糊的臉朝大門那兒瞅一下，聲音冷冷淡淡道：「統共五十二具屍，已經沒有一具整的了——你先回屋吧，我想到九十八區找找那個人。他一定比孩子知道的多，一定能說準這場災難範圍到底有多大，還會有多久。」

說完後，學者就朝九十八區走去了，去找那胸前掛滿證章的人。那一夜，學者到半夜才回來。回來他沒有回到屋子裏，而是徑直去敲孩子的屋門了。

# 第十五章

## 《天的孩子》

# 1 《天的孩子》 p416–419

孩子他是蠟狀坐着的。坐在床的中央的。紅的花，紅五星，紅獎狀，還有新近有的紙的紅燈籠，掛滿床頭和床腿。一併房頂的，葦稈和那葦棚席，也都掛了花、紅燈籠，還有紙剪的燕尾狀的紙飄帶。一屋一世界，都是紅的色。屋的中央一爐火，還有引火燒的沒有撕的書。一本為《簡愛》，英國的故事書；一本《浮士德》，老的德國書。爐火那的熱，騰上來，搖着房頂那的紅。床前邊，擺了一碗孩子喝的水。另一碗，碗底滾着炒黃豆。孩子端端坐床上，圍了被，盤了腿，微微閉着眼。浮腫水亮的臉，發着亮的光，如廟裏神的孩子神的塑蠟像。

門關着。學者他來見說孩子了。

學者和孩子有話說。

學者對孩子說了很要緊的話：「那十八穗比穀穗還大的血麥穗，一穗都不少，我一粒都沒吃。可以全給你。你帶着這十八穗的血麥穗，一頓吃幾粒，到那京城去。留那比穀穗還大、和玉米穗樣的血麥穗，你就可以進到中南海，見到最最上邊的，把這兒的景況說給他。我託你辦的事，就是把那最大的麥穗獻給上邊時，把我那、沒寫完的半部書稿給他們。他們見了那麥穗，看了那，半部沒寫完、怕再也沒有機會寫完的書，他們就知道這個天下了，知道國家今天人的怎樣了。」

孩子睜了一下眼。比往日，微眯的眼裏有着晶瑩光。

「我去把麥穗、書稿拿給你。求你的是，是你永遠不要對人說，是我給你了那十八穗的麥。」

學者走出去。許久時間後，他果真，拿回了幾層布和那防雨防潮油紙包着的十八穗的麥。夜是深靜空曠的。漫天有星光。青光在天空。進到孩子屋裏時，孩子打瞌睡。門響了，孩子睜開眼。在光裏喝了水，又用手，沾着碗裏的清水洗了臉。孩子眼亮了，晶瑩有了光。學者見另一個碗裏那原有幾粒炒豆不在了，碗是空的、亮的、一無所有的。他把那，一包麥穗放在床鋪上，謹慎打開來，屋裏慢慢有了血香味，清冽冽。濃烈烈。

孩子聞到那淺色的、濃烈的、小麥粒的香，還有麥殼、麥稈那乾白乾白的夏燥氣。十八穗小麥被學者分捆兒，最大的，確如玉米穗，加上三寸那麥芒，麥穗就比玉米穗棒長去了。一尺多的長。最小的，也同碩穀穗。難知學者在哪收藏那麥穗，使那穗好着，麥粒原原封封在殼裏。麥粒絳紅色，鼓脹着，澱粉似要脹出來。有從穗上掉的粒，孩子撿起來，舉在燈下看，見那深紅淺黃麥粒兒，粒肚有線溝，如那刀刻紋。

每粒都賽一豌豆。如花生。

孩子眼裏閃着光。他有笑。笑像淺的紅的大花掛臉上。

「你真的一粒都沒吃？」

學者點下頭。

「你現在可以吃一穗。我獎你一穗吃。」

學者搖了頭。

「你還有什麼對我說？」孩子把那麥穗收起來，放床頭，臉上充滿光。

學者遞那用布包的、他的半部書稿紙。屋裏有了紫的藥水味。遞過去，鄭重道：「這是我在六年寫下的，你交到京城最上邊——只要你把那最大的麥粒麥穗交給最最上邊的，他一定會在中南海裏接見你。那時候，你把這半部書稿交給他。」

孩子接書稿：「他會派人帶我在京城逛逛嗎？」

「他會親自在你胸前掛上一朵大紅花。那紅花有飄帶。飄帶上有他親筆為你提的詞。帶上那朵花，你走遍北京城。長城、故宮、頤和園，王府井、動物園，想去哪兒去哪兒。去哪兒你都不需買門票。還可以住進紫禁城。所有看見你的人，臉上都是敬的光，都為你鼓掌呼喚好聽的。」

孩子把那書稿放床頭，臉上有浮腫，光亮越發晶明和燦爛。事就這樣成下了。這一夜，孩子通宵未臥睡，看那十八穗的麥。想那北京城的事。想那上邊會為他戴的花的大小與物形。來天日出時，人都窩在床上取暖歇身子，孩子一個一個屋裏去道別。「我要進京了，」孩子說，「到北京，我見了最最上邊的，你們就有糧食了。再也不用挨餓了。」睡在床上的，沒人懂那孩子的話。孩子到那學者、作家住的屋，又說那話兒，並在學者床前鞠了躬。將作家，塞了一把東西後，從屋裏退出去，離開九十九區上路了。

果真上路了。

陽光好。

天上泛白光。

雲彩翩翩，猶如天使在舞蹈。這一天，氣候溫暖如春天，舉目望出去，能看千萬里。遠處黃河一併灘地上，沉靜着，猶如湖水的歇息和綢在大地上的飄。近處的，落塵與飛沙，都伏在大地上。成着大地一部分。通往外面的路，如一條淺淺發光帶。孩子背着他的麥——一個紅綢再三裹的包，沿路有力朝外走。紅綢布，如一個火的球，在孩子肩頭跳跳蕩蕩閃着躍動着。有人出來送。最前是學者和作家。作家手裏握着孩子給的大豆、花生似的血麥粒。

學者向孩子揮着手。

孩子回身也招手。再轉身，他就消失在了光的亮的模糊裏。

# 2 《天的孩子》p423–427

孩子走的幾天後，地上暖，發現牆下避風朝陽處，那新草，蠕蠕發芽了。本是去灑尿，尿一沖，漩出一窩兒。窩裏露出小芽草，透明的、黃嫩的、玻璃一般的。止了尿，將那一芽撥下來，對着陽光看，見那一芽脈管裏，有絲絲的汁液在流動。就猛地怔一下，又猛地醒過來，舉着那黃嫩、明淨那芽草尖，在那院裏跑着喚：

「春天了 —— 我們有救了！」

「春天了 —— 有吃的東西了！」

喚的人，竟然是女的。女醫生。醫生跑着喚，猛地一跌倒，再也沒有爬起來。人去拉她方知她死了。因為醫生最懂萬物花開時，生命生長那道理。醫生就這麼，喚死了。因了那的的喚，興奮到了極處裏，力氣用盡生命耗盡了。人都從屋裏走出來，去避風朝陽的地下扒，果然有芽草，從根裏生出來。沒有生芽的，草根也柔潤，水分旺旺生吃草根嘴裏有了腥甜味。

都去土裏扒吃生草根。新草吃多了，人都拉肚子，活活拉脫水，又都拉死了。有一天，有人想到孩子進京半月音訊渺無的，說進京有汽車，有火車，路上來回只消三五日，上邊接見也就幾分鐘，十幾、二十幾分鐘，剩下那時間，他可用腳丈量京城的每一寸土。事情完結後，孩子該回了。可孩子他沒回。人就每天朝那路上望。

孩子沒有回，人就疑懷他死了。畢竟他，走時臉是浮腫的。腿是浮腫的。渾身上下浮腫的。

有人說：「孩子不在了，我們正可以回家自由去。」

有人響應都要走。學者出面攔，說只要孩子把他的半部書稿交到最最上邊的，天下馬上恢復原初的樣，農民種田，工人做工，教授重新站到講台上。有知識並愛思考的，可以重新冥思和寫作。

又等待，終是不見孩子回。

春天到來了，溫暖地下生。大地復甦小草百花開。鳥雀它從哪飛回來，在天空翔遊和歡叫。興許挨餓過去了，可有野菜充饑了。黃河灘上遍地生的花花菜，鹵角芽，紅莧菜，點滴點滴功夫間，可以掐下一大把。有野菜，人就有力氣。有力氣，又有人蓄意趁孩子不在離開育新區。

「再三天，孩子不回來你們再走好不好？」學者一個屋裏一個屋裏勸：「逃走只有一條路，那路能讓輕易離開嗎？」

又三天，孩子仍沒回。

有人走掉了。逃離不見了。身上揣那已經夠數的——一捧一把的小紅花。那些花，多是從餓死的同仁身上拿去的。夠了一百二十五朵小花的，身上被野菜蓄下力氣的，他就不見了。床上、床下衣物不在了。沒人再聽學者的話。沒人誠信學者的話。孩子已經離開二十八天了，去兩次京城也該返回來。

又一天的午時裏，有人公然在那院裏喚：「想離開的都收拾行李跟着我走啊！」

人就嘩嘩的，都收拾行李走出來，站下一大片，一點數，共是五十二，方知那，九十九區餓死的，生病死了的，過了大半七十多。春天了，人有力氣了，孩子不回正是集體逃離的好時候。

「怎麼辦？」學者問作家。

「我也走。」作家說，「這次是我鼓動大家逃走的。這些人，我都在《罪人錄》中記過他們許多事，贖罪我該把他們帶出去。」說着收拾自己行李了。學者愕然看作家。作家看學者，一併希望他和大家走。學者望望院內一片興奮堅毅的同仁們，朝那作家搖了頭，盯着作家問：「通往鎮子那路上，到處都有檢查站，你們從哪走？」

可作家，堅毅堅毅說：「不走也是死。」

事就這樣成下了。

作家和學者告過別，出了屋。日在平南那一刻，有人建議說：「打開孩子的屋門進去看一看，看有什麼可拿的。」

「是偷呀！」作家大聲吼，「忘了我們都是讀書人？！」

就從孩子門前一行隊伍過去了。扛着的，提着的，有肩挑着的，幾十人，跟作家，散亂散亂沿着大道朝那黃河灘外走。學者站在區院門口望大家，眼裏滿是猶豫迷惘的光。他沒走，信着孩子一定會回來。一定會把書稿交到上邊去。學者望那同仁們，直到那隊伍，消失融化在春日光芒裏。

# 3《天的孩子》p427–433

人都不敢走大道，沿着荒野小路走。朝着外面世界那方向。在下午，日將西天時，都虛汗淋淋了。有人把多餘的行李扔在路邊上，有鞋、有帽、有衣服。還有多餘那的褲。但沒人，扔下他們要煮菜蔬那的鍋。

黃昏時，走了十里路。有人落在後邊有如脱了群的羊。在曠野的一片青草旺茂處，作家讓大家停下來，掐野菜，拾柴禾，等那後邊的。雖辛苦，興奮也彌漫，畢竟是一次集體大逃離。在草地生起火，找來水，煮了野菜吃。晚飯後，人都睡在野地有坑有草那的避風處。望那滿天星，有人唱了歌。唱一首耳熟能詳的革命歌，又壯懷，又理想，歌名為《沿着大道朝前方》。歌詞是：「有條道路朝前方，前方是自由和明光，只要你把勇氣付出來，人生光明又亮堂。」先是一人唱，後來許多唱。就都唱，不會唱的跟着唱。曠野裏，寧靜無邊的，星月滿天的。他們的歌，如波如浪般，把曠野的寂靜推到很遠很遠的地方去。唱累了，歇下來，開始蒙着被子睡。來日太陽出來時，有人發現東西被人偷去了。四處找，查人數，方知少了兩個年輕的，一個是大學那講師，一個副教授，他們是師生，在同一所京城的理工大學裏。

「丟了啥？」作家問。

幾人把頭勾起來：「五角星」

作家沉默着。大家罵了那偷的，便都繼續上路去。晝行夜宿的，拄着拐杖走，餓了煮野菜，夜宿就在曠野避風處。晝行夜宿的，晚上沒人唱歌了，倒下就睡了。晝行夜宿的，事就這樣成了又敗了，如花開又落了。五天後，繞過九個育新區，四個自然村，七個檢查處，鎮子顯在面前幾里外。遠處那大道，像繩子牽着鎮子入口處。眾人和作家，都知只要能過了鎮子去，就算離開育新總部了。再到縣城裏，搭上通往地區的車，火車就在眼前了。分頭登火車，便可各自回家了，見妻子、見孩子、見父母，天倫一盆火。

看見鎮子時，人群慢下來。鎮的房子都如一堆草，灰在地上高出地面來。闊寂靜。死得很。鎮上沒聲音。有炊煙在鎮上的人家散散寂寂升上來，孤直舉在天空下。是午時，陽光透亮人都睜不開眼。人群停下來，建議派人先到前邊看一看。去了兩個人，年輕的，賊着去，快步又回來，臉上呈着慘慘的白。問說怎麼了？答說三天前，從人群偷了別人五星逃走的，那講師和那副教授，死在走進鎮子的路口處。死屍扔在路邊如扔兩捆乾穀草。說死屍的邊圍上，到處落着大家有的、孩子發的、那種小花和五星。說在那路口並有兩間草房屋，屋門口，靠了崗哨槍，豎了木牌子，木牌上書五個字：

愛國檢查站

「人群分開來，天黑從鎮的兩側偷過去。」作家思忖思忖說。

分開來，兩批兩撥兒，分別有人帶着隊。月亮出來時，分頭從鎮子這邊大路兩側朝着左右走。依然走小路。走不是路的路。有時彎腰走。有時爬在地上走。遠了直腰快幾步。人都不說話。有的怕落隊，被子鍋碗扔掉了。天也暗下來，是雲遮月的黑，看不見腳下的、近前道路的。來日天亮時，兩撥人，在大路外的一個窪處匯合着。以為從鎮子這邊到了那邊了；以為過了「愛國檢查站。」卻發現，大家匯合處，還是昨夜黃昏前，他們的那個分手處。有人在分手前扔在路邊的衣物還在路邊上，掛在小樹上的一根布條還在小樹上。

一整天的氣餒後，第二夜，作家把那左和右，東西和南北，精細辨認清楚後，原撥人馬又分開，朝着鎮子兩邊走。來日天亮時，匯合在大路外的一個可隱蔽的低窪處，竟然還是昨天、前天那兒的分手處。分手時，扔的衣物還在路邊上，掛在小槐樹上的布條和褲帶，還垂垂掛在小槐上。人都氣餒了，迷惑為何走不出這鎮子兩邊的野荒地。決定第三天，派人伏着去野荒地裏探路。路上插枝做記號。夜間沿着記號摸到鎮子對面去。派下幾年輕人，躲着伏着走到兩側野荒裏，看見鎮邊遠處都是黃河灘地的水沼地。不着邊際的水沼地。春天了，黃河那上游，冬冰融開濤濤嘩嘩流下來，距黃河百里兩岸的低處全都蓄滿水。距鎮子的近處高凸處，又都全是墳地和土堆。墳堆全是上年堆起來的新土墳，一片片，如春雨後的蘑菇般。一片又一片，成千上萬的，闊大無邊的，連天扯地的，都是餓死的同仁和百姓，還有各個從育新區裏逃離死在鎮邊的。所有的，墳都未及長下草，新墳與素土，閃着黃的光。水面閃白光。草地是綠光。綠光裏，許多未及埋的人，泡在水裏裸在天底下。有的人，死後沒有草蓆捲，裸在天下被狼、被鷹食吃了。白骨堆堆腐爛着。

一片片，有腥腥烈烈臭白氣。

探路的，在那墳墓陣中走半天，走出墳陣了，又沿着樹枝走回來，驚恐擦着汗，回到人群癱在人群裏。到另外一向探路的，他也走回來，擦着汗，驚恐着，虛脱蹲在人群裏。「全都是墳地。」一個說，「許多死人壓根就沒埋，爛在墳間草地裏。」另個說：「墳堆多得如同鵝卵石，和沙子一樣多，我們原來連續兩夜都是走在死人堆的墳陣裏。」

人就面面相覷着。

都看作家臉。

「墳陣也要走。」作家說，「死人堆裏也要走，過去墳陣死人堆，就都回家啦。」然後吃野菜，找那田鼠的窩。把田鼠挖出來，吃了存下力氣準備夜裏繞過鎮子走過漫漫無際的墳陣死人區。這一夜，雲彩盡退了，月亮升上來。光華滿天地上明亮時，眾人集合在一起，朝着兩個方向走。到墳地全都手拉手，沿着白天插的路標朝那鎮子那邊走。作家和插樹枝的走在前，一行隊伍屏聲靜氣賊狀偷偷的。原來那，漫無邊際水沼地，在月光下面泛着光。天光和水色，把人眾腳下映亮了。能看見，墳陣、死屍和那路標小樹枝。並不害怕墳陣和死屍，眾人都是死過的。就都沿着路標樹枝走。終於走出了墳陣死屍群，到了鎮子兩側的一片平整寬闊的野荒地。知是走出了墳陣死人群，鬆開拉的手，有人叫着朝前衝，跌下去，起來改為快步地走，興奮地說着話。粗口的，嘴裏有那「他娘的！」、「他娘的！」莫名其妙的罵。作家在前邊，回身壓着嗓子喚：「小聲點 —— 小聲點 —— 都還一個一個拉起手。」沒人再聽作家的指派和命令。快走小跑向前衝。穿過一片荒野後，前邊的，忽然停下來，發現荒野的這邊仍是一片死的墳陣和死屍，月光下，清晰明白地扔着和堆着。一望無際的，蘑菇草捆的。人都聚起來，又跟在作家身後走。作家站在最大的一個墳堆上，望望左，望望右，望望身後遠處模糊下的鎮子和總部、月光下的房，最終確準方向後，又讓大家手拉手，走沼澤，過墳陣，朝那鎮子前邊的大道走。

天亮後，眾人發現重又回到了原來鎮子後邊的大道上。原來扔在路邊那衣物，還在路邊上，掛在小槐上的布條和皮帶，還在路邊那棵一人高的、指頭粗的小槐上。

太陽從東出來了，光華曬下來，明亮把大家壓在低窪野荒間。人都絕望着。絕望彌漫着。目光裏，都是死的光。有人索性睡下來，説死在腳下也不再從墳陣穿過了。大都癱在草地間，臉色鐵青的、蠟黃的，有許多怨恨漫在人群裏。有人去質問作家說：「為什麼把人領到鎮子後邊走不到鎮子對邊去？」口水噴浸漫了作家臉。

「難道就不能從這大道設法過去嗎？不能過你領着大家逃什麼？」

作家決定親自去那檢查站裏交涉去。

人們都把懷裏、兜裏藏的紅花、五星交出來，以備作家被盤問，可以保全他的命。陽光裏，每個手裏都有從孩子那兒掙的十幾、幾十朵的小花、中花和紙剪五角星，一片紅，遞到作家面前去。作家搖了頭，謝了大家的好，從自己口袋取出一個小紙包，打開來，露出十幾粒暗紅的、比豆子還大、如花生一樣的小麥粒。「我是去給上邊獻這血麥種，這麥種一畝地就可生產幾千、上萬斤——條件是，讓我從這帶着大家到縣城。」

作家就走了。大搖大擺的，手裏拄了一根遠途走累的棍。人都伏在草地隱蔽處，朝那鎮口望，期望作家那血種，可把大家帶過這關卡。帶到鎮子大道那邊上。帶到縣城汽車站。能看見，作家到那鎮口檢查處，哨兵攔了他，又把他帶向那屋裏。

時間慢得很，一秒似一年。人都伏在地上等，撥開草棵朝着鎮口望。作家終於從那屋裏出來了，朝着這邊路上走回來。

「不光是這兒有這愛國檢查站，全國到處有。」作家說，「最最上邊規定了，大饑荒的困境裏，任何人，都只能留在原村、原地不能到處走，不能外傳自己那兒餓死多少人。」

人都不言了。

作家還又說：「能來回走動的，只有兩種人。一是他有上邊證明信；二是他必須有一枚真的軍人帽上的鐵的紅五星，或是五顆大的紙五星。可那大紙星，後邊還要蓋有上邊給孩子發的小印章。」

# 4 《天的孩子》p434–440

又幾日，人都從鎮子那邊吃着野草爬回九十九區裏。走的時，五十二個人，回來四十三個人。那九個，把命留在路上了。回到區院裏，沒人再說話。絕然不提走的事。只是有空都朝大路望，希望孩子或上邊，兀自出現在路上。

仲春裏，路上長野草。偶間有野兔和獾狐，在那路上立着看，悠閒悠閒走。

一日黃昏前，天上有白光。有人從屋裏走出來，又朝院外路上望，看見孩子屋外那——鐵鎖不在了。門是虛掩的。一併門上盤的蛛網也都不在了。驚一陣，朝那屋間還有人處跑。所有的，就從屋裏跑出來，站在孩子屋門口。事就這樣成下了。人都站立孩子屋門口，一大片，莊嚴的靜。肅穆無聲息。孩子被腳步驚醒來，屋門吱呀吱呀打開着。孩子果真出現在了眾人前。孩子是午時靜裏回來的。回來就睡了。他的臉上、腿上、身上沒有浮腫只有瘦黃色。太陽光，從他對面射過來。那臉上，顯出疲勞、倦怠和興奮，呈那瘦黃與黝黑，閃着結實的、大家熟悉的、卻是成年人的光。孩子長高了。忽然長大了。下巴那唇上，有了黑渣渣的鬍。身子單瘦、如是長高了的一棵樹。可他頭頂上，頭髮二寸長。蓬蓬亂亂那髮裏，夾有兩根草。

孩子的神情和那眼裏的光，它是結實的，肯定的，胸有成事的。學者在前面：「怎麼樣？」小心問，像試着孩子的心。孩子莊嚴輕聲說：「中南海裏果真也有煉鋼爐。天安門廣場也種過畝產萬斤試驗田。」人都不言了。作家驚恐的臉，滿是灰灰茫茫的迷。這時候，孩子眯眼看那天，天上有祥雲，有着白的光。有一群不知從哪飛來的鴿子飛過去。鴿子飛過後，孩子揉他惺鬆的眼，臉上掛了燦爛的笑，輕聲說了驚人話：

「你們都可以回家了。」

孩子的話，粗糙結實，完全是成年男人壯嗓門。說着回身去。他到屋裏去，取出一個布袋兒，臉上閃着從未有過的、燦爛光明的笑。「你們都不用在這受這飢餓改造了。」他提的布袋叮噹噹的響，是一片小鐵器的撞擊聲，像音樂，伴着他的話，奏着他的笑。孩子站在門口他的台階上，從袋裏，抓出一把通紅的、鐵製的、銅元大小的紅角星。「你們每人拿一顆鐵製的紅五星，可以明明光光從大道走到鎮子上。每個檢查站，見了這真的五星都會放你們。你們想去哪兒去哪兒。到縣城、到地區、到省裏和北京，走遍國家的任何地方裏、回你們家裏和單位。」孩子抓一把五星如手裏攥着一把火，說着手在空中揮一下，天空劃過一道紅的光。「回去準備東西吧 ——」孩子大聲道：「今晚好好睡，明晨我把這五星每人一顆發你們，還每人一袋炒黃豆，你們路上做乾糧。」孩子他，聲如宏鐘，和一個多月前那說話怯怯完全不一樣。

他沒說他這一個多月在京城見了誰，遇了什麼事，只是很釋然、很肯定地喚：

「都回去準備吧 —— 我也要好好睡一覺。實在太累了。」

孩子說完話，轉身回屋去，吱呀嘰嘰關上門，把厚的、不解的愕然留在門外面。留在學者、作家和所有人的臉上去。

人就繼續呆着站一會，疑惑着，回到自己房裏去。一夜並無話。並不真信孩子會每人發一顆五星和一袋炒黃豆，讓大家，平平白白走離育新區。晚上間，依舊如往日那樣睡下來。依舊要睡到自然醒來時。可在來日裏，事就不再一樣了。喜鵲很早很早伏在窗台上。先是一隻兩隻叫，後來是一群一陣叫。飛到這個窗台上，落到那個窗台上。有人醒過來，趿了鞋，到門外天空之下站一會，又到孩子門前驚着望，看到地下一片紅，如漫漫燃的火。抬起頭，驚呼着，目向天空去，又朝宿舍那邊跑：

「快呀 —— 快看孩子呀！」

「快呀 —— 快看孩子呀！」

他的喚，響徹九十九區和故道。響徹一世界。

人都起床來，揉着眼，朝着大門那——孩子住屋的門前跑。腳步碎亂喚聲有一片。到那兒，都猛地閘下腳，低頭看地上。看腳下那大地。將頭轟隆仰向天空去，脖子拉長凝那浩瀚那天空。有日光，天空是紫雲。喜鵲一片片，跟來落在孩子的窗台和九十九區院牆上。人就都看見，有白雲變成天使的形象從遠處朝着這邊天空飄。都看見，在天使雲的、紫色雲的下，天空明亮白透，沒有一絲風。在這白亮紫粉的天空下，孩子屋門前，九十九區大門內，高高的樹起了一個十字架。十字架的那底部，牢牢插進挖好的土坑裏。而孩子，那數百朵的紅花和獎狀，全都鋪在十字架的下。別在十字架的豎杆上。地上一片紅，如漫捲那火光。大花、小花、綢花、緞花和絹花，鋪的掛的紅滿院落映着大地的亮。高高的十字架，豎在那花間，如高高桅杆豎在晨時、夕時闊的紅海上。而孩子，穿了手織的、腰裏束了布帶的土藍大長褂，被釘在十字架的正上邊。十字架下的土，還散着新挖開的腥鮮和濕潤，在花裏，紅成血色紅成花紅色。有白的綠的草根浮在土上邊，如花莖，在那花中間。十字架，它是有碗粗的方木製成的，一丈多、近有兩丈高。孩子為了自己能爬上十字架，他在十字架的背邊釘了稀的細木條。在那剛從東升的日光裏，被自己釘在十字架上的孩子那臉上，有忍了劇疼滿意淺淺的笑，發着紅的光。孩子他是天亮後，日出正時鋪滿紅花自己把自己釘上的。沒人知道孩子在京城一個月，見了什麼、遇了什麼、生發了什麼事。他回來後的第一樁，是自己把自己釘上鋪滿紅花的十字架。為預防自己忍不住疼痛從那架上落下來，他還把，自己在十字架上捆幾圈，然後先用長釘把自己的雙腳釘在豎木上，又用右手和三顆大釘子，把自己的左手釘在橫木上。最後剩下的——右手它，無法把右手釘下時，他預先，把長釘嵌入右邊橫木梁，釘的利尖向外面，揮起胳膊和那右手背，向後用力猛地甩，右手掌，剛好被那三顆大釘穿透釘在木梁上。

就把自己釘下了。

事就這樣成下了。

孩子像耶穌一樣把自己釘在鋪滿紅花的十字架。

手上、腳脖的血，都還沿着十字架的木頭朝着下邊滴，如春花豔在白木上。那血滴，在花上如水落大海裹。滴在土裏如黃土融大地。而孩子他的臉，沒有苦痛和曲扭，安詳的、如意的，有着淺淺滿意的笑，如巨大碩滿的紅花開在天空開在十字架的頂。。

在那十字架的下，一片紅花前，迎着日出正東那地方，擺了一片一個袋兒、一個袋兒的乾糧袋。每個袋兒上，又都別了一個讓每人可以自由走去的紅的鐵的五角星，如亮的閃的晶花蕊。

一片紅的光，散那炒豆的味。

人們都驚愕。站在十字架的下，低頭看那一片紅花、一片炒豆、一片五角星。抬頭望那十字架上的孩子時，血正從十字架上朝下滴。陽光明透，金光四射，血從天降似粒粒紅寶珠。一團團麻雀、喜鵲飛過來。紫雲在荒野空曠的天上飄。紫色的、青白的、形如天使的雲彩從遠處飄到十字架的上空時，所有的喜鵲都在牆上、窗上、房上和院裏，仰頭聳肩地叫，唱着人們似懂非懂的歌。

這時候，孩子最後睜開眼，說了最後幾句話：

「是我自己把自己釘在這兒的——你們都走吧，一人一袋乾糧和一顆紅的星，從我的下邊走過去——想去哪兒去哪兒。」說到這兒時，孩子又打量十字架下的花和人，如點了人的數。「你們四十四個人，可我只有四十三顆星。有一人，他不能離開這，我只有四十三顆星。」孩子喊着說，用最後的力氣道：「都到我的屋裏去，把你們有用的書，也都帶回去。離開我——我只求你們一樁事，就是你們誰都不要把我從十字架上卸下來。要讓日光暴曬我——一定一定要記住。記住我的話——要讓日光暴曬我！」

說完這些話，孩子的頭，微微朝下倒。頭髮也如被風吹的草樣倒。

天使形的白雲和紫雲，凝在了孩子頭頂天空上。紫色的雲，鑲在天使雲的邊圍上。照在一片紅花上。

喜鵲們都在引頸唱着歌。

人們都急忙，到那十字架的下，每人搶了一袋上路離開的乾糧和一枚，還有香漆味的紅五星。雖然搶，都小心不去踩那花。沒有弄髒弄亂花。那花齊整一片，紅在十字架的下。人都魚貫着，從花旁十字架下朝孩子屋裏走進去。看那孩子屋裏那牆上、床上、蓆棚和床頭，留着孩子掛過花和獎狀的痕，如被砍過樹的坑。孩子那床上，擺着十幾本孩子後來最愛看的小人書，多是《聖經》故事的連環畫。屋裏邊，地上有孩子做十字架刨下的鋸花和鋸末。木香味，漫滿全屋子。裏邊的屋，從一個門裏走進去，拉開土織布的黑窗簾，讓光亮透進去。都看見，有兩面牆下站着兩排孩子做的、粗糙的、結實的木條大書架。書架上，擺滿所有人的書。有的書，沒有封皮後，孩子用那牛皮紙，把封面包起來。人都立在光裏、書架下，明白着，孩子冬天烤火撕的書，都是架上有兩本、三本以上重複的。人都凝視那書架，沉默着。屋子落滿灰。可那書架上，齊整齊整，纖塵不染，有剛剛擦過的抹痕兒，還有清晰的一股灰白色的潮紙味。

人都從那書架找到自己來時帶的書。找到自己一直想讀沒有找到的。

至午時，太陽開始毒照時，人們排開一字兒，提着行李、書籍和乾糧，每人胸前別了一枚五角星，要從花旁十字架下面離開了。到此時，都知學者沒去搶那五角星。別人去搶時，他直直站着望人們——望那讀書人——同仁們。學者沒有擠進屋裏搶那書，一直站着望人們——讀書人——同仁們。他們去屋裏抱書時，學者站在十字架的下，把被人搶時帶亂的紅花又替孩子擺規整。又把落的幾朵花，掛到十字架的豎梁上。都從屋裏抱着書捆走出來，學者平靜立在那。人都要走了，學者沒有五角星。他立在陽光下，十字架的下，一堆花邊上，和大家揮手告別時，給同仁送行說：「請把你們抱的——有關佛的、禪的書，全都留給我——你們都走吧。」

人就站下來，把有關佛的、禪的書，全都放在陽光下，十字架的下、花旁學者面前去。人從孩子的身下過去時，大家抬起頭，看見天空紫雲和雪白的天使雲，還有無數無數的喜鵲鳥，全都不在了。比往日炎炎的日光從天空射下來，孩子的手上、腳上和十字架上的血，凝固成了深黑色。而孩子，他的額門、臉上，有油曬出來，嘴唇乾裂有皮翹起來。

學者望着作家喚：「一定要把大家帶出去！」

作家朝學者點了頭：「把孩子卸下吧。」

學者想了想：「你們都走吧。我會記住孩子的話，等卸下耶穌的時辰到了卸下他。」

就讓孩子釘着掛在那，日光下的一片花的十字架上面，一個一個人，從他身下、十字架的下，默默慢慢過去了。

留那日光暴曬他。

學者獨自陪着十字架。

上了通往外面寬敞寬敞那大道。走啊走，光明地走，過了一個愛國檢查站，又過一個愛國檢查站。黃昏時，在一岔路口，他們從大道朝那黃河漫灘外面走。忽然間，見着無數的、成百上千的——百姓挑着擔子拉着車，從外面朝着裏面來。煙塵四起，腳聲一片片，每戶人家那車上、擔上都有被褥和鍋碗，還有插着牌子和牌子上貼的、別的紙的、鐵的五角星。走在最前那一戶，主人三十餘歲或者四十歲的樣，精瘦、瘸腿、用力拉了車。他的妻子、父母和鍋碗，高高堆在車子上。一家人，領着百姓從另外一條岔道朝着黃河漫灘育新區的裏邊走。他拉那車上，插了一塊木牌子，牌上貼了一行早已色褪、模糊的五角星。車上人，老人、孩子和女人，胸上也都別有五角星。他們朝着裏邊來，長途跋涉那的疲憊和灰塵，在他們臉上如布蒙的灰。作家和眾人，背對落日向外走，遠遠看那往裏走的一家人。這一家，帶着眾人迎着落日朝向裏邊走，也在遠遠扭頭看他們。在路口，擦肩而過後，扯開離了很遠後，作家突然收住腳，驚驚呼呼說：「哎——那不是去年冬天大煉鋼，找到黑沙、掙了五顆星後離開的實驗嘛！」

人都立下來，醒悟那——走將過去的，確鑿是實驗，都把手，喇叭在嘴上，大聲地喚着實驗的名，問他為何從外邊朝向裏邊走。他卻拉着一家和行囊，迎着落日走遠了。整個整個的，一家都溶在落日裏，像幾根，枯草飄失在了秋野般。倒是後邊跟來的，人群人眾說：「聽說這兒地廣人稀，春季間萬物花開，有吃不完的東西啊。」

人群朝裏去，作家領着人眾向外走。

# 第十六章

## 書稿

# 1 《新西西弗斯神話》p13–21

（關於這《四書》中的《罪人錄》，是上世紀八十年代作為歷史資料出版的。而作家的《故道》這部將近五百頁的紀實書，直到2002前後年才出版，時過境遷，反響平平，無聲無息。而《天的孩子》這一本，是我幾年前在一個舊書攤上買到的，作者的署名處，寫着這樣兩個字：佚名。出版者是中國典籍神話出版社。唯一沒有出版的，是學者那本思考數年、沒有寫完的《新西西弗斯神話》的哲學隨筆稿。全書共有三章十一節，至今幾十年，據説是因其學者在書中對人類社會生存與精神的顛覆與混淆，晦澀難懂，不知所云，致使這半部用藥水寫就的書，至今還未曾出版和面世。我看到這半部手稿是在國家的哲學文獻研究所。在這半部書稿中，最可讓人隱約理解的是開篇之緒論，共有幾千字。）

神對西西弗斯的懲處，如天讓大地有春夏秋冬四季樣。時間在日復一日地運行和前行。可人類也有人認為，時間不是向前，而是日復一日的運行和後退。明天、後天的到來，只是把預設的定格一節一節從後向前的展出，一如一冊連環畫從最後一頁開始，一頁一頁向前的掀動。所以，未來的，我們存有預知。過去的，只是模糊、混亂和猜測。西西弗斯在這倒流的時光中，對懲處變得釋然日常，並不覺得是神對他罪惡的懲罰。只是我們，面對西西弗斯日復一日地把石頭從山下滾到山上，在他喘息未穩之時，那石頭又從山頂滾落下來，回到山底的原處。所以，來日的晨時，他就又要氣喘噓噓地揮汗如雨，再把石頭滾到山頂上。反覆的，無止境的，永無結束的這種重複，如大山壓在我們——旁觀者的內心。

我們視西西弗斯為一種英雄，可以承受荒誕、苦難、懲罰的英雄。悲壯也在我們心中。以西西弗斯的承受，視為人類破解現實與迎向現實的鑰匙和精神。諸不知，這是我們對西西弗斯的誤解和扭曲。西西弗斯在時間中已經從適了這種被我們視為懲罰、他也曾在開始有過同識的不安和躁亂。但是，時間的力量，讓他從適了這一切。從適成為時間的敵人和武器，與時間進行抗衡與戰鬥。早晨開始把石頭推向山頂，落日時又眼瞅着巨石從山頂滾下，來日開始新的上滾與下落——這個循環往復的環行過程——西西弗斯已經視為一種應該和己任，失去了這個往復環行的時間圈，西西弗斯反倒體味一種生命意義的流失與消耗。

無論時間向前還是向後，歲月衰老還是年輕，西西弗斯沒有根本的變化，只有疲勞和歇息的輪替。但是，在被忽視、忽略的一日裏，石頭從山上向下滾落時，西西弗斯跟在石頭的後面，踏着太陽從山上下來準備明天的工作時，情況發生變化了。

他遇見了一個孩子。

一個孩子出現在他往復循環的山路上，站在路邊觀看那滾下的落石和西西弗斯的腳步。這孩子單純、透明、天真，對世界和榮譽充滿了好奇。西西弗斯第一次見到孩子時，只是看了他一眼。第二天把石頭朝山上滾去時，那孩子不在路邊上，可及至黃昏他跟着石頭下山時，卻看到孩子又出現在山腰的路邊看那滾下的石頭和跟來的西西弗斯。

這一天，西西弗斯停下腳步，向那孩子點了一下頭：「你好。」

西西弗斯在時間無盡的沉默中，第一次和人說了這兩個字。

後來，第三天、第四天，西西弗斯每天黃昏跟着石頭從山上下來時，都會見到孩子在落日中站在山腰的路邊上，他也都要向孩子點頭說幾句話。

西西弗斯愛上了這孩子。

愛和情感在他和這孩子中間也成為時間把他們結合在一起，使西西弗斯在他被懲處的往復中，發現了新的意義和存在。他只要每天把石頭滾上去，那石頭在他喘息未穩間，又朝山下滾落時，他便跟着石頭走下來，就可以在山腰間見到那單純的、透明的、對世界和榮譽充滿好奇的孩子了。孩子總在那時候、那個地點在等着西西弗斯。西西弗斯忘不掉孩子那雙澈明晶瑩的眼。他只要每天把石頭依序滾上讓石頭依時滾下來，他就可以在山腰見到那孩子。如果沒有滾上與滾下，他就無法見到那澈明晶瑩的男孩子的眼。

之所以愛上這孩子，是因為孩子給西西弗斯無意義的滾復中注入了新的存在和意義。沒有滾復他就無法見到這孩子。為了見到這孩子，西西弗斯開始對每天石頭的滾上與落下，變得嚮往而充滿了熱情，不抱怨，不歧義，任怨任勞，樂此不彼。他不擁有白天日出後的光明之時，但他擁有落日後的黃昏之時。為了每天跟着滾下的石頭在黃昏裏向孩子說話和交談，西西弗斯臉上開始有了溫暖的笑容和燦爛。

神發現了這一切。

神不能容忍西西弗斯在對他的懲罰中找到從適和意義。神不再讓西西弗斯從山的這邊朝山上滾石頭。神讓他從山的那邊 —— 背面 —— 從山頂費盡氣力朝 —— 下 —— 滾。山的這邊是用力把石頭滾上去，石頭會在轉瞬間從山上自動滾下來 —— 可山的背面正相反。石頭從上向下時，西西弗斯得用巨大的力氣把石頭推動滾下山，可石頭到了山底後，它會很快勻速地自動從山下滾到山頂上。

這是一種「怪坡效應。」

在怪坡效應中，西西弗斯遭到了新的懲罰和戒處。他見不到孩子了。愛和思念也成為戒處西西弗斯肉體和精神的懲罰了。他有了新的罪，那罪不僅是他愛孩子，有情感，還有他對石頭上滾下落的從適與需要。人一旦對懲處結果出的苦難、變化、無聊、荒誕、死亡等等有了協調與從適，懲處就失去意義了。懲處就不再是一種鞭刑和力量，而從適會從無奈和不得已中轉化出美和意義來。這是人類一方面在進化過程中發展的無奈與惰性。另一面，惰性的無奈也在這時成了有意義的抵抗和力量。惰性產生從應，從適蘊含力量。

在山的那一邊，西西弗斯是西方的西西弗斯。

在山的另一邊，西西弗斯是東方的西西弗斯。

每天西西弗斯從山上開始，揮汗如雨地把巨石從山頂用力推到山下邊，在他落腳未穩時，那石頭被一股怪力牽着又勻速自如地自動朝山頂滾上去。第二天，西西弗斯又要從山上用力朝下推，那石頭又在落日時分朝着山上自動滾，西西弗斯就得跟着石頭費力地朝那山頂爬，住在山頂待來日東方泛紅時，再用盡氣力把石頭再次滾下山。日復一日，再也見不到那孩子，而又要永無止境地用力從上向下滾，每天都讓西西弗斯力氣耗盡，無耐而又不解，而神總是在遠處望着不言又不語。西西弗斯在這次神對他的反向懲罰中，體會到神對他的遷怒和怨恨。他很長時間無法適應這顛倒的處罰和懲戒。這不光是原來石頭向下滾時他跟在後邊下山是輕鬆的，而現在，石頭向下他必須用盡力氣向下推，而石頭自動向上時，他跟在後邊是在力氣耗盡後，而又必須再次費力地爬上山，付出雙倍的體力和精力。更為緊要的，是原來向上推着石頭時，他弓腿彎着腰，一抬頭可以看見天上的光點與堂亮，從下向上的每次都讓他感到向上是與天和的神接近與交流。可現在，用力下推時，他見不到天上的光亮和星點了，他感到與神、天堂、精神背道而馳了。他在山的另一邊下推上滾的往復中，重新體會到了懲罰與戒處對他肉體與靈魂的鞭刑和焦烤，而又無法理解巨石由下向上會自動地滾，由上向下必須耗盡氣力地推的玄機和力量。神對他說：「你必須向神解釋清楚這怪坡怪力存在的理，解釋不清你就要永遠推下去。」西西弗斯無法理解石頭由上向下必須用力而由下向上不需要用力的理。但西西弗斯每天從上向下用力推那巨石時，都在思考這個玄機和怪力。可他不知道，思考永無解案地怪，也是神對西西弗斯新的懲罰與戒處。西西弗斯每天都在思考中頭痛欲裂，然在成年累月的思考無果時，他開始懊悔他在山的那邊路上碰到的那孩子，懊悔他對那個孩子的愛，無法忍受從山上用力朝山下滾那巨石時，要付出思考和由下向上推動一樣的力，一樣的日復一日，循環往復，不見休止。他開始變得燥動和不安，充滿怨氣和某種要找神理論的衝動和激情。可是他知道，他若找神理論和究竟時，神會給他更大的懲罰和戒處。

西西弗斯就這樣在不安中每日晨時從上向下耗盡氣力推着那巨石，黃昏時那巨石又自動從下滾到山頂上。一日一日間，經年累月中，他不再頭痛欲裂地思考了。他再次習慣適應了從上往下用力推的無休止的循環與往復，開始對這種相反的懲處變得兢兢業業，任勞任怨，使懲戒變得與他的肉體和靈魂平和而協調。彼此的適應改變了罪與罰中的力量、冷酷、荒誕乃至死亡和油盡燈枯的沉寂與絕望。和上次見到路邊的孩子一樣，西西弗斯在把巨石從山上用力下滾時，一日間，他弓腰用力的目光從石頭頂上翻過去，他看到了山下的草木、房舍、村落、炊煙和在一座禪院門口戲耍的孩子們。

他越過神的懲處看到了山下的禪院和俗世炊煙圖。

他愛上了這俗世的禪院炊煙圖。

他在思考的疲勞中，不再思考神給他出的問題了。也不再有對那怪題解答的願望與渴求。新的從適，給了他新的理由和力量，停止思考讓他變得平和、舒適和協調。每天傍晚，跟着自動向上滾去的石頭爬上山，就是為了來日東方泛白透紅時，把巨石用力推下山，使得他離上愈來愈遠，而離下愈來愈近，最終可以看到山下的草木、房舍、田園、炊煙和禪院門前戲耍的孩子與牛羊。現實的炊煙給了西西弗斯被懲戒中新的意義和適應的力。無數無數的年月後，他已經不想再把石頭從下向上推，更願意由上向下推。因此，他擔心神發現他不再對怪力進行思考而有了新的從適，適應了新的處罰，把處罰變成了存在本身的必須和僅僅是人的生命時間的展開後，會更新改變他由上向下用力的方向和途徑。比如不讓他把石頭從上推向下，也不讓他從下推往上，而在山腰的際間畫出一條線，把那石頭的渾圓變為無形無規則，讓他推着那既不圓，也不方、既非三角形，也非隋圓形的無形狀的石頭繞着腰際的線規每天走一圈，且不能讓石頭離開一寸腰際線，倘是離開就加重新的處罰時，西西弗斯將再也無法繼續這他適可承受的戒處了。

為了能每天看見現實中的禪院俗世炊煙圖，不讓神再次改變他的從適和協調，西西弗斯每天從山頂向下用力推那巨石時，目光中都是沒有看見現實俗世的光，臉上總是扮演出一幅凝思思考怪力的様。

神終於沒有發現這一切。西西弗斯在山的另一面，每天都從上向下用力推着那巨石，靜平從適，悠然而自得。

2009 年 12 月 25 日至
2010 年 6 月 19 日初稿
2010 年 7 月至 8 月
定稿於花鄉 711 號院